L'AUTRE LUI

À mes deux merveilleuses tata Danielle KOFFI et Mimi MWAKU qui m'ont aidé à la correction, la relecture et qui m'ont apporté des suggestions pour parfaire l'histoire.

À ma fidèle lectrice et consommatrice Charlène MUTEBA KNDT qui m'a aidé dans les traductions des phrases en Lingala, Swahili et Tshiluba.

Dieu vous bénisse toutes.

des personnes réelles, vivantes ou décédées, des évènements ou des lieux serait une pure coïncidence.

Certaines scènes seraient susceptibles de choquer la sensibilité de certaines personnes, en l'occurrence des femmes, ayant vécues ou pas les mêmes situations. Mais cela a été fait à dessein afin de choquer pour réveiller les consciences.

Une pensée spéciale à toutes ces femmes victimes de violences conjugales et d'abus sexuels de la part de leurs époux. À celles qui sont libérées et à celles qui n'ont toujours pas le courage de le faire. J'espère que cette histoire vous fortifiera.

Mona LYS

RÉSUMÉ

Avant le mariage, ils nous promettent monts et merveilles. Mais après ils nous offrent l'enfer. Ken m'a dit qu'il m'aimait et qu'il me rendrait heureuse. Je lui ai dit oui parce que je l'aimais aussi mais, cinq ans après avoir supportés les coups, les humiliations et les infidélités, j'apprends une nouvelle qui chamboule ma vie.

EPISODE 1

CINDY YAPI

Allongée au sol j'essuie du revers de la main le sang qui coule de mes narines et je fais l'effort de me mettre debout mais un autre coup de pied me ramène à ma position initiale.

– Je t'ai déjà dit de ne jamais me contredire. JAMAIS.
– S'il te plaît arrête, j'ai mal.
– Tu aurais dû y penser avant de t'opposer à ma décision.
– Ok, je suis désolée.

Il se baisse vers moi en tirant son oreille.

– Qu'est-ce que tu as dit je n'ai pas bien compris ?
– J'ai dit… je suis désolée.
– Ok maintenant lève-toi et va me faire à manger.

Je me lève difficilement mais je tiens à peine sur les jambes.

– Il est 16h et je dois aller chercher les enfants à l'école.
– Cindy tu veux encore me désobéir c'est ça ? Dit-il en se rapprochant de moi.
– Non c'est juste que je dois…

– Ok mais c'est moi qui pars. Toi tu restes pour préparer le diner.

J'acquiesce et me rends dans la salle de bain me nettoyer le visage avant de descendre. Je regarde mon apparence dans la glace et je ne me reconnais plus. Que m'est-il arrivé ? Que suis-je devenue ? Je ne ressemble plus à celle que j'étais avant. Je ne suis plus la belle jeune femme pleine d'assurance, mais plutôt une vielle plante fanée qui n'attend que son heure pour disparaitre de la surface de la terre.

Je finis mon maquillage et descends faire le diner en attendant l'arrivée de Ken et nos jumeaux de cinq ans. Lena et Nael, mes seules raisons de vivre et la seule pour laquelle je suis encore dans ce foyer à supporter toutes ces choses. Une larme perle sur ma joue lorsque je revois leur image pleurant parce que je pleure. Je déteste être la raison pour laquelle ils pleurent mais je ne peux empêcher que Ken me fasse du mal en leur présence. Cinq ans que je suis mariée et cinq ans que je vis cette souffrance. Mais ce n'est pas toujours ainsi, non, il y a des jours où nous sommes des gens normaux, c'est-à-dire sans disputes et coups mais c'est très rare.

J'entends le ronflement de la voiture de Ken et encore une fois je me nettoie le visage pour éviter que les enfants sachent que j'ai pleuré.

– Maman !! Crient-ils en courant vers moi.

Je me baisse et réceptionne mes deux bébés dans les bras.

– Comment allez-vous mes amours ?

– Bien maman, répond Lena la fille. Pourquoi n'es-tu pas venue nous chercher aujourd'hui ?

– Parce que…

– Parce que maman était occupée, intervient Ken. Maintenant montez vous changer.

– Je veux aider maman, dit toujours Lena.

– Change-toi d'abord, ensuite tu viens m'aider, dis-je à Lena pour qu'elle obéisse.

– Puis-je aussi t'aider maman ? Demande Nael.

– Oui bien sûr.

– Youpii !! Crient-ils en chœur.

Ils partent en courant et je reprends ma tâche. Ken reste debout derrière moi les mains dans les poches de son pantalon.

– Je suis désolé pour tout à l'heure, dit-il

– Ce n'est rien.

Je le sens s'approcher et m'attraper par la taille mais je me défile en faisant mine d'aller chercher quelque chose dans le frigo. Il ne dit plus rien et sort de la cuisine. Je respire un grand coup et continue mon travail.

Je sors de la chambre des enfants après les avoir mis au lit puis je rejoins la nôtre pour prendre une douche et me mettre au lit. J'ai vraiment besoin de repos après les coups que j'ai reçus aujourd'hui. Je trouve Ken assis sur le lit, sa tablette en main. Sans me préoccuper de lui je me rends dans la salle de bain où je profite de la sensation de l'eau chaude sur mon corps. Je repense à ce qu'est devenue ma vie et des larmes inondent mon visage. Pourquoi est-ce que ça m'arrive à moi ? Je voyais à la télé des émissions sur des femmes victimes de violences conjugales mais jamais, au grand jamais l'idée que cela pourrait aussi m'arriver ne m'avait traversé l'esprit. J'aime Ken, je l'aime beaucoup mais la façon dont il me traite me fait beaucoup plus mal que ses coups. Lui qui était si attentionné quand nous sortions ensemble, s'est transformé en un homme violent après notre mariage. Pourquoi ? Et bien que ce soit sa nature, je n'avais rien détecté auparavant.

Mon portable sonne sur la petite table à côté de la baignoire, c'est Estelle ma petite sœur. J'hésite à décrocher car je sais que dès mon premier mot, elle saura qu'il s'est passé quelque chose mais l'entendre à chaque fois que j'aie le moral à plat me fait tellement de bien que je décroche.

– Allô ma belle.

– « Comment tu vas bébé ? »

– Bien, bien et toi ?

– « Ça va mais je sens que toi ce n'est pas trop la forme. Il t'a encore battu ? »

Je l'avais bien dit.

– Non ça va.

– « Tu n'as pas répondu à ma question. »

Je pousse un grand soupire en guise de réponse. Elle comprend tout par mon silence et change de sujet.

– « J'ai fait des courses aujourd'hui et je t'ai acheté un truc. Je passerai te voir demain. »

– Je préfère plutôt qu'on se voit chez toi ou ailleurs. Un peu de sortie me fera du bien.

– « Ok. Je suis vraiment désolée. »

– Je sais.

– « *Je te laisse alors. On se dit à demain. Bisous je t'aime.* »

– Je t'aime, à demain.

Mon bain terminé, je retourne dans la chambre me coucher en donnant dos à Ken après lui avoir souhaité, à la volée, bonne nuit.

–J'ai entendu ton portable sonner, qui était-ce ?

– Estelle. Lui lancé-je en remontant le drap.

– Et qu'est-ce qu'elle voulait ?

– Juste me saluer.

– À cette heure ?

– Oui !

Je le sens qui veut parler alors je me couvre la tête pour lui faire comprendre que je n'ai pas envie de discuter avec lui. Par le bruit qu'il fait par la suite je suppose qu'il a déposé sa tablette sur la petite table juste à côté du lit puis il se glisse sous le drap. Sa main commence à parcourir mon corps avec des caresses. Je veux lui dire que je n'en ai pas envie et que j'ai mal sur tout le corps à cause de ses coups mais la dernière fois que je l'ai fait, j'ai terminée violentée et violée donc qu'il fasse ce qu'il veut du moment qu'il me laisse dormir tranquillement par la suite, ça me va.

– C'est fou comme j'ai envie de toi cette nuit, affirme-t-il en passant sa main sous ma nuisette. Je suis vraiment désolé pour ce qui s'est passé, continue-t-il en m'embrassant dans le cou. Je te promets que ça ne se reproduira plus.

Oui, ça fait la 96755682 fois que tu le dis mais à la moindre dispute les coups pleuvent. C'est de façon très indifférente que je le laisse finir sa besogne après quoi je vais me nettoyer et me remets au lit. Avant de me laisser emporter dans les bras de Morphée je fais la même prière intérieurement que depuis plusieurs années maintenant : Seigneur donne-moi la force de supporter cette épreuve.

Le lendemain Chez Estelle***

– Non le Seigneur ne va pas te donner la force de supporter. Tu dois partir tu comprends ? Il faut que tu le quittes sinon il va finir par te tuer. Enchaine Estelle me coupant ainsi la parole.

– Non il n'arrivera pas à une telle extrémité. Ken est violent oui mais je sais qu'à la longue il va changer.

– Sinon que ça fait cinq ans que tu me répètes la même chanson mais tu n'as toujours pas de disque d'or, ce qui veut dire qu'elle est nulle. Cindy chérie, tu n'es pas obligée de rester avec lui à cause des enfants ou parce que vous êtes mariés légalement. Ta vie est plus importante que ce mariage, la stabilité psychologique de Lena et Nael est plus importante. Regarde, les enfants ont même peur de leur père.

– Je sais mais c'est plus facile à dire qu'à faire tu sais. J'aime Ken et je ne vois pas ma vie sans lui.

Elle lève les mains en signe de résignation.

– Ok, ok j'ai compris. Je ne dirai plus rien mais je prierai pour que Dieu t'ouvre les yeux. Bon allons manger j'ai faim.

Nous passons le reste de la journée à papoter de sujets plus gais jusqu'à ce qu'il soit l'heure pour aller chercher Lena et Nael à l'école. Je prends donc congé d'elle et vais chercher mes enfants. Quand nous rentrons à la maison, grande est ma surprise de constater Ken à la cuisine. Les enfants le saluent de loin.

–Vous ne faites pas de bisou à papa ?

Ils avancent vers lui à petits pas puis font chacun une bise sur les joues après qu'il se soit abaissé à leur niveau.

–Allez-vous changer mes trésors. Leur dis-je

– On peut regarder des dessins animés après ? Demande Nael.

–Oui chéri.

Ils s'en vont, nous laissant seuls.

– Je suis surprise de te voir à cette heure à la maison. N'avais-tu pas une réunion importante ?

– On l'a faite plutôt que prévu. J'ai donc décidé de rentrer vous préparer le diner, dit-il en s'approchant de moi pour me caresser la joue. Ecoute chérie, je suis encore désolé pour hier. Tu sais, je t'aime mais je déteste que tu veuilles me tenir tête.

– Je sais mais comprends que je suis ta femme, ce qui signifie que des fois j'aurai mon mot à dire dans certaines situations surtout lorsqu'elles ne m'arrangent pas. Nous sommes un couple donc nous devons apprendre à communiquer sans que cela ne dégénère.

– Oui tu as raison. Je suis vraiment désolé.

– Ce n'est pas grave.

– Je t'aime.

– Je t'aime aussi.

Un sourire étire mes lèvres. Nous nous embrassons pour sceller notre réconciliation.

– Alors tu nous fais quoi ?

– C'est une surprise. Vas rejoindre les petits au salon et si c'est prêt je vous fais signe.

– D'accord.

On se fait un bref baiser puis je sors de la cuisine le sourire aux lèvres. J'aime quand il est ainsi, doux et attentionné. Peut-être qu'au final c'est moi qui pousse le bouchon un peu trop loin avec mon caractère. Il y a des hommes qui avant battaient aussi leurs femmes mais qui ont fini par changer. J'ai donc foi que Ken changera. J'en suis certaine.

EPISODE 2

CINDY

Comme chaque matin je me lève pour préparer le petit déjeuner, puis une fois terminé, je remonte dans la chambre des enfants les apprêter pour l'école et pendant qu'ils regardent leurs dessins animés, je retourne dans ma chambre aider mon mari à se vêtir pour le boulot. C'est moi qui lui choisis toujours ces vêtements et il aime ça. Il finit de prendre sa douche et me rejoint dans la chambre en s'essuyant la tête pendant que je place son costume sur le lit.

–Voilà je pense que tout est ok.

– Je voudrais m'habiller décontracter aujourd'hui puisque ce soir je serai encore en costume.

– Ok dans ce cas je retire juste la cravate et ça va.

– Parfait, s'exclame-t-il en m'enlaçant par derrière. Je ne sais pas ce que je ferai sans toi mon amour.

– Absolument rien.

Il pose de délicieux baisers dans mon cou tout en glissant sa main sous ma nuisette.

–Tu vas être en retard chéri.

– C'est moi le boss, je peux donc aller à l'heure que je veux. (Il empoigne mes fesses) Viens que je te montre à quel point je te désir.

Je ne proteste pas et le laisse m'étendre sur le lit où il me fait visiter le monde du plaisir. Mon corps reconnaissant son maitre réagit à toutes ses petites attentions. J'aime faire l'amour avec mon mari, j'aime être dans ses bras, j'aime le sentir, je l'aime en gros. Il sait où toucher pour me faire grimper au rideau et il accompagne à chaque fois ses gestes de mots doux et attentionnés qui m'excitent encore plus. À chaque fois qu'il me sent proche de la jouissance il enfonce ses doigts dans ma chair ce qui a pour effet de doubler mon plaisir.

– Tu es toujours aussi délicieuse mon amour, fait-il tout près de mon oreille en reprenant son souffle.

– C'est toi qui m'assaisonne.

Après un baiser sur mes lèvres il se lève pour retourner sous la douche se rincer avant de ressortir se préparer. Je vais à mon tour faire une toilette et quand je reviens je trouve une grande boite sur le lit.

– C'est quoi ?

– Regarde.

J'ouvre la boite et vois une magnifique robe de soirée.

– Waouh elle est belle. C'est pour moi ?

– Bien sûr. Je voudrais que tu la portes pour m'accompagner ce soir à cette soirée organisée par l'un de mes clients. Je voudrais rendre tout le monde jaloux avec toi à mon bras.

– Merci beaucoup mon amour j'adore, dis-je en l'embrassant. C'est pour qu'elle heure la soirée ?

– 19h donc demande à la nounou de venir à 18h garder les jumeaux.

– Ok.

Je l'aide à mettre sa cravate, je prends son sac d'ordinateur et nous descendons tous les deux jusqu'à la salle à manger où nous prenons le petit déjeuner avec les enfants. Une fois terminé je leur souhaite une bonne journée avec un baiser chacun. Ken dépose Lena et Nael tous les matins à l'école et moi je vais les chercher les soirs. Les midis ils restent à la cantine. Dès qu'ils sont partis je retourne à l'intérieur m'occuper de ma maison. Je travaille mais ma patronne m'a donné une semaine de repos pour santé défaillante. Disons qu'après une bastonnade de Ken j'avais honte d'aller travailler avec le visage tuméfié. Ma patronne sachant déjà tout, m'a demandé de me reposer.

J'ai donc passé tous ces jours de repos à m'occuper de la maison, faire à manger et regarder la télé. J'ai aussi passé du temps avec Estelle. Elle est ma sœur et en même temps ma seule amie de toutes les façons. Nous ne sommes que deux filles dans notre famille. Notre père est mort il y a bien longtemps donc il ne nous reste que notre mère. Elle vit dans la maison où Estelle et moi sommes nées et avons grandi. Elle y vit avec sa sœur et ses deux enfants. D'ailleurs ça fait trois jours que je ne l'ai pas appelée. Je lance son numéro et elle décroche à la quatrième sonnerie. Vraiment cette femme, toujours lente à décrocher son portable.

– « *Allô, Cindy ma fille.* »

– Bonjour maman comment vas-tu ?

– « *Oh ma fille tu as oublié ta pauvre mère que je suis.* »

– Non maman c'est juste que j'étais occupée. Comment ça va

là-bas ?

– « *Ça va ooh. Par la Grâce de Dieu ça va. Comment va ton mari et mes petits enfants ? »*

– Ils vont tous bien. Maman j'appelais pour prendre de vos nouvelles donc je vais te laisser. Je dois aller faire à manger.

– « *Ah d'accord ma fille. Mais le gaz est fini oooh. »*

–D'accord maman. Je t'envoie quelque chose tout à l'heure. Bon je te laisse maintenant. Au revoir je salue tout le monde. Bisou.

– « *D'accord ma fille. Salue ton mari de ma part. »*

– D'accord maman. Bye.

Je raccroche et lui fais un mobile money de 30 000 FCFA. Oui quand on a un mari chef d'entreprise on ne manque jamais d'argent et ça ma mère l'a compris et en profite. Elle ne manque jamais une occasion pour m'en demander. Je finis de faire le ménage, la lessive et le repassage. Une envie subite d'aller voir Ken me prend. Ça tombe bien il est déjà 12h donc on pourra déjeuner ensemble. Il m'a déjà dit qu'il n'avait pas grand chose à faire aujourd'hui. Je lui ferai donc une surprise. Je finis de m'apprêter et me rends à son entreprise avec la voiture qu'il m'a récemment offerte. Je monte à l'étage où se trouve son bureau et ne trouve pas son assistante à son poste. Je continue alors mon chemin vers son bureau. Je frappe une fois et me permets d'entrer sans attendre qu'il me le demande. Grande est ma surprise de voir celle qui n'est plus sensée être son assistante accroupie près de lui avec un décolleté qui ne cache presque rien de sa poitrine. Elle se redresse lentement avec un sourire sournois en me voyant.

–Cindy ? Que fais-tu là ? Me demande-t-il surpris.

– Je dérange ?

– Non, Bien-sûr que non. Elle était juste venue m'apporter un dossier à signer.

Il ferme le dit dossier et le lui tend. Elle lui caresse les doigts en le prenant. Cette fille me provoque. Elle prend congé de nous toujours en me souriant comme pour me narguer. Dès qu'elle ferme la porte j'avance vers le bureau de Ken et pose mon sac dans un siège.

– Puis-je savoir ce qu'elle fait ici ?

– Elle est mon assistante, dit-il tout naturellement.

–Tu m'avais dit l'avoir renvoyée.

– Oui mais je l'ai reprise. Ecoute chérie elle a besoin de travail surtout avec ses petits frères qu'elle a à sa charge.

– Et il y a plein d'autres entreprises où elle peut trouver du travail. Ken tu m'avais promis. Quoi, vous avez remis le couvert ?

– Woh woh ne va pas vite en besogne là ok, fait-il en levant la main pour m'interrompre.

–Comment veux-tu que je n'aille pas vite en besogne lorsque je viens rendre visite à mon mari et le vois très proche, non trop proche de la même assistante avec qui il a eu une aventure et qui avait été renvoyée ?

– Il ne se passe plus rien entre nous.

–Dans ce cas renvoie la, haussé-je le ton.

– Je n'ai aucun motif pour le faire.

– Ah ? Fais-je en commençant sérieusement à m'énerver. Parce que séduire son patron n'est pas un motif suffisant ? Ken je suis ta femme et je te demande de la renvoyer parce que je refuse qu'une femme qui a une fois vu le caleçon de mon mari continue de travailler avec lui s'il n'y a plus rien entre eux.

– Pour qui te prends-tu au juste pour m'ordonner quoi que ce soit ?

– Pour ta femme. Hurlé-je cette fois.

– Oui et ton rôle se limite à la maison. Ici c'est MON entreprise et il n'y a que moi qui décide de qui part et qui reste.

– Ok dans ce cas le jour où tu me vois flirter avec un autre, tu vas devoir aussi l'accepter.

Il lève vigoureusement sa tête, qu'il avait baissé, vers moi puis se lève d'un bond, avec colère et viens me saisir le bras.

–Répète un peu ce que tu viens de dire.

– Quoi tu veux me frapper ici aussi ? Lui dis-je en le défiant du regard. Tu es fatigué de le faire à la maison tu vas maintenant t'y mettre ici tout ça à cause d'une fille avec qui tu n'es plus sensé avoir de liaison ? Vas-y, frappe-moi. Frappe-moi pour montrer à tout le monde combien ta femme ne représente rien à tes yeux.

Il me fixe en silence mais avec toujours cette colère dans les yeux puis doucement relâche son emprise. Je prends aussitôt mon sac à main et sors de son bureau. Moi qui suis venue lui faire une surprise c'est plutôt moi qui l'ai été.

*Mona*LYS*

–Tu ne te prépares pas ?

– Je n'y vais pas. Répondé-je sans lever la tête vers lui.

– Pourquoi ?

– Parce que je n'en ai pas envie et aussi parce que mon rôle d'épouse se limite à la maison. Pourquoi ne vas-tu pas avec elle ?

– Arrête ça s'il te plaît. Ecoute bébé elle est très compétente et je ne suis pas sûr de trouver une autre comme elle c'est pour tout ça que je l'ai gardé mais je te promets qu'il ne se passe plus rien entre elle et moi.

– hum.

– Ecoute si tu veux ne viens pas pour moi mais plutôt pour mon partenaire qui désire te rencontrer ainsi que son épouse. Ils n'ont pas arrêté de me demander de venir avec toi. S'il te plaît chérie.

Je ne dis rien et me lève du lit pour me préparer. Le trajet se fait dans le plus grand silence ou du moins j'y ai imposé le silence parce que je ne répondais à aucun de ses sujets de conversation. Nous arrivons à la soirée et comme convenu Ken me présente à tous ses partenaires qui sont présents. Je me détends au fur à mesure en discutant avec les autres femmes présentes. Quant à Ken je ne lui adresse toujours pas la parole même si devant les autres je me comporte normalement. Je me lève pour faire un tour dans les toilettes afin de vérifier mon maquillage lorsque je bouscule quelqu'un qui apparemment vient d'arriver. Je lève la tête aussitôt pour m'excuser parce que c'est moi qui ne regardais pas.

– Oh excusez-moi monsieur, je ne…
– Cindy ? Cindy YAPI ?

Je le regarde longuement puis les souvenirs me reviennent.

– Félix ? Oh mon Dieu Félix c'est toi ?
– Bien-sûr que oui c'est moi. Oh mon Dieu !

Nous nous faisons une accolade puis les trois bises et tombons dans une discussion oubliant où nous sommes.

– Oh mon Dieu je suis si heureuse de te voir. Ça fait combien d'années maintenant que nous nous sommes perdus de vue ?

– Six ans, Six ans si je ne me trompe pas. Waouh, je ne croyais plus te revoir tu sais.

– Moi non plus. L'on m'avait dit que tu avais quitté le pays.

– Oui mais je suis revenu deux ans après pour faire des papiers et je t'ai cherché partout. J'ai même été dans la boutique où tu travaillais et on m'a dit que tu n'y étais plus

– En effet j'ai obtenu une autre proposition après la naissance des enfants.

– Ooh tu es maman ? Fait-il surpris. Mais c'est merveilleux ça.

– Oui je suis maman d'une fille et un garçon. Des jumeaux.

« – Et aussi une femme mariée »

Nous nous retournons pour voir Ken s'approcher de nous. Il me prend par la taille comme pour faire passer le message que c'est lui mon mari.

– Oui Félix je te présente Kennedy mon mari, chéri Félix mon meilleur ami depuis le primaire jusqu'au collège. C'est après le BAC que nos chemins se sont séparés.

Ils s'empoignent les mains, Ken avec beaucoup plus d'entrain. Une voix se fait entendre derrière Félix qui se retourne et lui aussi prend la femme qui se présente par la taille mais plutôt de façon romantique.

– Attend que je te présente aussi ma charmante épouse, Sara, ma puce voici Cindy ma meilleure amie dont je n'ai cessé de te parler et son mari Ken.

Nous nous faisons une accolade et elle salut Ken par la main.

– Je suis enfin heureuse de mettre un visage sur le nom Cindy. Félix n'a cessé de me parler de toi.

– J'en suis ravie. J'espère qu'il s'est assagi avec toi.

– Oh disons qu'il est sur la voie. Dit-elle en souriant de plus belle.

Nous éclatons de rire et continuons à causer. J'essaye de mettre Ken dans le bain mais monsieur est trop grincheux et préfère faire la tronche, en silence, pour je ne sais quelle raison.

– On doit rentrer maintenant, me chuchote Ken à l'oreille.

– Mais la soirée n'est pas encore terminée. Je pensais que tu devais rencontrer d'autres potentiels partenaires, chuchoté-je aussi.

– Je n'en ai plus envie donc on rentre.

C'est toute découragée que je prends congé de Félix et sa femme. Félix me donne sa carte mais avant que je ne lui donne mon contacte monsieur mon mari me tire par le bras et nous nous en allons. Le chemin du retour se fait encore en silence mais cette fois c'est lui qui est en colère. Une fois à la maison je libère la nounou et vais vérifier que les enfants dorment. Ensuite, je retrouve Ken dans la nôtre.

– C'était qui ce Félix ? Me demande Ken sur un ton sec.

– Je te l'ai dit, mon meilleur ami.

– Tu n'as qu'une meilleure amie et c'est Estelle donc d'où sort-il lui ?

– Tu n'as donc rien entendu de tout ce qu'on a dit ? Nous nous sommes perdus de vus après le BAC parce qu'il est allé terminer ses études à Bruxelles.

– Et c'était une raison pour vous entrelacer comme vous l'avez fait tout à l'heure ? S'énerve-t-il. Cindy tu me prends pour un con c'est ça ?

– Mais c'est quoi le problème au juste ? Je n'ai plus le droit de rencontrer des amis ?

– QUAND CE SONT DES HOMMES NON, gueule-t-il.

– Oh donc toi tu as le droit de fricoter avec toutes les femmes et moi je n'ai pas le droit de dire bonjour à un vieil ami c'est bien ça Ken ?

Il se lève et avance vers moi.

– Tu vas m'arrêter ton insolence maintenant.

– Non, toi tu vas arrêter de me priver de tout. Je n'ai plus aucun ami, femme comme homme parce que tu n'en aimais aucun et parce que selon toi une femme mariée ne doit pas avoir d'ami. Je suis isolée entre ses quatre murs à longueur de journée et quand pour une fois je rencontre un ami et me distrais un peu monsieur en fait toute une histoire.

– Oui parce que tu es ma femme.

– Et ta femme te demande de renvoyer cette pétasse qui te sert d'assistante qui n'a cessé de me manquer de respect depuis que vous avez couché ensemble. Et puis de quoi as-tu peur au juste ? Je te rappelle que tout comme moi Félix est marié.

– Oui et ce n'est pas ce qui peut l'empêcher de te faire la cour.

– Tu sais tous les hommes ne sont pas infidèles comme toi.

Il me saisit violemment le bras.

– Ken arrête tu me fais mal, dis-je en grimaçant de douleur.

– C'est la dernière fois que tu me traites d'infidèle. Je suis ton mari et je t'interdis de le revoir.

– Et moi je suis ta femme et je te demande de la renvoyer.

– Je ne le ferai pas.

– Dans ce cas moi non plus. Tant que tu ne la renverras pas je serai toujours en contact avec Félix.

La gifle ne se fait pas attendre puis une deuxième suit. Il m'empoigne les cheveux avec vigueur.

– Tu veux me désobéir c'est ça Cindy ? Une gifle accompagne sa question. La leçon de la dernière fois ne t'a pas servi hein Cindy ?

– Arrête Ken tu me fais mal.

Il ne m'écoute pas et commence à me taper en désordre. J'essaye de bloquer ses coups mais il est trop rapide. Il me prend encore par les cheveux et me balance n'importe où. Je tombe en cognant le bois du lit. Il enlève sa ceinture et commence à me battre.

– Arrête Ken. Je t'en prie arrête, je le supplie, pliée sur moi-même.

Il jette la ceinture et reprend les coups mais cette fois avec ses poings.

– Je suis ton mari et quand je te donne un ordre tu dois obéir sans broncher. Est-ce que c'est compris ?

Comme je ne réponds rien il me donne un coup de pied dans le ventre. Je laisse échapper un hurlement ce qui réveille Lena qui se met à pleurer dans sa chambre. Je prends mon courage et lui mords son mollet. Il hurle et me donne un coup de genou sur la bouche. Je saigne aussitôt. Il me relève et me donne un coup de pied encore une fois. Je fais l'effort de ne pas tomber et reste debout.

– Ken laisse-moi. Je dois aller voir la petite. Elle pleure.

Il ne m'écoute pas et continue de me taper jusqu'à ce qu'il soit épuisé. Il finit par me laisser complètement affaiblie et en sang au sol. Il rentre dans la salle de bain en me lançant des injures. Je me lève petit à petit, me nettoie le visage avec ma robe et me rends dans la chambre des enfants. Seule Lena est réveillée. Nael dort profondément. Je la trouve en train de pleurer sous son drap. Je n'allume pas pour ne pas qu'elle voit mon visage, nous restons donc avec la lumière de la veilleuse. Je lui retire le drap de la tête, elle tombe dans mes bras aussitôt.

– Ca va mon bébé je suis là. Tout va bien.

– J'ai peur maman snif.

– Chuut mon bébé, tout va bien. Je vais bien.

Je la serre dans mes bras pour la rassurer. Elle continue de pleurer jusqu'à s'endormir dans mes bras. Je la couche bien puis me couche derrière elle, mon bras enlaçant sa taille. Je préfère dormir ici avec elle que de retourner vers ce monstre qui a l'apparence de mon mari. Je fais ma prière de tous les jours « Seigneur, donne-moi la force de supporter cette épreuve. » puis je m'endors.

EPISODE 3

CINDY

La sonnerie de la maison retentie trois fois de suite. J'arrête donc le repassage que je faisais et me précipite pour ouvrir. Ken est dans son bureau en train de travailler sur des dossiers et les enfants regardent leurs dessins animés dans le petit salon. J'ouvre la porte et grande est ma surprise de voir ma belle-mère arrêtée devant la porte avec son sac de voyage.

– Maman ? Je ne savais pas que tu venais.

– Je dois donc avoir ta permission avant de venir voir mon fils ? Me demande-t-elle avec mépris.

– Non je veux juste dire que si j'avais été informée j'aurais tout organisé pour mieux t'accueillir.

Elle ne m'écoute pas et rentre prendre place dans la salle de séjour. Je récupère son sac et vais le mettre dans la chambre d'ami avant de venir lui servir à boire. Je vais ensuite prévenir Ken. Lui aussi est surpris. Nous la rejoignons ensemble pour demander les nouvelles.

– Maman je suis surpris de te voir. Comment vas-tu ? Lui demande-t-il en lui faisant une accolade.

– Je vais bien mon fils. Comme j'avais envie de te voir je suis venue passer quelques jours ici avec toi.

– Ah ok je suis content de te voir. Tu as bu quelque chose ?

– Oui. Où sont mes petits enfants ?

– En train de regarder la télé dans l'autre salon, dis-je.

– Hum je viens et tu ne vas pas leur dire que je suis là pour qu'ils viennent me saluer. Vraiment quelle est cette éducation?

– Pardon maman, dis-je rapidement pour éviter les histoires.

Je les laisse et vais chercher les enfants qui viennent saluer leur grand-mère avant de retourner à leur occupation. La conversation reprend entre Ken et sa mère me mettant complètement à l'écart. Mais je n'en suis aucunement offensée. J'en ai l'habitude je dois dire. Cette femme ne m'a jamais vraiment aimé et elle ne l'a jamais caché non plus. Elle m'accepte juste à cause de son fils. Je ne comprends d'ailleurs pas c'est quoi cette histoire de venir passer quelques jours ici alors qu'elle vit dans la commune voisine. Me sentant de plus en plus inutile, je m'excuse et monte en chambre regarder mes mails pour le travail. Je suis l'adjointe de ma patronne et c'est moi qui me charge de m'assurer que les stocks arrivent à temps et soient conformes à nos demandes.

Le soir, nous nous mettons tous à table pour le diner. Ma belle-mère est accrochée à son fils comme s'il était son mari. En tout cas pour être attachée, elle l'est. Elle adore son fils, limite, le vénère. Normal quand c'est son seul fils. Chaque fois qu'ils sont ensemble, je n'existe plus. Ils peuvent rester tous deux dans leur monde sans s'occuper des gens autour. Ken est un enfant à sa maman. Il ne lui refuse jamais rien. Si elle lui demande la lune, il la lui donnera. Elle est plus sa femme que moi.

– Cindy je dis tu ne veux plus faire d'enfant ? Me demande subitement ma belle-mère.

– Si maman. Ça va venir.

– Ça va venir, ça va venir. Ça va venir quand ? Les jumeaux ont cinq ans et depuis rien. Tu veux gâter le nom de mon fils ?

– Maman stp ! Ken et moi prenions notre temps mais maintenant nous sommes prêts donc ça va venir.

– Ah si tu ne veux plus faire d'enfant à mon fils dis-moi je vais lui trouver une autre femme.

– Maman ce n'est pas arrivé là-bas.

– Ou bien tu es devenue stérile.

Là je pose ma cuillère et regarde mon mari attendant qu'il dise quelque chose mais rien. Il continue de manger comme si de rien n'était. J'ai envie de lui donner une réponse cinglante mais les enfants sont là. Je souffle et recommence à manger.

– Cindy je veux que tu donnes des enfants à mon fils.

– Bon sang nous avons déjà des enfants que je sache.

– Cindy ! Tonne Ken.

– Quoi ? Depuis que ta mère me casse les oreilles et tu ne parles pas. Elle agit comme si Lena et Nael ne sont pas tes enfants.

– Tu oses me manquer de respect devant mes petits-enfants. Sacrilège !

Je tourne les yeux vers les enfants qui m'ont l'air apeuré. Heureusement qu'ils ont fini de manger. Je leur dit d'aller dans leur salon regarder la télé. Ils obéissent aussitôt.

– Plus jamais tu ne manques de respect à ma mère.

– Dans ce cas dis-lui de ne pas se mêler de notre couple. Et surtout dis-lui au passage que j'ai perdu quatre grossesses à cause de tes coups.

Je me lève de table pour me rendre dans notre chambre. Je viendrai débarrasser quand ils auront terminé.

*Mona*LYS*

Je reprends le travail ce matin et c'est tant mieux. J'en ai marre de la présence de ma belle-mère. Heureusement qu'elle rentre aujourd'hui chez elle. Elle a juste fait le week-end chez nous. Je dépose les enfants à l'école et fonce à la boutique. Je travaille avec Loraine ANDERSON, propriétaire de la marque Lo'. Comme je l'ai dit tantôt, je suis son bras droit. C'est moi qui gère ses boutiques en son absence. Au début je ne gérais que celle où je travaille mais avec la confiance qui s'est installée après trois ans, elle m'a confié la gestion de toutes ses boutiques. Il y a certes des gens qui s'en occupent mais ils doivent tous me rendre des comptes pour que je les rende ensuite à ma boss. Ken ne voulait pas que je travaille mais je l'ai supplié. Quand je gare ma voiture, je vois celle de ma patronne. Elle aime beaucoup travailler donc elle est toujours présente. Je vais dans mon bureau déposer mes affaires avant de la rejoindre entre les rayons en train de vérifier les étiquettes sur les chaussures.

– Bonjour Loraine.

– ça va mieux ?

– Oui !

Elle tourne la tête vers moi. Elle me détaille longuement avant de reprendre ce qu'elle faisait.

– Malgré les nombreuses couches de fond de teint le bleu est encore visible.

Je ne dis rien. Je marche derrière elle dans le rayon.

– Vas dans mon bureau prendre mon fond de teint pour te le mettre. Puisque tu tiens tant à cacher tes souffrances.

Je ne dis toujours rien. Elle sait tout ce qui se passe dans mon mariage. Je n'ai pas eu besoin de le lui dire. Elle l'a deviné et je n'ai pas pu nier. Tout comme Estelle, elle me dit de quitter Ken parce qu'il ne me mérite pas. Mais moi je ne veux pas divorcer. J'ai foi qu'on va sortir de cette phase. Elle me laisse continuer ce qu'elle faisait à un autre rayon et va rejoindre une cliente. Je regarde ce rayon et soupire. C'est dans ce rayon que j'ai rencontré Ken.

Flash-back cinq ans plus tôt

Pour une première journée dans cette boutique je dois dire que tout se passe bien. J'ai été embauchée à la boutique mère de la marque de chaussure Lo'. Je parcoure les rayons en vue d'aider certains clients lorsque je vois une fille hésiter entre deux chaussures. Elle est avec un mec qui manipule son portable. Il doit s'ennuyer. Quand j'approche il s'éloigne pour répondre à un appel.

– Bonsoir puis-je vous aider à faire votre choix ?

– Oui. J'hésite entre ce mocassin et ces boots.

– C'est pour un évènement précis ou pas ??

– Bon pas vraiment. Juste ajouter une nouvelle paire à ma collection.

– Bien personnellement je préfère les mocassins. Ça passe sur presque tout et ça fait chic et sexy. Les boots c'est cool mais à voir votre corpulence et votre look les mocassins seront parfaits pour vous.

– Merci beaucoup. Mon cœur balançait plus pour ça.

Je lui fais un grand sourire. Oui je lui ai proposé les mocassins parce qu'ils sont plus chers que les boots. L'homme revient et quand il me voit il se met à sourire. Un sourire genre dragueur. Je fais mine de ne pas l'avoir vu.

– Bébé j'ai choisi celles-là, lui dit la fille.

– Ok tient ma carte va régler. Moi je vais voir si je peux trouver un truc pour ma mère.

– Ok.

Quand elle s'en va il s'approche de moi.

– Bonsoir beauté ! Alors que me proposez-vous pour ma mère ?

– Ça dépend ! Quel âge a-t-elle ? Et quelle est sa pointure ?

– Et si je vous disais plutôt ma pointure à moi. Vous verrez si vous pouvez supporter.

Je tique face à sa perversité. Il s'approche de moi et je recule.

– Vous devriez avoir honte de me dire une telle chose alors que votre copine est juste à côté.

– Ma copine ? Qui celle-là ? Non c'est juste un plan cul. Je suis un cœur à prendre.

– Ça ne m'intéresse pas.

– Je vois que vous voulez résister à Kennedy KALAMBAY. Aucune femme ne me résiste très chère.

– Je serai l'exception. Il n'y a pas moyen que je tombe dans les bras d'un type aussi vulgaire et volage que vous. Oser me draguer alors que votre copine est dans les parages ? Très bonne tactique de drague. N'importe quoi !

Je m'apprête à lui fausser compagnie lorsqu'il m'attrape le bras. Je me dégage aussitôt.

– N'osez plus jamais me toucher.

– Je vous aurez ! Croyez-moi ! Je vous aurez ! Parole de Ken.

– Et puis quoi encore ? Mtchrrr. Fior de bior.

Deux mois plus tard

Satanée pluie. Depuis ce matin elle ne fait que tomber. Elle s'était arrêtée et à peine j'ai mis les pieds dehors que la voilà qui retombe deux fois plus fort. Me voilà obligée de m'abriter sous ce semblant d'appâtâmes perforé de partout. L'eau même coule en dessous. Il n'y a même pas de voiture à cause de cette satanée pluie. Je suis donc obligée d'attendre qu'elle cesse avant de prendre le chemin qui mène sur la grande voie pour prendre un taxi. Des gouttes commencent déjà à me tomber sur la tête. Alors que je suis là à ruminer je sens une ombre me couvrir. Je tourne la tête et vois un homme arrêté près de moi, tenant un parapluie par-dessus nos têtes. Je regarde de plus près et constate qu'il s'agit de ce Ken. Celui-là ça fait deux semaines qu'il m'a lâché les basquets. Depuis la dernière fois il n'a pas arrêté de me harceler et à chaque fois je l'envoyais bouler. C'est seulement ces deux dernières semaines qu'il a réapparu.

– Je te croyais mort.

Il sourit. Bizarre. D'habitude il me répond direct et on passe le reste du temps à se lancer des piques.

– Que me veux-tu ?

– Te proposer mon aide. Il pleut et si tu restes là tu finiras par tomber malade.

– Je préfère tomber malade que d'accepter ton aide. Tu peux rentrer chez toi.

– Cette pluie ne va pas cesser de sitôt.

– Donc quoi tu veux me proposer de me déposer chez moi et après tu vas m'y attendre tous les soirs pour enfin arriver à coucher avec moi ?

– Ça c'est une tactique pour les enfoirés. Je voulais juste vous proposer de prendre un café pour vous tenir au chaud le temps que cette pluie cesse.

– Pourquoi me vouvoies-tu ?

– Parce que tu ne m'as pas donné la permission de te tutoyer.

– Tu es sérieux ? Tu as commencé à me tutoyer à notre deuxième rencontre. Et puis je m'en fou je ne te suis pas.

– Je vous promets de ne pas avoir de gestes ni de mots déplacés envers vous. On va juste aller dans un café ou même un restau pour manger un bout en espérant que la pluie cesse entre temps. Je sais que nous sommes partis sur le mauvais pied alors c'est une manière de m'excuser pour toutes mes maladresses. Après ça je vous promets de disparaitre de votre vie. Regardez, vous commencez même à grelotter.

Oui sur ce fait il avait raison. J'avais énormément froid et mes pieds dans cette eau qui ne cesse de couler n'arrange pas les choses. Je finis par accepter son offre et il me conduit à sa voiture. Une nouvelle voiture même. Nous prenons place dans un restaurant et Ken commande de la nourriture pour moi en plus d'un lait chaud. Lui ne prend qu'un jus de fruit.

– Un jus de fruit ? Je m'attendais à ce que tu prennes une de ces nombreuses boissons alcoolisées.

– Je ne bois pas.

– Tu es sérieux ? Toi un Bad boy tu ne bois pas ?

– Aussi bizarre que ça puisse paraitre je ne bois ni ne fume.

– Gros mytho.

Il sourit. C'est bizarre mais pour la première fois j'aime son sourire. C'est peut-être parce que c'est la première fois qu'il sourit normalement au lieu de me faire des sourires pervers. D'ailleurs je le trouve changé.

– Pourquoi me fixes-tu autant ? Me demande-t-il ?

– Je ne sais pas. Tu m'as l'air changé. On aurait dit une autre personne. Tu es poli, tu souris et es habillé différemment. Toutes les fois que nous nous sommes vus tu étais en costume et là tu es juste en survêt plus casquette.

Il sourit à nouveau.

– Seuls les imbéciles ne changent pas.

– Ou alors c'est une tactique pour me faire tomber dans ton piège !?

– Il n'y a pas de piège. Je te montre juste le vrai Ken. Celui que je suis vraiment, non celui que je veux montrer aux gens.

– Si tu le dis.

Retour au présent

– Oh Cindy arrête de rêvasser et viens t'occuper de ces deux clientes.

– Tout de suite Loraine.

Le boulot terminé, je vais chercher les enfants à l'école avant de rentrer. Je leur donne leur douche et pendant qu'ils sont devant la télé je vais faire le diner. Nous n'avons pas de servante parce que j'aime moi-même m'occuper de tout. J'aime prendre soin de ma famille.

Il est 21h et Ken n'est pas rentré. Je sais déjà qu'il ne rentrera pas. Une fois 19h passé et qu'il n'est pas là, plus la peine d'espérer le voir. Je vais mettre les enfants au lit avant de rejoindre le mien. Je soupire de désespoir. Ken est sans doute entre les cuisses d'une autre. Il ne s'en lasse pas et c'est d'ailleurs ça la seule raison qui puisse le faire découcher. Au milieu de la nuit il rentrera avec l'odeur de cette autre et un reçu d'hôtel. C'est ça mon quotidien depuis cinq ans. Si ce ne sont pas les coups, ce sont les infidélités. Je me couche et fais une prière.

– Seigneur, donne-moi la force de supporter cette épreuve.

Je suis réveillée par un bruit. Quand j'ouvre les yeux, je vois Ken qui se déshabille. Je jette un coup d'œil sur la veilleuse, il est 2h du matin. Il jette ses habits par terre avant d'entrer dans la salle de bain. Je me lève pour les ramasser et les ranger. Sans même que je ne cherche, une marque de rouge à lèvres me tombe sous les yeux. Il était donc vraiment avec une femme. Bien que je le sache depuis cinq ans, ça me fait toujours autant mal de m'en rendre compte. Pourquoi faut-il toujours qu'il me trompe ? Je ne le satisfais pas pour qu'il ressente à chaque fois le besoin d'aller voir ailleurs ? Ken ressort de la salle de bain et sans un mot va se coucher. J'ai atrocement mal. Je le remplace dans la salle de bain et m'assois sur la lunette des toilettes. Mes larmes coulent sans que je ne puisse les retenir. Pourquoi est-il ainsi ?

– Je suis forte, je commence à me répéter. Je suis courageuse, je vais surmonter cette épreuve. Je suis une battante, une femme de valeur.

Je répète cette phrase encore et encore jusqu'à me calmer. Je me lave le visage et retourne au lit. Demain sera un jour meilleur.

EPISODE 4

KENNEDY KALAMBAY

Je me lève du mauvais pied comme presque tous les matins et je sais ce qu'il faut pour me remettre sur le bon pied. Toujours en pyjama, je descends retrouver Cindy dans la cuisine. À cette heure elle est en train de faire le petit déjeuner. Cette femme est une parfaite épouse je le reconnais. Je me colle à son dos et frotte mon érection contre ses fesses. Elle sourit.

– Je vois que c'est débout de partout. Dit-elle le sourire aux lèvres.

– Baisse-toi ! Je lui souffle à l'oreille en glissant les mains sous sa nuisette.

– Les enfants sont juste à côté. Laisse-moi les mettre à table et je suis toute à toi.

– Je te veux maintenant.

Elle veut répondre mais elle sait qu'elle risque de me mettre en colère. Sans tarder je me glisse en elle et commence à bouger avec vigueur. Je la vois serrer les dents et pousser de petits cris qui n'ont rien à avoir le plaisir. Elle ne bronchera pas et c'est tant mieux. Cette femme est trop bonne et c'est d'ailleurs pour cette raison que j'ai continué à la fréquenter après notre première fois quand elle a succombé à mes avances. Certes, j'adore les pétasses au lit, mais Cindy, bien que faisant dans la douceur, a bon goût.

– Maman j'ai faim.

Dès que nous entendons la voix de Nael, Cindy me repousse et fait descendre sa robe. À peine je range mon sexe qu'il apparait. Je n'ai même pas encore éjaculé et voilà que ce morpion apparaît. Satané gosse. Je lance un juron et sors de la cuisine. Je déteste ne pas jouir, j'en ai horreur et là maintenant je suis deux fois plus en colère. Pourquoi faut-il que ces gosses soient toujours dans mes pattes ou du moins dans les pattes de leur mère ? Je n'ai jamais aimé les enfants et je n'ai jamais voulu en avoir. J'ai toujours voulu profiter de ma vie pleinement, me faire autant plaisir que possible avant de me caser mais il a fallu cette grossesse pour tout chambouler. Sinon moi Kennedy KALAMBAY me marier à 26 ans, y avait pas moyen. Aucune fille quels que soient sa grande beauté et ses tournements de reins. Cindy a juste eu la chance d'être tombée enceinte. C'est tout furieux que je me prépare pour le travail. Heureusement que j'ai d'autres moyens pour me satisfaire. Sinon si je me contentais de Cindy je serais mort depuis cinq ans.

– Je les ai mis à table. On peut donc continuer.

Je ne la regarde pas et continue de m'habiller. Elle vient se placer devant moi pour essayer de m'embrasser mais je la repousse.

– Chérie s'il te plaît ne te fâche pas.
– Je n'ai plus envie.

Je sors avec mon sac d'ordinateur. C'est toujours avec cette colère que je conduis jusqu'à mon bureau. Quand l'ascenseur s'ouvre je vois Fatim qui comme toujours porte un haut dont le décolleté laisse voir son balcon.

– Dans mon bureau.

Je lui lance en rentrant. Elle me suit prestement. Je m'assois et ouvre mon pantalon. Sans un mot elle vient s'accroupir devant moi et commence à me pomper. Je me sens bien. J'adore le sexe et j'adore les femmes. Le mariage ça n'a jamais été pour moi et jamais ça ne le sera. Je m'enfonce dans la gorge de Fatim et verse tout mon jus. Je prends des mouchoirs pour me nettoyer avant de me tourner vers mon bureau.

– Je vois que ta pétasse de femme t'a mise de…

Et bim elle reçoit une gifle.

– Je te l'ai dit, jamais tu ne manques de respect à ma femme. Jamais tu ne lui arriveras à la cheville. Maintenant retourne à ton poste.

Elle s'excuse et s'en va. Ce n'est pas parce que je couche de gauche à droite que je vais permettre à mes putes de manquer de respect à ma femme. Elles doivent savoir que leur place c'est dehors parce que sinon elles se permettront de venir faire le boucan dans ma maison. J'ai horreur des femmes qui ne connaissent pas leurs places. Bref ! Je me concentre sur mon travail jusqu'à ce que ma mère vienne. Elle, c'est mon seul amour. La seule femme que j'aime. Après la bise elle s'assoit face à moi.

– Comment ça va le boulot ? S'enquiert-elle.

– Je m'en sors pas mal.

– Continue ainsi pour montrer à tous ceux qui t'ont négligé que tu es intelligent. D'ailleurs il t'a appelé ?

– Non depuis la dispute de la dernière fois il ne m'a plus appelé mais je pense qu'il surveille tout de loin.

– Fhum ne lui laisse pas l'occasion de te crier dessus. Heureusement que depuis que tu t'es marié il est devenu plus doux.

– On pourrait parler d'autre chose que de papa stp ?

– Oui c'est vrai. Je dis tu continues de taper la fille-là ? Kennedy faut pas faire elle va partir hein.

– Si elle devait partir elle le serait depuis bien longtemps.

– Ah en tout cas faut bien la garder parce que si elle s'en va tu sais ce qui risque d'arriver. Actuellement tu as pris le dessus, faut pas redescendre.

– Je sais maman. Il t'a appelé ?

– Bon depuis la semaine passée non. Et toi ?

– Nos rapports sont plus ça depuis ce qui s'est passé.

– C'est mieux.

Nous discutons encore un peu avant qu'elle ne s'en aille après quoi je me replonge dans le travail. Je n'ai jamais voulu travailler encore moins gérer une entreprise. Tout ce que je voulais c'était profiter de ma vie de gosse de riche. Mon père pouvait très bien gérer ses boîtes tout seul mais il voulait coûte que coûte que je travaille. À quoi bon travailler si nous sommes déjà bien placés. Mon père pouvait bien tout confier à quelqu'un d'autre et c'est ce qu'il avait voulu faire au finish mais ma mère m'a dit de lui faire savoir que je veux gérer la boîte d'ici. Selon elle c'était le moyen de fermer la bouche à mon père quand il a dit que je ne serai rien d'autre qu'un bon à rien. J'ai alors accepté de relever ce défi. Certes je fais de petites erreurs mais je m'en sors pas mal. Seulement mon père ne rate pas une occasion pour me reprendre.

Disons que je n'ai jamais été non plus un enfant studieux. J'étais ce qu'on appelle un crâne brulé. Ou disons plutôt que je le suis toujours. Petit je me fichais pas mal de l'école. Pourquoi me fatiguer à bosser quand mon père m'achetait tout ce que je voulais. Ado, je continuais ainsi. Les classes simples je passais avec juste la moyenne mais les classes d'examens ce n'était pas aussi simple. Le CEPE je l'ai passé facilement mais le BEPC j'ai échoué. Je l'ai réussi à la deuxième tentative. Pour le BAC j'ai donc dû payer pour avoir les corrigés ce qui m'a permis de l'obtenir. Mon père a fini par le savoir beaucoup plus tard et il m'a privé d'argent pendant une année. Je n'ai pu payer pour le BTS parce qu'il me surveillait comme une sauce sur le feu et j'ai échoué. C'est la deuxième fois que je l'ai réussi mais pas par moi-même. Quelqu'un a composé à ma place. C'est très fréquent ce système. Cette fois quand mon père l'a su et a su que ma mère a toujours été ma complice ça a divisé la famille. Déjà que les deux passaient leurs temps à se disputer à mon sujet, ils ont fini par divorcer. Ma mère me couvrait en toute chose et mon père me tapait dessus à chaque bêtise. Il n'arrêtait pas de manifester sa grande déception par des coups, des punitions et des injures.

Ma mère m'a toujours pris comme un œuf et n'acceptait jamais qu'on me touche, que ce soit mon père ou n'importe qui d'autre. Il y a plein de bêtises que mon père n'a jamais su jusqu'à présent comme par exemple ces filles que j'ai enceinté et fait avorter. Mais surtout, surtout l'histoire de celle que j'ai envoyée aux urgences. C'était bien avant que je me marie. C'était l'une de mes putes. On avait rendez-vous pour une partie de jambes en l'air et elle m'a dit être malade. J'ai donc pris rendez-vous avec une autre et alors qu'on se rendait dans un hôtel eh bien j'ai vu la garce y entrer avec un autre. J'ai pété un câble et lui ai tiré les cheveux jusque dehors pour ne pas faire de scandale dans l'hôtel. Mais cette fille s'est mise à m'insulter et comme je suis Kennedy KALAMBAY un pure Luba du grand Kasaï une ethnie des hommes beaux, riches et fières du Congo aucune femme ne me manque de respect et bien je lui ai défoncé sa gueule. Oui je n'étais pas son mec mais c'était inadmissible qu'elle me mette en plan pour un moins que rien. D'ailleurs à ce que mon père me racontait, dans sa culture luba une femme infidèle trouvait la mort à cause d'un sort appelé « Tshibawu ». Papa avec ses conneries de culture quand j'y pense, est ce que j'y crois (rire). Je l'ai laissé au sol saignant de la bouche et suis rentré. C'est ma mère qui a été contactée pour régler les frais médicaux. La fille a voulu porté plainte mais ma mère a géré comme d'habitude.

La violence c'est mon arme à moi pour me faire respecter, que ce soit avec les hommes comme avec les femmes. J'ai toujours été bagarreur. Tu me manques de respect je te casse la gueule, il parait que ce sont les gènes hérités du côté paternel car les hommes de cette tribu ne se laissent pas piétiner. Les femmes ont besoin de ça pour connaitre leur place. Elles ont cette facilité à hausser le ton sur les hommes et à vouloir leur monter sur la tête. Eh bien ça ne marche pas avec moi. Aucune femme en dehors de ma mère ne hausse le ton sur moi.

Le boulot terminé je rentre chez moi. Je me sens trop fatigué pour aller passer du bon temps entre les cuisses d'une autre. Tout ce que je veux c'est rentrer et me reposer. Les enfants sont dans leur salon à regarder la télé. Je monte directement dans ma chambre. Je n'ai pas le temps pour tous ces câlins et autre. Être père ce n'est pas pour moi. Je ne déteste pas les enfants, juste que je ne me sens pas dans ce rôle. Je ne me sens pas proche d'eux. J'ai mieux à faire que de jouer le papa cool. Quand j'arrive dans la chambre, le spectacle que je vois me fait sourire. Cindy en ténue légère et me montrant sa croupe.

– Je n'ai pas été sage. Je dois être fessée.

Arrgh elle va me rendre dingue. J'ai toujours adoré ses formes. Je claque la porte et sans perdre de temps lui donne une fessée. Elle gémit. Je la prends direct dans cette position. J'adore sa manière de gémir. Un moment j'y vais tellement fort qu'elle se met à geindre de douleur.

– Doucement bébé tu me fais mal.

– La ferme salope que je te défonce.

Elle se dégage aussitôt.

– Pourquoi faut-il toujours que tu en arrives là ? J'ai dit que tu me fais mal mais tu continues.

– Tu es ma femme et je te baise comme bon me semble.

– Tu vas donc continuer à être autant vulgaire avec moi Ken ? Je ne suis ni une salope ni un objet sexuel. Tu sais très bien que j'aime faire l'amour de façon tendre et passionnée mais pour te faire plaisir je me joue les salopes au lit mais tu finis toujours par aller plus loin. J'en ai marre que tu me compares à tes putes. Je suis ta femme donc pense aussi à ce que je ressens.

Je la gifle direct. Elle m'énerve avec son discours.

– Pour qui te prends-tu pour m'interrompre en pleine action. C'est toi qui m'as allumé et maintenant tu m'arrêtes.

– Tu me faisais mal.

Je la gifle à nouveau et elle tombe sur le lit. Je la tire vers le bord du lit et la retourne. Je la prends cette fois de force. Je m'en fiche de ses cris de douleur. Elle ne va pas m'empêcher de jouir deux fois dans la même journée.

– Je suis ton mari et si je veux y aller brutalement tu te laisses faire un point c'est tout.

Je l'entends renifler mais ça ne m'émeut pas. Fallait pas qu'elle me cherche. Quand je finis, je vais prendre une douche. J'ai maintenant envie de m'éclater. J'ai besoin d'une experte pour me mettre bien. Je veux sortir de la chambre lorsque Cindy qui pleurait assise au sol vient se coller contre la porte.

– Il est hors de question que tu sortes de cette maison Ken. Tu as fait de moi ta pute et ça suffit.

– Cindy laisse-moi passer.

– J'ai dit non.

Je lui envoie un coup dans sa face. Je la tire et la jette par terre avant de sortir. Pour qui se prend-t-elle pour vouloir m'empêcher de sortir ? N'importe quoi ! Je passerai la nuit avec Jamila et demain je reviendrai la trouver. Jamila ma pute Marocaine. Elle vient de temps à autre en Côte d'Ivoire et me fait signe à chaque fois pour qu'on se voie. Cette fille est une experte, dix mille fois mieux que Cindy. Cindy est bonne au lit, elle sait me faire grimper au rideau mais moi j'aime quand c'est beaucoup plus sauvage ce qui n'est pas son cas. Elle aime la douceur et les câlins pendant l'acte ce qui n'est pas mon cas. Je cogne deux fois sur la porte de la chambre d'hôtel et Jamila vient m'ouvrir.

– Je croyais qu'on ne devrait pas se voir ce soir ? Dit-elle avec son accent marocain.

– Tais-toi et viens faire ce que tu sais faire le mieux.

Elle me pousse sur le lit direct et ouvre mon pantalon. Je ferme les yeux pour savourer. Cette nuit sera encore plus intense. Je prendrai mon pied comme toujours et demain j'irai retrouver Cindy en train de s'occuper de la maison. Je sais qu'elle ne s'en ira pas. Elle est là par amour. Et elle croit que cet amour va faire revenir le Ken doux et tendre que "j'étais". Elle n'a toujours pas compris que ce n'était pas moi. Je n'ai jamais été doux mais l'autre moi si. À chaque fois qu'elle voulait de la douceur eh bien il apparaissait. Je ne voulais pas perdre un si bon morceau alors j'ai fait intervenir le Ken doux, le Ken adorable, le Ken romantique. Elle croit m'aimer moi, mais non, elle aime "le Ken" tendre que je lui ai présenté. Ça fait cinq ans que ce Ken là a disparu et qu'elle vit avec le véritable Ken. Elle supporte malgré tout. Si elle pense donc me changer eh bien elle se fout le doigt dans l'œil. Ça fait cinq ans que je la trompe et la bât et elle est toujours là. Ce n'est donc pas demain la veille qu'elle va me quitter.

EPISODE 5

CINDY

Flash-back cinq ans plus tôt

J'adore mon travail et ma patronne. Loraine, cette femme est en même temps sympathique et intimidante. Quand tu fais les choses de travers elle te remet vite fait bien fait à ta place mais je l'adore quand même. Sa bouche pique comme du piment. Elle est mon modèle féminin. Je veux être aussi courageuse et caractérielle qu'elle. Elle tient tout le monde d'une poignée de main.

– Cindy il y a un livreur pour toi.

La voix de ma collègue me fait revenir à moi tant j'étais concentrée sur le travail. Je vais à la réception trouver ce livreur qui est là pour moi. Je suis surprise même qu'un livreur demande après moi. Je n'ai rien commandé.

– Bonjour monsieur.

– Bonjour madame. C'est bien vous Cindy ?

– Oui.

– J'ai une livraison pour vous de la part de monsieur Ken KA-LAMBAY.

Je souris et prends le paquet. C'est la bouffe venue tout droit de chez mon restau préféré. Quand je regarde à l'intérieur je souris encore plus. Deux hamburgers avec des crispy à la place du steak plus du Moka café. Le Moka café c'est la seule boisson que je bois et ça Ken l'a remarqué. Je sors mon portable de la poche arrière de mon jeans et lance son numéro. Il ne répond pas. Il doit surement être occupé. Je reçois aussitôt un message de lui.

– « *Peux pas parler. T'as reçu ton déjeuner ?* »

– Oui merci. Tu t'es souvenu de mes goûts. Ça me fait plaisir.

– « *Comment ne pas m'en souvenir quand tu passes ton temps à bouffer quand nous sommes ensemble.* »

J'éclate de rire et me reprends aussitôt quand je vois des têtes se tourner vers moi.

– Merci ! Je vais me régaler.

– « *Et tu ne penses même pas à m'inviter. Motema mabé (Méchante).* »

Je souris.

– Désolée. Je t'invite alors.

– « *Tu m'invites avec un mauvais cœur. Si je le mange je meure direct. Bon je t'appelle après. Ma mère n'arrête pas de me reprocher que je suis distrait à la réunion de famille.* »

– Ok. À plus.

C'est le sourire aux lèvres que je déguste mes hamburgers. En seulement un mois Ken et moi sommes devenus proches.

J'aime son nouveau lui. Il est carrément différent de celui qui m'a harcelé pendant un mois. Depuis ce soir-là, où nous avons diné ensemble à cause de la pluie, je suis devenue plus cool avec lui surtout que lui m'avais montré une autre facette de sa personnalité. Il m'a expliqué qu'il se faisait passer pour un enfoiré parce que dans le passé il se faisait constamment mépriser. Alors avec cette personnalité de Bad boy il se faisait plus respecter. Depuis un mois qu'on se fréquente il n'a jamais eu de geste déplacé encore moins de propos tordus. Il se comporte en véritable gentleman et j'adore. Il est à mes petits soins. Nous échangeons beaucoup sur nos vies, nos ambitions et nos rêves les plus fous. Il est super cool je l'avoue.

Le boulot terminé je prends mon portable pour l'appeler mais aucune réponse. J'essaye en me dirigeant vers la sortie mais toujours aucune réponse. Dès que je mets les pieds hors de la boutique je le vois adossé à sa voiture toujours aussi craquant dans son jeans, son tee-shirt et par-dessus le détail qui le rend encore plus craquant, sa casquette. C'est vrai qu'au début j'ai trouvé ça anodin mais je le trouve trop sexy avec ses casquettes. Je ne connais d'ailleurs aucun homme à part lui qui adore autant les casquettes. Il en a de toutes les couleurs et tout le temps que nous nous sommes vus pendant un mois il ne s'est jamais présenté sans. Ça le rend différent. Il dit qu'il porte des costumes uniquement pour des rencontres d'affaire. Mais moi je le préfère ainsi. Un homme qui porte des casquettes, c'est sexy.

– Je ne savais pas que tu venais. Dis-je avec le sourire.

– T'as oublié que tu avais fait de moi ton Huber ?

– Oh oui c'est vrai. Merci de me le rappeler. Alors on fait quoi ce soir ?

– Que veux-tu faire ? Demande-t-il en ouvrant la portière de sa voiture.

– Tout ce que tu veux, je réponds en prenant place. Aujourd'hui c'est vendredi et j'ai envie de m'amuser. Trop de boulot cette semaine.

– Ça tombe bien alors. Mon meilleur ami donne une fête à la plage. Il fête ses fiançailles.

– Cool. Je me change et on y va.

Il fait un sourire en coin et referme la portière. Je le trouve sexy quand il sourit en coin. Il reste en bas dans sa voiture tandis que moi je monte me préparer rapidement. Il n'est jamais monté chez moi et ne le veux même pas. Je crois que c'est pour éviter de me sauter dessus. Je le rejoins à nouveau en bas dans ma petite robe rouge qui m'arrive juste sur les genoux. Sexy mais pas vulgaire. Quand il me voit il reste la bouche ouverte pendant de bonnes minutes. Je rigole ce qui le ramène à lui et nous prenons la route pour Bassam. La fête a déjà commencé et après les présentations je saute sur la nourriture. Ken me lance un regard moqueur. Je lui tire ma bouche et mange avec appétit. Oui j'adore manger. C'est mon péché mignon.

– Je me demande où va tout ce que tu manges, chuchote-t-il près de mes oreilles. Tu n'as pas pris un seul kilo depuis que je te connais.

– La nourriture s'évapore dans mes organes.

– C'est ça. Grosse bouffeuse.

– C'est ce que tu aimes n'est-ce pas ?

Il sourit juste et prend son verre qu'il porte à ses lèvres. Après m'être empiffrée je commence à bouger au son de la musique dans mon coin. J'aime aussi m'amuser. Sans m'en rendre compte je me mets véritablement à danser. Ken lui discute avec son pote et quand je tourne la tête vers lui je le vois me regarder avec des yeux brillants. J'adore la manière dont il me regarde. Ça n'a rien de pervers, c'est un regard doux d'un homme admiratif. Son ami est tiré par sa fiancée et Ken part s'asseoir. Je vais le tirer pour danser.

– Cindy non je n'aime pas danser.

– Arrête de faire ton timide.

Je le mets debout et commence à danser devant lui. Je le sens gêné mais je m'en fiche. Je me tourne et trémousse mon derrière devant lui. Je fais ça juste pour l'embêter. Il est trop timide ce qui me surprend d'ailleurs. Il veut retourner s'asseoir mais je le retiens.

– Cindy !!

– Alleezzz.

On reste là à lutter quand la musique change pour un slow. Je m'agrippe aussitôt à son cou. Il roule les yeux.

– Je regrette de t'avoir emmené ici, me dit-il en mettant ses mains sur mes hanches.

– Qui me fréquente subit ma bonne humeur.

Il fait un sourire en coin. Nous dansons lentement et je me sens bien dans ses bras. Je me sens en sécurité. Je me couche sur sa poitrine en continuant à bouger.

– J'aime comme t'es Ken.

– Je t'aime Cindy !

Je me crispe. Il se crispe aussi et quand je lève les yeux vers lui il fuit mon regard.

– Qu'est-ce que tu as dit ?

– J'ai dit euh, que moi aussi j'aime comme t'es. On devrait rentrer. Il commence à faire tard.

– Ok.

Le trajet retour se fait dans le silence. Un silence qui me gêne alors je mets en marche son lecteur et mets de la musique avec un volume élevé. Je danse dans la voiture. Il me regarde et secoue la tête. Je bouge et l'incite à faire les mêmes choses que moi. Au début il est réticent mais il finit par se lâcher. Nous chantons en chœur et bougeons pareillement. Ok nous n'avons pas de très belles voix mais nous nous éclatons comme des fous. Je mets du rap et lui retire sa casquette que je porte à l'envers. Il se met à rire face à mon rap.

– Tu es tarée Cindy !

– C'est mon nom de caresse, tarée.

Nous arrivons enfin et comme mes chaussures me font mal, je les retire.

– Tu vas marcher nus pieds jusqu'à ton appartement ?

– Oui. J'ai mal aux pieds. Tu me soulèves ?

– Y a pas moyen.

– Ok donc je vais m'asseoir par terre jusqu'à ce qu'une âme généreuse vienne me porter.

Je sors de sa voiture et vais m'asseoir devant mon immeuble à même le sol. Ken descend en secouant la tête et vient me soulever. Je ne sais vraiment pas ce qui me pousse à être autant à l'aise avec lui. J'ai l'impression de le connaitre depuis toujours. Ce mec à réussir à me faire baisser la garde, moi qui étais tout le temps sur la défensive la première semaine après notre diner. Mais par ses mots et ses petites attentions il a touché mon cœur et m'a rendu accessible. Je ne le regrette pas parce qu'il est un homme génial quoi que un peu calme, mais j'adore. Son côté réservé le rend encore plus sexy. Purée je crois que je suis en train de tomber amoureuse de lui !

Il me fait descendre une fois arrivés devant chez moi. J'ouvre la porte mais il refuse d'entrer.

– Tu as peur de rester seul avec moi ou quoi ?

– Rien à avoir. Il se fait tard et j'ai du boulot demain.

– Ok.

On reste là à se regarder. Je sens mon cœur battre différemment. J'ai envie qu'il m'embrasse.

– Ma casquette. Dit-il pour briser ce charme entre nous.

– Non je la garde.

– Hors de question.

Il essaye de me l'enlever mais je refuse. Une lutte s'en suit et je me retrouve plaquée à lui. Il passe automatiquement son bras autour de ma taille. Nos regards s'accrochent et n'en pouvant plus de lutter contre cette envie je l'embrasse. Disons que nous nous embrassons parce que lui aussi a fait un pas en avant. Ce baiser me téléporte dans un autre monde. Il est tout simplement divin. Tout comme sa personne, ce baiser est doux et tendre. J'attrape sa nuque pour approfondir le baiser. C'est à ce moment qu'il se dégage.

– Non je ne peux pas faire ça.

Il s'excuse et s'en va en portant sa casquette. Moi je reste là toute émoustillée par ce baiser. Il faut que j'aille dormir.

Je n'ai pas fermé l'œil de la nuit à force de repenser à ce baiser. Je suis en train de tomber amoureuse de Ken et ça je ne le veux pas. Peut-être qu'il est en train de jouer avec moi. Pff. Je finis de prendre ma douche et alors que je m'habille pour aller faire mon petit déjeuner on sonne à la porte. Quand je vais ouvrir c'est un Ken cintré dans un costume qui apparait.

– Que fais-tu là de si bonne heure ?

– Je mourrais d'envie de te voir avant d'aller à mon rendez-vous d'affaire.

– Mais il est…

Je n'ai pas fini ma phrase qu'il saute sur mes lèvres. Il claque la porte d'un coup de pied et sans perdre une minute commence à se déshabiller.

– J'ai grave envie de toi. Je n'ai pas cessé de penser à toi toute cette nuit.

J'ai envie de le repousser mais quand je repense au baiser une chaleur nait en moi alors je me laisse faire. Je marche à reculons jusqu'à le conduire dans ma chambre. Il me jette aussitôt sur le lit. Je suis surprise par tant de brutalité pour quelqu'un qui est tant calme. Je le regarde et ce que je vois me surprend. On aurait dit une autre personne. Il me regarde comme à notre toute première rencontre. Je n'aime pas ce regard mais j'ai envie de lui. Il me tire jusque sur le bord du lit avant d'ouvrir mon peignoir. Je suis nue en dessous.

– Putain bordel de merde. Ton corps est grave bandant.

Je tique. Est-ce vraiment le même Ken ? Je refoule toutes les questions lorsqu'il commence à parsemer mon cou de baiser après avoir enfilé un préservatif. Il empoigne mes seins et alors que je commence à prendre du plaisir il me pénètre violemment. Je hurle de douleur mais ça ne le freine pas. Il me cogne durement. Tantôt c'est bon tantôt c'est douloureux puis un moment ça devient totalement douloureux. J'ai envie de le repousser mais je serre les dents pour le laisser finir. Il me retourne dos à lui, les fesses en l'air et recommence avec toujours autant de brutalité.

– Argh ! Tu es trop bonne ma salope.

Il finit sa phrase en se vidant. Je suis dégoûtée. Il tombe près de moi comme un taureau.

– Rhorr bon sang tu es vachement bonne.

– Tu es sérieux ? Je demande choquée et dégoutée.

– T'as pas aimé ?

– Tu m'as fait l'amour sans même t'occuper de si j'aimais ou pas et c'est maintenant que tu me le demandes ? C'est quoi ce comportement de macho Ken ?

– Tu veux qu'on recommence pour que je te donne du plaisir ?

– Pourquoi étais-tu brutal ?

– Parce que j'aime quand c'est hard bébé. Putain j'ai encore envie de toi. Dommage que j'aie un rendez-vous tout à l'heure. Mais bon peut-être que je reviendrai ou pas. De toute façon je t'ai déjà eu.

Il se lève du lit et se met à s'habiller sans tenir compte de mon air choqué. Il me fait un smack et s'en va. Il m'a déjà eu ? C'est bien ce qu'il a dit ? Donc tout ce temps ce n'était qu'un jeu ? Je ne suis qu'une conne.

Ma sœur vient de partir de chez moi, je deviens morose à cause de ce qui s'est passé avec Ken. Et moi qui pensais qu'il allait être doux comme il n'a cessé de l'être tout ce temps. Pff le salaud m'a bien eu. Je décide d'aller faire la cuisine pour m'occuper un peu l'esprit. Dès que je mets la casserole d'eau sur le feu pour les pâtes, on sonne. C'est peut-être Estelle qui a oublié quelque chose. Quand j'ouvre je vois Ken. Il retourne sa casquette aussitôt. C'est sa manière à lui de me faire comprendre qu'il regrette son acte. Il dit que quand un chien fait une bêtise, il ramène ses oreilles en arrière et les fait coucher. Sa casquette à lui c'est comme les oreilles d'un chien. Toutes les fois que je l'ai boudé, il l'a retourné pour me faire savoir qu'il s'en veut.

– Je croyais que tu m'avais déjà eu et que tu n'allais plus revenir.

– J'ai été con de le dire et tu as toutes les raisons du monde de m'en vouloir. Je ne sais d'ailleurs pas pourquoi j'ai dit une telle chose.

– Tu peux retourner d'où tu viens.

– Laisse-moi me racheter s'il te plait.

Je veux l'envoyer paître mais son regard si tendre me fait chavirer.

– Je ne coucherai plus avec toi.

– C'est comme tu veux.

– Et tu me donnes ta casquette.

Il sort une casquette de derrière lui.

– C'est pour toi.
– Comment as tu su que je te le demanderais ?
– Peut-être parce que tu m'as déjà piqué deux casquettes.

Je souris. Il pose la casquette sur ma tête accompagné d'un magnifique sourire. Je le laisse entrer et referme la porte derrière.

– Tu as déjà diné ? Me demande-t-il ?
– Non. Je venais à peine de mettre l'eau des pâtes sur le feu.
– Ok j'ai acheté de quoi nous faire de la pizza.
– Tu sais faire de la pizza.
– Je suis le meilleur pizzaiolo du monde.
– L'orgueilleux carrément.
– Tu aimes bien ça n'est-ce pas.
– Meum pas.

Il sourit en allant à la cuisine. Il met la musique dans son portable et c'est en chantant que nous cuisinons. Un moment nous nous comportons comme des gamins et nous salissons avec la farine. Nous nous en mettons partout. Il m'emprisonne les deux bras et prend dans sa main une grande poignée de farine qu'il dirige vers mes cheveux.

– Non pas mes cheveux je t'en prie.
– Dis pardon tonton.
– Jamais !

– Ok tu l'auras voulu.

Il rapproche sa main de ma tête.

– Non, non, non ! Pardon tonton.

– Quoi je n'ai rien entendu ?

– Pardon tonton, papa, tantie, maman, mon roi, mon petit dieu. Pardon mon tout.

Il pouffe de rire sans toutefois libérer mes bras.

– Grosse peureuse.

Quand il dépose la farine nous nous mettons à rire à gorge déployée. Il se rapproche de moi et me caresse la joue. Il devient sérieux.

– Tu es belle toute blanche comme ça.

– Je ressemble à un fantôme.

– Un fantôme qui ne me laisse pas indifférent.

Nos lèvres se rapprochent et se scellent. Je préfère quand il m'embrasse comme ça plutôt que la dernière fois quand on devait coucher ensemble. J'aime le goût de ses lèvres.

– Ken je ne coucherai pas avec toi. Lui dis-je entre deux baisers.

– On ne fera rien. J'adore tes lèvres même si tu parles un peu trop.

Je souris entre ses lèvres et approfondis le baiser. C'est l'odeur de la pizza qui commence à bruler qui nous sépare. Nous rangeons tout et nous mettons à table.

Deux semaines plus tard

Ce sourire débile ne veut plus me lâcher. J'ai passé une merveilleuse journée avec Ken. J'aime ses petites attentions. Bon nous ne sommes pas vraiment ensemble, c'est-à-dire qu'on se fréquente, on s'embrasse mais on ne va pas plus loin. Je veux prendre le temps de mieux le connaitre pour éviter qu'il me refasse le coup de la dernière fois. Quoique des fois, j'ai grave envie de me donner à lui surtout quand il est autant attentionné comme aujourd'hui. On a dû sortir pour éviter de se sauter dessus. Je cause par message avec ma sœur Estelle lorsqu'on sonne à la porte. Je suis surprise parce qu'il est 20h et je n'attends personne. Je demande qui s'est et c'est la voix de Ken qui me répond. Je suis surprise. Il est parti il y a à peine 45 minutes. Je lui ouvre.

– Tu es arrivé chez toi, tu t'es même changé et tu es revenu ? En si peu de temps ?

– Non je me suis rendue chez ma mère. Elle vit à deux rues d'ici.

– Ah ok.

– Je mourrais encore d'envie de te voir.

Je souris et lui cède le passage. Dès que je me retourne il me saute dessus et commence à m'embrasser avec fougue. J'y réponds mais lorsqu'il presse mes fesses je le repousse.

– Tu recommences Ken.

– Désolé. C'est juste que j'ai grave envie de toi.

Sans me laisser répondre il me tire contre lui et reprend ce qu'il faisait. Je gigote pour me libérer mais il me retient de force.

– Ken !
– Laisse-toi faire pétasse !

Là je le pousse violemment et lui assène une gifle. Je le vois serrer les mâchoires.

– Je t'ai dit de ne plus jamais m'appeler ainsi.
– Pourquoi faut-il toujours que tu compliques tout ? Nous nous entendons bien et maintenant que j'ai envie de te baiser tu t'y opposes.

Je le regarde choquée. Est-ce bien le même Ken avec qui j'ai passé une merveilleuse journée ? Est-ce bien ce Ken adorable ? Prenant mon silence pour un consentement il se colle à moi et glisse ses doigts dans mon dessous.

– Merde Ken arrête !
– Fais chier ! QUOI ?
– Pourquoi tu es comme ça ? Tantôt tu es doux tantôt tu es un véritable enfoiré. C'est quoi ton problème ? Je t'ai mainte fois dit que je détestais cet homme que tu es là maintenant. Je préfère ton autre toi. Alors si tu ne peux pas rester le Ken adorable et bien tu dégages et tu ne reviens plus. J'en ai marre de tout le temps jongler entre tes deux personnalités. Et puis merde tu dégages ! Je ne veux plus te voir.

Il me regarde tout furieux mais je demeure sur ma position. S'il pense m'influencer avec sa tronche de mec dangereux eh bien c'est raté. Il s'avance lentement vers la sortir. Un moment je l'entends soupirer. Un soupir de désespoir je veux dire. Je me retourne et le vois arrêter la main sur le poignet.

– Je suis malade Cindy. Je suis bipolaire.

Je reçois un choc. Il a dit quoi ?

– Ça a commencé quand j'étais ado. Je changeais de personnalité à tout moment et je faisais plein de dégâts. Ça a créé la division dans ma famille. Mes parents se sont séparés et j'ai commencé à être rejeté par tous. Tous mes proches avaient honte de moi. Mais ils ne comprenaient pas que je ne le faisais pas exprès. Je piquais des crises à n'importe quel moment. Le véritable Ken c'est l'autre qui porte tout le temps des casquettes sur des vêtements décontractés. Je n'ai jamais aimé les costumes et autres vêtements qui font trop sérieux mais le Ken maladroit et vulgaire si. Le Ken à casquette est fou amoureux de toi mais le Ken que j'ai été tout à l'heure n'aime rien d'autre que le sexe. Les femmes il n'en a rien à foutre. C'est pour toutes ces choses que je suis autant renfermé sur moi-même. Il n'y a que lorsque le Ken salaud apparait que je suis extraverti. Je suis désolé si je t'ai fait du mal. Je t'aime pour de vrai mais je comprends que tu ne veuilles plus de moi. Qui voudrais d'un homme malade dans sa vie.

Entendre toutes ces révélations me fait froid dans le dos. Je comprends maintenant ses changements de personnalités. Il ouvre la porte mais je me précipite vers lui pour la refermer. Il lève un regard triste sur moi. J'ai mal.

– Je t'aime aussi Ken et je veux être là pour toi. Tu dois te faire soigner et je veux aussi t'aider dans ce processus.

– Ne t'en sens pas obligée.

– Je ne le suis pas. En plus tu es la plus part du temps le Ken gentil donc ça va je peux gérer. Lorsque le Ken salaud apparaîtra puisque c'est lui ta deuxième personnalité et bien je trouverai comment le canaliser.

Il me regarde toujours avec autant de tristesse dans les yeux. Je me hisse sur la pointe des pieds et capture ses lèvres. Il passe automatiquement son bras autour de ma taille en répondant à mon baiser.

– Viens que je t'apprenne à faire l'amour tendrement.
– Ok !

Je le tire jusque dans ma chambre et contrairement à notre première fois il est plus doux. Des moments il veut me brutaliser mais je le bloque et lui chuchote des mots doux. Ça le ramène à lui.

Retour dans le présent

J'essuie une larme après l'autre en revenant à moi. Je croyais que je pouvais le canaliser mais je me suis trompée. Avant notre mariage c'était le Ken sympa qui était tout le temps présent et l'autre n'apparaissait que quelques rares fois. Mais depuis que nous nous sommes mariés tout a changé. Il n'y a plus de Ken doux et de Ken salaud. Il n'y a qu'un seul Ken et c'est le mauvais, le salaud. Ça veut donc dire qu'il est guéri ou que son cas a empiré ? Je veux tellement qu'il redevienne doux, attentionné, romantique, tendre. Je me surprends à prier pour qu'il redevienne bipolaire. Au moins j'aurai souvent droit à un peu de tendresse.

Lorsque la porte de la chambre s'ouvre je me nettoie rapidement le visage. Le parfum de Ken rempli aussitôt la pièce. Je fais mine d'arranger le lit pour éviter qu'il voit mes larmes. Contre toute attente il m'enlace et place devant moi un énorme bouquet de fleur.

– Je te demande pardon pour tout, mon amour, chuchote-t-il à mon oreille. Donne-moi une chance de me racheter.

Il pose un baiser dans mon cou et ça me fait frissonner.

– Je t'aime Madame KALAMBAY.

Il me retourne et du bout des doigts essuie les fines larmes qui sont restées sur mon visage.

– Je promets de faire plus d'effort.
– Pourquoi le Ken que j'aimais a disparu ? Je croyais que c'était lui le vrai toi.

Il soupire avant de replonger son regard dans le mien.

– Il est là bébé et il ne s'en ira plus. Je me suis fait soigner et si j'ai décidé de garder le Ken salaud c'est par peur que les gens ne me rabaissent de nouveau et que toi aussi tu ne me quittes.
– Mais jamais je ne te quitterai. Je t'aime de tout mon cœur et tu le sais.
– Oui. Je me suis rendue compte de mes bêtises et je veux me racheter. Laisse-moi te montrer que le Ken que tu aimes est toujours présent et c'est lui seul qui restera. Je suis guéri et c'est moi qui décide de qui je veux être.
– Choisis donc le bon.
– C'est ce que j'ai fait. Ce soir comme tous les soirs à venir nous allons nous aimer. J'ai réservé une table pour la famille. Je veux qu'on rattrape le temps perdu, avec les enfants aussi.
– D'accord ! Dis-je avec le sourire.

– Mais avant je vais prendre soin de toi comme jamais.

– Comment ?

Il commence à parsemer mon cou de doux baisers après quoi ses doigts parcourent mon corps lentement à me faire vibrer. Il me laisse un moment et se précipite dans la salle de bain. Je reste là à me demander ce qui se passe ? Dieu a-t-il entendu ma prière ? Il revient et sans me dire un mot me déshabille. Il me soulève ensuite après un baiser sur les lèvres et me conduit jusque dans la baignoire remplie de mousse et de pétales de rose. Il m'y pose délicatement avant de m'y rejoindre, complètement nu. Les baisers et les caresses reprennent. Il prend soin de moi comme j'aime. Alors que je commence à me détendre je le vois glisser la tête sous l'eau. Avant même que je ne demande ce qui se passe je reçois son premier coup de langue dans ma foufoune. Je vois direct les étoiles. Ça y est j'ai retrouvé mon mari. La dernière fois qu'il m'a fait ça c'était avant notre mariage. Je ne suis plus que gémissements et je vais devenir folle. Quand il me sent prête à exploser il se relève et me possède. Il me fait l'amour tendrement, passionnément, langoureusement. Je suis aux anges.

– Je t'aime Ken !
– Je t'aime Cindy !

Je retrouve là, le Ken que j'ai toujours aimé. J'ai retrouvé mon mari.

EPISODE 6

CINDY

Depuis deux semaines je ne vis que le bonheur avec Ken. Il a changé pour ma plus grande joie. Chaque soir en rentrant, il m'apporte des cadeaux, ainsi qu'aux enfants. On passe du temps ensemble à la maison à regarder la télé et nous faisons l'amour chaque soir exactement comme j'aime. Je suis heureuse. Mon mari a changé et c'est une victoire pour moi. Je savais qu'il me fallait juste de la patience.

Je termine à peine le déjeuner que je sens une érection contre mes fesses. Je souris.

– J'ai faim, dit Ken.

– Je croyais t'avoir déjà nourri ce matin ?

– Oui mais j'ai encore faim. Mais tu sais ce que je veux encore plus ? Demande-t-il en glissant son doigt en moi.

– Non dis-moi ! Dis-je entre deux gémissements.

– D'un bébé.

Je souris. Il veut qu'on ait un troisième enfant.

– Enceinte-moi alors.

Sans tarder il me prend là dans la cuisine. Les enfants sont en sortie scolaire donc la maison est rien qu'à nous. Ken s'occupe copieusement de moi à m'en couper le souffle. Je suis même sûre que le gardien entend mes cris.

– Je t'aime Ken. Na lingi yo mokonzi na nga (Je t'aime mon roi).

Il se déverse direct dans mes entrailles et contre toute attente sort de la cuisine en rouspétant. Qu'est-ce que j'ai dit ? Après m'être remise de mes émotions je le rejoins dans la chambre. Je me nettoie et le rejoins dans notre lit.

– Qu'y a-t-il bébé ?
– Je t'ai déjà dit avoir horreur des petits noms en Lingala.
– Mais c'est pourtant ta langue que tu m'as d'ailleurs toi-même apprise. J'ai cru que ça te ferait plaisir de l'entendre.
– Eh bien je te dis que je n'ai plus envie de l'entendre, dit-il en haussant le ton. Plus de Lingala dans cette maison.

Je soupire et monte sur le lit.

– Je suis désolée si ça ne t'a pas plu. Je ne le referai plus.

Comme il ne répond rien je me mets à l'embrasser.

– Te fâche pas s'il te plaît mon amour. J'ai encore envie de toi.

Cette phrase le réveille direct. Je m'assois sur lui et le mets en moi aussitôt. Il grogne. Après une trentaine de minute à faire l'amour nous allons prendre une douche et descendons manger. Nous prenons ensuite place dans le salon pour regarder la télé mais son portable ne cesse de sonner. Il coupe à chaque fois l'appel mais à la troisième tentative, il se lève pour aller répondre. J'en profite pour connecter mon portable à la télé et je mets de la musique. Avant nous avions pour habitude d'écouter de la musique ensemble et des fois de danser. Ou du moins moi je dansais et lui me regardait les yeux brillants d'amour. Dès qu'il revient je le tire pour qu'on danse mais il refuse.

– J'ai une urgence au bureau.

– Mais aujourd'hui c'est samedi.

– Je sais. C'est une urgence comme je l'ai dit.

– Tu vas tarder ?

– Je ne crois pas.

– Ok. Je t'attends donc pour qu'on profite du reste de notre journée.

– D'accord.

*Mona*LYS*

Il est maintenant 15h et Ken n'est toujours pas rentré. Je regarde son deuxième portable qui n'a pas aussi arrêté de sonner. Je l'ai appelé pour lui dire qu'il l'avait oublié mais il m'a dit qu'il rentrerait dans une heure maxi mais là ça fait trois heures de temps. Ce sont des partenaires qui l'appellent. Je le sais par les noms qui s'affichent et ce portable c'est celui des affaires. Bon, je vais aller le retrouver à son bureau. Je prends son portable et direction l'entreprise. Le bâtiment est complètement vide. Je monte directement à son étage et ce sont des cris qui m'accueillent. Je dirai des cris de plaisir. Mon cœur se met à battre douloureusement parce qu'il n'y a que le bureau de Ken à cet étage. Les cris proviennent de son bureau mais je refuse de l'admettre. J'y coure donc et ouvre la porte avec fracas. Le spectacle que je voie me brise sur le champ. Ken en pleine partie de jambes en l'air avec sa secrétaire. Ils sont tellement plongés dans leur acte qu'ils ne se sont pas aperçus de ma présence. Ken lui dit des insanités et elle y répond. Une larme perle sur ma joue et je laisse tomber le portable. C'est le bruit qui leur fait remarquer ma présence. Sans se précipiter ni même se gêner ils se séparent. Elle l'embrasse avant de sortir et de refermer la porte.

– Tu m'avais promis.

– Que fais-tu là ?

– Tu es mon mari et je peux venir te voir comme bon me semble. Dis-je en hurlant presque.

– Rentrons !

– Rentrons ? Répété-je en tiquant. Ken je viens de te voir en plein acte avec une autre et tout ce que tu trouves à me dire c'est rentrons ? Tu m'avais dit être redevenu le bon Ken.

– Je le suis.

– LE KEN DONT JE SUIS AMOUREUSE NE M'AURAIT JAMAIS TROMPÉ.

Bam ! Je reçois une gifle. Il n'a donc pas changé.

– Plus jamais tu ne me parles sur ce ton. Je reste ton mari.

– Tu restes surtout le même Ken salaud et sans cœur.

Je tourne les talons et sors en pleurant. J'ai cru qu'il avait changé mais rien. Il s'est joué de moi et je suis sûre que c'est uniquement pour que je tombe enceinte parce que durant ces deux semaines où il était doux il n'a cessé de me dire qu'il voulait un enfant. Il voulait seulement que je tombe enceinte. J'arrive à la maison en même temps que le car qui vient déposer les enfants. Je leur donne leur douche, leur sert leur diner et monte m'enfermer dans la chambre où je pleure toute mon amertume. Ken ne va donc pas changer. Quand j'entends la porte de la chambre s'ouvrir je me dirige vers la douche mais Ken me retient.

– Je suis désolé.

– J'ai compris.

Je me dégage et continue mon chemin. Il m'a bien eu, cet enfoiré.

Je me réveille ce matin les yeux enflés pour avoir pleuré toute la nuit. J'avais repris de l'espoir pendant ces deux semaines et me rendre compte que tout ça était faux me brise carrément. Il s'est donc joué de moi. Je veux sortir du lit pour aller faire le petit déjeuner lorsque Ken monte sur moi rapidement. Il veut me faire l'amour. Eh bien il se fout le doigt dans l'œil. Je le repousse violemment et sors du lit. Il ne dit rien. Nous nous dépassons sans rien nous dire jusqu'à ce que nous prenions chacun la route pour le travail. Je dépose les enfants à l'école et fonce à la boutique. Travailler me fera oublier.

À 16h je fais escale dans un hôtel situé sur ma route pour livrer trois paires de chaussures. La personne voyage à 20h et a tenue à avoir les chaussures avant de s'en aller. Je fais la livraison et quand je m'apprête à sortir de l'hôtel je rencontre Félix, mon ami. Depuis la soirée nous ne nous sommes pas revus. Il m'informe qu'il est là pour une semaine et qu'il rentre demain. Il m'invite donc à prendre un pot avant de m'en aller. Avec tout ce que je traverse j'accepte volontiers pour me changer un peu les idées. Je passe un peu de temps avec lui après quoi je pars chercher mes enfants.

Il est 21h et Ken n'est pas là. Je m'en fiche. Qu'il couche avec la terre entière je m'en fiche. À peine je me couche que la porte s'ouvre avec fracas. Les pas de Ken se rapprochent rapidement.

– Que faisais-tu avec ce Félix dans un hôtel ?

Je ne réponds pas. Je ne veux même pas savoir comment il le sait.

– Cindy je t'ai posé une question.

– Je te répondrai quand tu me diras pourquoi tu ressens le besoin de copuler avec toutes les femmes que tu rencontres.

Je sens ses doigts se refermer subitement sur ma tignasse. Il me fait sortir du lit en la tirant.

– Ken arrête, tu me fais mal.

– Tu es la femme de Kennedy KALAMBAY et tu te permets d'aller dans un hôtel avec un autre de surcroit un moins que rien.

Il accompagne sa phrase de gifle. Je me dégage et les coups pleuvent aussitôt. Il me frappe comme si j'étais son enfant. Je serre les dents pour ne pas que les enfants entendent mes cris. Je ne veux pas qu'ils sachent que leur père est encore en train de me battre. Ça les traumatise à chaque fois. Je reçois des gifles, des coups de poings, des coups de pieds en désordre. J'essaye tant bien que mal de me défendre mais il est plus fort. Un moment on cogne à la porte.

– « Maman, Nael fait de l'asthme » Crie Lena derrière la porte.

– J'arrive… ma puce. Aïe !

– « Mamaann ! »

– J'arrive trésor.

Je veux me libérer pour aller voir les enfants mais Ken n'en a pas encore fini avec moi.

– Ken, Nael ne se sent pas bien.

– M'en fiche. La prochaine fois tu réfléchiras avant de me manquer de respect.

– Ken !

Je reçois un coup dans mon ventre. Malgré la douleur je cours vers la porte et sors à toute vitesse. Je tombe nez à nez avec Lena. Elle se met à pleurer dès qu'elle me voit. C'est à ce moment je me rends compte de ma lèvre fendue.

– Non, ne pleure pas chérie, dis-je en la prenant dans mes bras. Maman va bien. Allons voir ton frère.

Je fonce dans la chambre avec elle et vois mon fils allongé sur le lit qui a du mal à respirer. Je chercher rapidement son inhalateur et le pompe dans sa bouche. Il se reprend peu à peu. Je serre mes deux enfants et pleure en silence. Je décide de passer la nuit avec eux. J'ai besoin de les sentir près de moi.

J'appelle ma patronne pour lui dire que je m'absente cette journée pour cause de maladie. Elle va comprendre de toutes les façons. Heureusement qu'elle est compréhensive. J'ai envie de parler. Je vais donc chez Estelle. Celle-ci quand elle me voit pète un câble.

– Encore une fois. Encore une fois.

– J'ai besoin de me changer les idées Estelle. Dis-je en me laissant tomber dans le fauteuil.

– Ce dont tu as besoin c'est de changer de mari. Quitte cet enfoiré.

– Il s'agit de mon mari.

– Ton mari ? Dis plutôt ton bourreau. Comment peux-tu encore rester avec lui avec tout ça ? Il a bouffé ta cervelle ou quoi ? Penses-tu que les parents t'ont mise au monde pour servir de punchingball ? Tu es une femme et une femme on en prend soin, on ne la bat pas.

– Il va changer.

– Il va quoi ? Attend as-tu bu ? Cinq ans que tu vis ça et tu dis qu'il va changer ? Es-tu malade ou quoi ? Pourquoi n'ouvres-tu pas les yeux bordel ? Pourquoi refuses-tu de comprendre que tu mérites mieux ? DI-VOR-CE et vas refaire ta vie avant qu'il ne te l'enlève avec ses coups. Regarde comme tu es défigurée. Tu as perdu de ta superbe en Cinq années. Tu ne ressembles plus à la Cindy d'avant, belle et joviale. Tu n'es que l'ombre de toi-même. Tu veux mourir c'est ça ? (Sa voix se brise) Cindy tu veux mourir à juste trente ans ? Tu es la seule sœur que j'aie et toi tu t'en fiches. Tu mets ta vie entre les mains de ce fils de merde. Pourquoi fais-tu ça bon sang ?

– Parce que je l'aime, répondé-je en pleurant. Il est mon mari et je l'aime. Il n'a pas toujours été violent. Avant il était plus doux et je veux réussir à faire revenir cet homme qu'il était. Il est mon mari et nous sommes mariés pour le meilleur et pour le pire. Nous sommes mariés à l'église et je ne peux pas divorcer.

– Mariés devant Dieu ou pas quand tu souffres dans ton mariage tu divorces.

– Mais moi je ne veux pas divorcer. C'est mon mari et je veux rester avec lui. Il va changer, j'en ai la foi.

– Dans ce cas prends cette foi et sors de chez moi. Lance-t-elle en essuyant ses larmes.

– Quoi ?

– J'ai dit tu sors de chez moi. Puisque tu refuses de sauver ta vie je te demande de rester loin.

– Tu ne peux pas me faire ça. Tu es ma sœur.

– ET PENSES-TU QUE C'EST UN PLAISIR POUR MOI DE TE VOIR TOUS LES JOURS DÉFIGURÉE ? Penses-tu que ça me plaît de savoir que tu te fais battre chaque jour et qu'en plus de cela ce salaud de Congolais te trompe avec tout le pays ? NON ! Je souffre autant que toi parce que je suis impuissante. Je te vois souffrir et je ne peux rien faire. Je te demande de faire la seule chose qui est la solution à ton problème et tu refuses. Je refuse aussi de rester là à te regarder souffrir. Alors Cindy je te le redis, dégage de chez moi et que je ne t'y vois plus. Tu me verras seulement le jour de tes obsèques.

Je reste là à l'observer et je constate qu'elle est plus que sérieuse. Comme je ne me lève pas, elle me relève elle-même par le bras et me met dehors avant de claquer la porte à mon nez. Mes larmes se mettent à couler. Vers qui vais-je me tourner ? À qui vais-je me confier maintenant ?

EPISODE 7

KENNEDY

Je suis dans la merde et c'est clair que M Luzolo KALAMBAY va m'en faire baver. Comment ai-je pu perdre dix millions en une seule nuit ? Putain de bordel de merde ! J'étais en partance pour déposer la mallette d'argent sur le compte de la société lorsqu'un pote m'a invité dans un casino privé et très secret. J'avais misé avec mon propre argent mais la joie de gagner m'a poussé à miser encore plus et j'ai touché à l'argent de la société. Le temps d'ouvrir les yeux la mallette était vide. J'avais tout perdu et voilà que ça va faire un gros trou. Je dois impérativement remplacer cet argent sinon je suis cuit. Je dois tout réparer avant que mon père ne l'apprenne.

– Je dois te parler Ken.

– Pas maintenant Cindy. Pas maintenant.

– C'est important.

– Merde je t'ai dit pas maintenant qu'est-ce que tu ne comprends pas ?

Elle se tait et sort de la chambre. Je reste encore assis sur le bord du lit à réfléchir à une solution. Je dois remettre ces dix millions à leur place avant demain. Je prends mon portable pour appeler ma mère.

– « *Bonjour Kennedy ça va ?* »

– Oui maman. J'ai besoin de ton aide.

– « *Tu as encore fait quoi ?* »

– J'ai… perdu dix millions de la boite.

– « *Tu as perdu ?* » Insiste-t-elle pour m'inciter à dire la vérité.

– Bon je l'ai dépensé. Au fait, j'ai joué aux cartes hier nuit et j'ai tout perdu.

– « *Eh Gnanmien kpli ! (Eh grand Dieu) Ken pourquoi tu fais toujours tout pour donner raison à ton père ? Je te défends mais à chaque fois tu verses mon visage.* »

– Je suis désolé maman. Je ne l'avais pas prévu. S'il te plaît aide-moi à rembourser.

– « *Kennedy tu veux que j'enlève dix millions où ? Celui qui avait l'argent c'est Luzolo et moi je profitais juste parce que j'étais sa femme. Aujourd'hui c'est toi qui gère l'entreprise familial mais au lieu de nous faire gagner de l'argent tu nous en fait perdre. Tu veux que KALAMBAY t'arraches la boîte ?* »

– Non maman !

– « *Donc tu as trois heures de temps pour rembourser l'argent parce que ton père est déjà dans l'avion.* »

– Quoi papa arrive ?

– « *Sê a wou i a soua bissê i (quand tu vas le voir tu vas lui deman-der, en Baoulé, une ethnie de la Côte d'Ivoire). Mtchrrr.* »

Elle raccroche et une peur m'assaille. Je vais me faire lyncher par mon père. Il a horreur qu'on joue avec sa boîte et moi je viens de dilapider ses dix millions. Je finis de me préparer et fonce à la boîte. Je viens de me rappeler que j'ai un rendez-vous important avec un potentiel partenaire. Oui c'est ça. S'il signe le partenariat il me versera quinze millions sur le champ. Je pourrai donc boucher le trou, le temps de trouver les dix millions pour compléter. Bingo c'est ça. Il faut que cet homme accepte de faire affaire avec nous. Dès que je m'installe derrière mon bureau Fatim fait son entrée.

– C'est pour quelle heure mon rendez-vous ?

– Justement c'est pour cela que je suis là. Le monsieur a envoyé un mail pour informer qu'il n'est plus intéressé par le partenariat.

– Quoi ? Pourquoi ?

– Je ne sais pas. Tu vas devoir l'appeler.

Et c'est ce que je vais faire. Je l'appelle et il me fait savoir qu'il a eu une meilleure offre. Je balance le fixe loin en lançant un juron. Je dois trouver une solution. Je prends mon portable pour appeler Fatim. Elle rapplique aussitôt.

– Appelle la femme de ce bouffon et fixe-nous un rendez-vous.

– C'est pour quoi ?

– En quoi ça te regarde ? Tu la fermes et tu fais ce pour quoi je te paie.

Elle roule les yeux et sort. Quelques minutes plus tard elle me prévient que mon rendez-vous est pour 16h dans leurs locaux. Elle et son époux travaillent ensemble. J'espère pouvoir la convaincre de me donner cette opportunité. J'en ai besoin. Je continue de fouiller dans mes mails histoire de savoir comment avoir cette grosse somme jusqu'à midi. Mon portable sonne aussitôt que je m'apprête à prendre ma pause.

– Kennedy KALAMBAY à l'appareil.

– « *Na lingi na mona yo epayi ya maman na bino kaka sikoyo (Je veux te voir chez ta mère tout de suite, en Lingala). »*

La voix de mon père me fait trembler aussitôt. Cet homme, bien que je le déteste, me fait peur. Quand il est en colère, fhum. Il nous a toujours fait peur et il ne revenait jamais sur ses décisions. S'il dit qu'il va te foutre en prison, sois sûr qu'il le fera. Quand j'arrive et vois sa mine serrée je sais déjà qu'il sait.

– Bonjour papa. Bonne arrivée.

– Je peux savoir où sont mes dix millions ?

Je regarde ma mère.

– Faut pas me regarder je n'ai rien dit. Me dit-elle pour se défendre.

– Ken je t'ai posée une question.

– Papa je vais rembourser.

– Je ne te demande pas si tu vas les rembourser. Je demande où sont-ils. Comment ça se fait que tu n'aies pas déposé les dix millions du dernier contrat à la banque alors que tu les as bel et bien reçus ?

– Attend papa tu me surveille maintenant ?

– Je ne te surveille pas. Je surveille mon argent. MBONGO NA NGA (MON ARGENT) !

– Quand vas-tu me laisser complètement diriger la boîte sans fourrer ton nez là-dedans ?

– Tu oses me poser cette question alors que tu viens de dilapider dix millions ? Kennedy tu te fous de moi ? Je te rappelle au cas où tu l'aurais oublié que même si tu gères la boîte d'ici JE reste le patron donc j'ai le droit de tout savoir. Je t'ai permis de diriger mon entreprise pour que tu sois quelqu'un de plus responsable mais je vois que tu es resté un crâne brulé.

– Eeeeh Luzolo je ne te permets pas d'insulter mon fils. Se met à hurler ma mère.

– Kanga mbanga na yo (ferme ta gueule) Dans ce cas éduque-le au lieu de le suivre dans ses bêtises. S'il veut jouer avec sa vie qu'il le fasse mais qu'il laisse ma boîte. (Se tournant vers moi) Si tu ne peux pas gérer l'entreprise tu me le dis et je la reprends en main. J'ai ouvert celle du Congo il y a juste huit ans c'est-à-dire dix ans après celle que tu gères et le chiffre est beaucoup plus élevé que la tienne. Trouves-tu cela normal Kennedy KA-LAMBAY ?

– Tu es beaucoup plus expérimenté que moi papa.

– Dans ce cas redonne-moi ma boîte espèce d'incapable. Plutôt que de chercher à t'améliorer tu te cherches des excuses. Il se passe quoi dans ta tête.

– Luzolo ça suffit maintenant. Ken a 31 ans et tu n'as pas le droit de lui hurler dessus comme ça.

– Quel que soit son âge il reste mon fils et je lui parle comme je veux. Ken c'est cet exemple que tu veux donner à tes enfants ? C'est une entreprise ruinée que tu veux leur laisser comme héritage ?

– MERDE À LA FIN PAPA ! Hurlé-je dépité. Je sais que tu ne m'as jamais aimé donc fiche-moi la paix avec ta morale.

Je reçois une droite qui me fait tomber dans le fauteuil. Ma mère se met à hurler sur mon père qu'il veut me tuer. Moi je ne l'écoute plus, je bouillonne de rage. Il a osé me taper à cause de dix millions. Je n'ai jamais voulu de son entreprise merdique. Tout ce que je voulais c'était profiter de ma vie et c'est tout. Y en a marre de tout le temps rendre compte de mes faits et gestes à mon père. Il avance vers moi et me pointe son doigt.

– Tu as jusqu'à demain pour rembourser les dix millions sinon oko yeba esika ba kunda mutolo na nga (tu sauras où on a enterré mon nombril).

Il s'en va tout furieux. Je suis maintenant dans une vraie merde. J'ai beau me jouer les durs mais avec mon père ça ne marchera jamais.

– Kennedy tu as entendu ton père ? Si c'était une petite somme je pouvais t'aider mais dix millions c'est trop. Mais je vais voir comment t'aider.

– C'est compris maman. Je dois y aller.

À 16h comme prévu je vais à mon rendez-vous. Je sais que je ne réussirai pas à convaincre la dame, avec un speech, de pousser son mari à signer le partenariat alors je vais utiliser une autre arme. J'ouvre les premiers boutons de ma chemise pour être sexy. Les femmes ne me résistent pas sexuellement parlant. J'entre dans son bureau après qu'on m'ait annoncé. Elle est assise derrière son bureau en train d'écrire. Quand elle me voit elle s'arrête pour me recevoir. Après quoi nous nous asseyons.

– Que puis-je faire pour vous M KALAMBAY ?

– Je viens par rapport au contrat. J'ai appris que vous y aviez renoncé.

– Oui. Après réflexion, mon époux et moi avons préféré aller voir ailleurs et nous avons trouvé mieux.

– Je voudrais que vous revoyiez votre décision svp.

– Et pourquoi ?

– Si nous ne travaillons pas ensemble je ne pourrai plus vous voir.

Elle tique.

– Qu'est-ce que ça veut dire ?

– Que vous voir me mettait à chaque fois de bonne humeur.

– Vous me draguez ? Vous osez me draguer ?

– J'en suis désolé mais je ne peux cacher ce que je ressens. Vous m'avez tapé dans l'œil dès notre premier rendez-vous.

– Veuillez sortir de mon bureau.

– Ok !

Je me dirige vers la porte mais plutôt que de sortir je la condamne. J'ai vu comment elle a réagi quand je lui ai dit qu'elle me plaisait. Ça ne l'a pas laissé indifférente. Cette femme est en manque de sexe avec son mari qui est tout le temps parti. Je connais la femme et je sais comment elle est quand elle est en manque. Je me dirige à nouveau vers elle en déboutonnant trois autres boutons.

– Que faites-vous ?

– Je veux juste vous relaxer.

Je me place derrière elle et commence à malaxer ses épaules. Elle se lève brusquement et me donne une gifle. Ça me met en colère mais je laisse passer. Aucune femme n'a le droit de lever la main sur moi. Je décide donc de passer à la manière forte. Je la fais asseoir d'un coup sur la table et me place entre ses jambes.

– Lâchez-moi aïe !

Je venais de faire péter les boutons de son chemisier. Elle se débat mais je continue et quand je prends un de ses seins en bouche elle gémit. J'avais donc raison. Elle continue de faire semblant de lutter jusqu'à ce que mes doigts s'insinuent en elle. Là, elle s'agrippe à ma chemise.

– M KALAMBAY ! Lâche-t-elle dans un gémissement.
– Profitez juste de cet instant.

Je lui fais perdre la tête sans même l'avoir encore pénétrée. Cette femme en mourrait d'envie.

– M KALAMBAY j'en veux plus.
– À condition que vous signiez le contrat.
– On le fera.
– Appelez donc votre mari pour le lui dire.
– Finissez d'abord.

Je retire mes doigts d'elle.

– Soit vous le faites soit je sors de ce bureau.
– Ok.

Elle se tourne vers son combiné. J'en profite pour la plaquer contre le bureau et relève sa jupe. Dès que son mari décroche je la pénètre après m'être protégé. Oh le sexe ! J'adore ! Elle a du mal à parler à son mari à cause de mes coups mais fait l'effort. Quand son mari veut la convaincre de ne toujours pas signer je fais mine de sortir d'elle et ça la pousse à insister encore plus. Son mari finit par accepter. Elle signe ensuite un chèque de quinze millions alors que j'ai arrêté de bouger en elle. Dès qu'elle me le tend je reprends le travail avec vigueur. Elle mord dans son chemisier pour ne pas qu'on entende ses cris. Je n'y vais pas de main morte avec elle jusqu'à ce que je me vide. Ses cheveux sont en pagaille. C'est pour tous ces plaisirs que je n'ai jamais voulu me marier. Il y a trop de belles paires de fesses à visiter dehors pour me contenter d'une seule. Sans lui dire un mot je repars. Je fais le versement de l'argent sur le compte de l'entreprise. Je vais montrer à Luzolo que je ne suis pas un moins que rien. Je prends la route de chez moi le cœur léger. J'ai bien envie de sortir m'amuser ce soir. Mais bon tant que mon père sera là je vais devoir rester sage pour éviter ses foudres.

Cindy et les enfants sont en train de regarder la télé dans le salon principal. Je monte directement dans la chambre sans les saluer. Cindy m'y rejoint.

– Ta journée ça a été ? Me demande-t-elle alors que je me déshabille.

– Oui !

– Il y a un grand manège ce week-end sur un espace à Biétry et les enfants voudraient y aller.

– Que veux-tu que j'en fasse ?

– Tu pourrais y aller avec eux. Vous n'avez pas vraiment de temps ensemble. C'est pourquoi vous n'êtes pas si proches.

– Tu sous entends que je ne m'occupe pas d'eux ?

– Non ! Juste que tu dois être encore plus proche et plus présent.

Je ne lui réponds rien et vais prendre une douche. Sortir avec les enfants c'est le dernier de mes soucis. Quand je reviens dans la chambre je l'y retrouve encore.

– Ton père était là.

– Et ? Je demande en m'habillant.

– Il nous invite au Congo pour les congés du mois prochain.

– Et que lui as-tu dit ?

– Que nous y viendrons.

– Quoi ? Tu as dit à mon père que vous irez au Congo ?

– Oui mais…

– Tu lui as dit oui sans me demander la permission ?

– Je l'ai dit comme ça pour ne pas être impolie. En plus c'est ton père donc ce n'est pas si grave que… AÏE !

Je lui ai asséné une première gifle.

– Je te l'ai dit mainte fois que je ne voulais rien avoir avec le Congo ni tout ce qui est en rapport mais toi tu persiste à évoquer tout ce qui est Congolais dans cette maison.

– Mais c'est quoi le problème au juste Ken ? Tu es Congolais et ce n'est pas parce que tu ne t'entends pas avec ton père que ça te rend moins Congolais. Avant tu m'apprenais le Lingala et même le Swahili, tu me faisais des déclarations d'amour dans ces langues mais depuis que…

Elle reçoit la deuxième gifle et la troisième. Elle me pousse violement en pleurant.

– Tu vas encore me frapper parce que je te parle de tes origines ? Donc tous les prétextes sont bons pour toi pour me battre.

– Ne me parle plus de mon père et tu oublis ce voyage stupide.

– J'aurai dû dire à ton père que tu me bats peut-être que ça t'aurait calmé.

Là je pète les plombs et me mets à la tabasser. Elle se débat et ça m'énerve encore plus. Je fais intervenir mes pieds. Elle reçoit le premier coup dans son ventre. Je ne m'arrête pas là. Au troisième coup elle tombe par terre en hurlant très fort. C'est à ce moment que je remarque du sang.

– Non pas mon bébé ! Pleure-t-elle. Ken mon bébé.

– Quel bébé ?

– Je suis enceinte. C'est ce que je voulais te dire ce matin. Ken tu as tué encore une fois mon bébé.

Elle se recroqueville sur elle-même et pleure de plus belle. Voir le sang là me fait peur. Je ne veux pas qu'elle meure. Je ne suis pas un assassin. Alors je la soulève sans rien lui demander et en hâte, la conduis à l'hôpital. Elle est vite prise en charge. J'appelle ma mère pour la prévenir et contre toute attente elle apparaît avec mon père.

– Il était à la maison quand tu m'as appelé. Me dit-elle comprenant le regard que je lui ai lancé.

– Qu'est-ce qu'elle a ?

– Je ne sais pas papa, dis-je en mentant. Je l'ai vu saignant couchée par terre.

Le docteur vient aussitôt vers nous.

– Bon la patiente a perdu le bébé et nous lui avons fait un lavement pour enlever les restes. Puis-je vous demander ce qui s'est passé ?

Mon père me regarde avec insistance. Peut-être qu'il se doute de quelque chose.

– Je crois qu'elle est tombée des escaliers, répondé-je en évitant le regard de mon père.

– Ok faites vraiment gaffe parce que ça fait la cinquième grossesse qu'elle perd "en tombant des escaliers". À la sixième la police interviendra. Vous pouvez aller la voir dans la chambre douze. Veuillez m'excuser.

Ce docteur va me sentir. Oser me menacer. J'en n'ai rien à foutre s'il sait tout. Qu'il la ferme juste.

– Ken en plus d'être un salaud tu bats les femmes ? Bualu wa djikema (dialecte luba : c'est étonnant) Lance mon père furieux. Donc ça fait cinq fois que tu fais avorter ta femme par tes coups.

– Luzolo laisse mon fils.

– Et toi tu es sa complice dans tout ça. Qu'elle mère es-tu ? Cautionner que ton fils frappe sa femme ? T'ai-je moi une fois portée main ? Vous me décevez un peu plus chaque jour. Je pense que je vais retourner cette fille à ses parents pour éviter qu'ils ne la retrouvent morte entre nos mains.

Il prend la direction de la chambre de Cindy et ma mère avant de le suivre me donne un coup sur la tête. Je les suis en silence. Cindy est assise en train de manipuler son portable.

– Ma fille ça va ? Lui demande mon père.

– Oui papa ça va.

– Dis-moi veux-tu retourner chez tes parents ? Si oui tu me le dis et j'entame la procédure de divorce. Tu n'es pas obligée de subir tout ça.

– Papa il s'agit de ma femme et tu ne peux pas...

– Kanga mbanga na yo tala ye kuna shegué (ferme ta gueule espèce de voyou). C'est ta mère qui te cautionne, essaye d'ouvrir ta bouche je te tabasse devant ta femme.

Je bouillonne de colère mais ma mère me fait signe de me calmer.

– Cindy, j'avais vu les marques sur ton cou quand j'étais venu vous voir mais je n'ai rien dit espérant que tu m'en parles et ce soir te voilà couchée dans cette clinique. Je suis le père de Kennedy et je te dis que tu n'es pas obligée de vivre tout ça. Loba kaka liloba moko na bimisa yo na libala oyo (Dis-moi juste un mot et je te libère de ce mariage).

Cindy me regarde et reporte son attention sur mon père.

– Te papa eloko eza te (non papa ça va). Je vais rester avec mon mari. C'était juste un accident.

– Un accident qui arrive cinq fois ?

– Ce n'est rien papa je te promets.

– Ok. Je retourne au Congo après-demain. Si tu changes d'avis fais le moi savoir.

– C'est compris papa.

Il prend congé de nous et moi je décide de rentrer voir comment vont les enfants. Dans la précipitation je les ai laissés seuls avec le gardien. Je n'arrive pas à croire que je viens de tuer ce bébé que je voulais. Maman a dit qu'il me fallait un bébé avec Cindy pour la maintenir avec moi au cas où mais là c'est foiré. Beh ce n'est pas bien grave. Elle dit qu'elle va rester avec moi donc on pourra remettre ça. De toutes les façons je ne m'attendais pas à ce qu'elle décide autre chose. Elle restera toujours avec moi tant qu'elle nourrira l'espoir de me faire changer. Ce qui risque de ne jamais arriver.

EPISODE 8

CINDY

Depuis une semaine je suis convalescente. À dire vrai, physiquement je vais bien mais psychologiquement non. Ça fait la cinquième fois que je perds un bébé à cause des coups de Ken. J'ai pourtant envie d'être de nouveau mère. Les jumeaux ont cinq ans et je veux de nouveau entendre les cris d'un bébé dans la maison. Je suis à bout. Je ne crois plus pouvoir supporter tout ça, les coups, les injures, les infidélités et les fausses couches. S'en est trop. Suis-je obligée de vivre tout ça ? Papa KALAMBAY me l'avait demandé mais conne que je suis, j'ai dit que ça allait. J'aurai peut-être dû saisir l'occasion pour m'en aller loin avec mes enfants. Je veux divorcer. Je me fiche de savoir si Ken changera ou pas. Ce n'est plus mon problème. J'ai envie d'appeler Estelle pour me confier à elle mais depuis le jour où elle m'a mise à la porte, elle a coupé tout contact avec moi. Elle était vraiment sérieuse. Mais elle est ma sœur et j'ai besoin d'elle.

La porte de ma chambre s'ouvre et mes bébés courent vers moi qui suis toujours couchée. Je n'ai pas la tête à sortir du lit. Je n'ai plus la tête à rien si bien que j'ai dû engager une servante pour s'occuper de la maison et des enfants. Je l'ai dit, je suis à bout de force.

– Maman tu dors ? Me demande Nael. Il est l'heure d'aller à l'école.

– Maman est fatiguée mon poussin, répondé-je en lui caressant la joue. Votre nounou va vous accompagner.

– Elle va nous acheter des biscuits ? Demande cette fois Lena.

– Tout ce que vous voudrez. Promettez-moi d'être sage.

– Promis ! Disent-ils en chœur.

– Allez, faites de gros câlins à maman avant de partir.

Comme s'ils n'attendaient que ça ils me sautent dessus pour me faire des bisous et sur la joue et sur la bouche. Je les serre très fort contre moi pour prendre des forces. Ils sont ma force et ma joie.

– Je vous aime mes amours. Je vous aime gros comme ça.

– On t'aime maman. Répondent-ils, encore en chœur.

Je les regarde s'en aller, les larmes aux yeux. Dès qu'ils sortent Ken fait son entrée avec un plateau en main. Je lui tourne dos.

– Comment vas-tu ?

– Comme toujours.

– Je t'ai apporté ton petit déjeuner. C'est tout ce que tu aimes manger le matin.

– Depuis quand sais-tu ce que j'aime ? Je croyais que tu ne te souvenais plus de rien me concernant ou que tu t'en fichais.

– S'il te plait ne nous disputons pas.

– Retourne donc avec ton plateau. Je n'ai pas faim.

– Tu dois pourtant te nourrir pour reprendre des forces.

– Oui pour que tu me battes encore ? Non merci, ça va.

Il soupire et sort. J'essuie une larme et ferme les yeux pour chercher le sommeil. Il revient quelques minutes plus tard.

– Ta mère est là !

Oui c'est vrai, elle m'avait prévenue qu'elle viendrait me voir. Peut-être que je devrais lui parler. Elle pourra surement m'aider à m'en sortir. Je n'en peux vraiment plus. Je vais me laver, plutôt me nettoyer le visage puisque je me suis déjà lavée. Ken aussi est prêt pour aller travailler. Nous descendons donc ensemble retrouver ma mère qui est assise devant la télé. Je l'embrasse et nous prenons place. Elle discute avec Ken et ce dernier avant de s'en aller lui donne une enveloppe. Elle se met à sourire de toutes ses dents en le regardant partir.

– Non, ma fille, Dieu t'a béni avec un aussi bon mari.

– Je veux divorcer maman. Lui dis-je de but en blanc.

– Que quoi ? Tu veux divorcer ? Pourquoi ?

Ma première phrase se meure entre mes larmes. Ma gorge se noue aussitôt. J'ai mal.

– Il me trompe maman et... il me bât. Depuis cinq ans il me frappe et ce à la moindre dispute. Maman je suis fatiguée. J'ai mal, tant dans mon cœur que sur tout mon corps. J'ai des cicatrices sur tout le corps.

Je me mets à pleurer toutes les larmes de mon corps. J'ai besoin du réconfort de ma mère.

– Cindy yako ! Sèche tes larmes. Je sais que ce n'est pas facile mais ce n'est pas une raison pour divorcer.

Je la regarde, surprise.

– Tu penses que le mariage c'est facile ? Non. Il y a de la souffrance comme de la joie et c'est tout ça qui fait le mariage. Tu penses que tu es la seule femme que son mari frappe ? Non oh vous êtes beaucoup mais les autres supportent donc toi aussi il faut supporter.

– Mais maman il va finir par me tuer.

– Ah mais on va tous mourir non ? Pourquoi vous les femmes de maintenant vous êtes peureuses comme ça même ? Nous là on supportait tout et on restait dans le mariage jusqu'à ce que la mort nous sépare. On nous frappe, on nous trompe mais on est là. C'est ça le mariage. On t'a dit qu'une femme divorce ? Ma fille, si tu commets l'erreur de divorcer, les gens vont se moquer de toi. Quand une femme divorce, ça reste collé sur son visage comme une maladie. Tout le monde va parler de toi et tu feras la honte de la famille. Pardon moi je n'ai pas envie qu'on se moque de moi donc attache ta ceinture et supporte. Il te donne tout, l'argent, voiture et toi tu veux divorcer. Après c'est pour aller prendre un vaurien. Qu'est-ce qui prouve même que s'il te frappe ce n'est pas parce que tu lui manques de respect ? Toi tu es impolie oh donc sûrement tu l'insultes c'est pourquoi il te frappe. Si ton homme te bât c'est que tu es responsable donc toi-même faut te revoir. Mais oublie affaire de divorce là. Tu t'es mariée devant Dieu donc tu es condamnée à rester avec ton mari. Aussi, tous les hommes trompent leur femme donc ça, ce n'est rien. Pleure toutes les larmes de ton corps si tu veux mais tu restes dans ce mariage. C'est ça on dit tu es mariée.

Je ne sais plus quoi penser après le discours de ma mère. Peut-être qu'elle a raison. C'est peut-être moi qui pousse Ken à bout.

Aussi, comme elle l'a dit je suis mariée devant Dieu donc le divorce n'est plus permis. Ma mère essuie mes larmes et me prend dans ses bras. Nous passons tout le reste de la journée à parler de la pluie et du beau temps. Sa présence me fait oublier un peu mon chagrin.

Après son départ je décide de me remettre en jambe. Je donne sa soirée à la servante et commence à préparer le diner. Je dois m'occuper de mon mari et de mes enfants.

– Je suis content de te revoir sur pieds.

Je me retourne vivement pour voir Ken arrêté derrière moi.

– Que fais-tu à la maison à cette heure ?

– Je suis rentré tôt pour passer un peu de temps avec ma femme. Tiens c'est pour toi.

Il me tend un paquet cadeau. Quand je le déballe je tombe sur une magnifique montre. Je souris et il vient m'embrasser.

– Merci bébé.

– De rien. Et si on profitait avant d'aller chercher les enfants ?

– D'accord.

– Tu peux arrêter de cuisiner. Ce soir on dîne dehors tous ensemble.

– C'est compris. Il me soulève comme une nouvelle mariée et monte en chambre. Il commence à me faire l'amour doucement puis au fur et à mesure intensifie ses coups. Je n'en suis qu'heureuse.

– Je t'aime Cindy !

– Je t'aime aussi mon amour !

Il y va encore plus vite et ensemble nous jouissons. Après une douche nous nous mettons en route pour aller chercher les enfants à l'école. Quand nous arrivons et que les jumeaux nous voient ensemble, ils ont l'air surpris. C'est la première fois qu'on vient les chercher ensemble. Ils viennent m'embrasser et hésitent à faire de même avec leur père. Ils ont un peu peur de lui. C'est donc lui qui les embrasse avant de les installer dans la voiture. Nous prenons automatiquement la route d'un restaurant. Les enfants réclament aussitôt des glaces. Ken leur commande de grandes coupes de leurs parfums au choix. La soirée se déroule merveilleusement bien. Nous la terminons en beauté par un film à la maison. Les enfants s'endorment avant même la fin du film. Ken et moi les mettons dans leurs lits avant de rejoindre le nôtre. Je reste couchée sur sa poitrine tandis qu'il me caresse les fesses.

– Bébé !

– Oui ma puce.

– Je veux qu'on se prenne des vacances. Enfin les enfants auront un congé de deux semaines. On pourrait se faire un petit voyage.

– Où veux-tu aller ?

– J'sais pas. Tant que tu es avec nous ça va.

– Ok je vais y réfléchir et voir mon agenda.

– D'accord. Je t'aime Ken. Je ne veux plus qu'on se dispute.

– Moi aussi. J'ai encore faim de toi.

– Quel insatiable tu es. Dis-je en rigolant alors qu'il monte sur moi.

– Ce n'est pas de ma faute si ma femme est délicieuse. J'adore être en toi.

Je l'embrasse en guise de réponse et c'est reparti pour une autre partie.

*Mona*LYS*

Ce matin j'ai décidé de me faire belle, de nous faire remémorer notre relation avant qu'on ne se marie. Il a toujours aimé me voir sexy alors j'ai porté une petite culotte, un body et une casquette, une des nombreuses qu'il m'a offertes. J'ai aussi porté cette chaine qui m'est précieuse. C'est une chaine double. Moi j'ai une moitié et lui l'autre. C'est un cœur divisé en deux et derrière le mien il y a inscrit une belle déclaration d'amour en Lingala. Lorsqu'il sort de la douche et me voit, il s'arrête net. Je lui souris.

– Que fais-tu habillée comme cela ?

– Rien de spécial. Je voulais juste revivre nos moments. Tu as toujours adoré me voir comme ça avec ta casquette par-dessus. Te rappelles-tu du jour où je t'ai piqué celle-là ? Demandé-je en souriant. Tu m'as presque poursuivi pour me la reprendre mais au finish je l'ai gardée. Ensuite il y a eu la deuxième et tu m'as offert la rose après une dispute survenue suite à notre première fois. Ce jour-là toi et moi avions fait de la pizza et nous nous en sommes mis partout. Nous avons joué comme des gamins et avions fini par nous embrasser. C'était la première fois qu'on s'embrassait vraiment. J'ai tellement aimé cette manière si douce avec laquelle tu m'avais embrassée. Il suffit juste d'y repenser pour avoir des frissons et revivre ce moment avec…

– TU LA FERMES ! Hurle-t-il. Tu te changes maintenant et plus jamais je ne vois ses casquettes et cette chaine ni dans cette maison ni sur toi.

– Mais…

– NE ME POUSSE PAS À BOUT CINDY. Débarrasse-toi de tout ça maintenant.

Il sort et claque la porte derrière lui. Qu'est-ce que j'ai fait ? Je croyais que faire un saut dans le passé l'aiderait à redevenir le vrai lui. Où ai-je fauté ? Alors que je me pose des questions sur ce qui vient de se passer mon portable se met à sonner. C'est Loraine.

– Bonjour Loraine.

– « *Bonjour Cindy. Est-ce que je pourrai te voir chez moi maintenant ?* »

– Euh oui. Mais est-ce qu'il y a un problème ?

– « *Oui mais tu n'as pas à t'affoler.* »

– Ok j'arrive tout de suite.

– « *À toute.* »

J'arrive chez elle en moins de deux. Quand Any m'ouvre je tombe aussitôt sur monsieur ANDERSON. Cet homme autant je l'apprécie autant il m'effraie. Nous nous saluons et il sort de la maison avec le petit Erwin. Je retrouve ma patronne dans son salon avec Mme Roxane TANOH sa belle-sœur. Après avoir salué je prends dans mes bras la petite Lorainita. Bon elle s'appelle Soraya mais moi je l'appelle Lorainita parce qu'elle est la photocopie de sa mère. Elle a juste pris le métissage de son père. Cette petite est trop cute. Je la laisse aller jouer dans le jardin avec Any et porte mon attention aux deux femmes.

– Alors Cindy, entame Loraine, ça fait cinq ans que tu bosses pour moi et une grande familiarité s'est installée entre nous. Je ne me suis jamais mêlée de ta vie mais aujourd'hui je vais me servir de cette familiarité entre nous pour te poser une question. Pourquoi tu restes encore avec un homme qui ne cesse de te conduire à l'hôpital.

– Loraine on avait dit qu'on irait doucement.

– Doucement mon cul. Cindy c'est quoi ton problème ?

– Je, je ne vois pas de quoi tu parles.

– Oh ! Tu ne vois pas de quoi je parle ? Je parle du fait que tu viennes la plus part du temps à la boutique avec des bleus partout. Je parle du fait que ça fait 5 fois que tu fais une fausse couche. Je parle du fait que ton couillon de mari te batte et que toi la conne, tu restes avec lui.

– Loraine ! L'interpelle sa belle-sœur.

– Ok je me calme. Cindy, dis-moi pourquoi tu restes dans ça ?

– Parce qu'il est mon mari et je l'aime.

– Laisse-moi te dire au cas où tu ne le saurais pas que TON mari ne t'aime pas. Un homme qui aime sa femme, jamais, au grand jamais il ne lève la main sur elle peu importe son degré de colère. Mon mari est beaucoup plus costaud et plus fort que Ken mais JAMAIS il ne m'a touchée et Dieu seul sait combien j'ai la grande gueule. Quand je me mets à dégammer il sort pour éviter qu'on se prenne la tête. C'est ça un homme. Rien à avoir avec ton...

– Ok Loraine ça suffit ! Je crois que je vais prendre les rênes de cette rencontre sinon tu vas insulter tous leurs ancêtres.

Loraine s'assoit et sa belle-sœur se tourne vers moi.

– Cindy, Loraine m'a parlé de ce que tu vivais et comme je suis passée par là on a voulu avoir une conversation avec toi. Ecoute ma chérie je ne vais pas te dire de quitter ton mari mais je vais te dire de plus penser à toi et à tes enfants qu'à ton mariage. Le mariage, tu peux en avoir d'autre parce que tu es une belle femme en plus d'être bien éduquée. Mais tu n'as qu'une seule vie et si tu la perds c'est fini. Tes enfants resteront orphelins et d'après ce que Loraine m'a dit, ils n'ont aucune attache avec leur père donc ça va être difficile pour eux.

– Il va changer.

Loraine pouffe subitement de rire.

– Il va changer ? Il va changer ? Ça c'est la meilleure. Cindy, s'il change c'est que ce n'est pas Juda Iscariote qui a trahit Jésus. Fhum !

Elle se tait pour permettre à sa belle-sœur de continuer.

– Moi aussi j'ai cru que mon ex-mari allait changer. À chaque coup je me disais "ce n'est rien il va finir par changer". Et tu sais combien d'année je suis restée dans ça ? Vingt-six ans (J'ouvre grand les yeux, surprise). Et j'y serai encore si je n'avais pas retrouvé mon petite frère Carl et sa famille qui m'ont aidé à me sortir de cet enfer. Aucune femme ne devrait accepter de se faire taper dessus. Nous méritons mieux et un homme qui tape sur une femme ne connait pas sa valeur. Ce n'est pas ça la vie de couple, ce n'est pas ça le mariage.

– Ma mère m'a dit que ça faisait partie du mariage et donc que je devrais supporter.

Loraine pète un câble et se lève.

– Dans ce cas dis à ta mère de venir prendre les coups à ta place. Mieux dis-lui de venir prendre ta place dans ce mariage pendant qu'on y est.

– Loraine !

– Non Roxane ça suffit le chôcôbi à l'Américaine, il faut qu'on lui dise la vérité à cette fille. LES COUPS NE FONT PAS PARTIE DU MARIAGE. Dans les bas du mariage ça ne fait pas partie. Il y a plein de couples qui passent par des épreuves et même des disputes mais qui ne sont pas passés par les coups. Tous les hommes ne sont pas violents. Là, dehors il y a surement quelqu'un qui prendra bien soin de toi. Dieu n'a jamais dit qu'un homme devrait battre sa femme et quand Dieu instituait le mariage, il n'y a pas mis la violence donc si tu divorces tu n'iras pas en enfer. Tout divorce dû aux violences conjugales est légitime et on ne te blâmera pas pour ça. Dieu ne t'enverra pas en enfer pour ça. Tu sauves juste ta vie. Cindy si je me mêle de ta vie aujourd'hui c'est parce que je t'apprécie beaucoup. Tu es comme une petite sœur pour moi en plus d'être la meilleure de mes employés. J'ai mal de te voir chaque jour avec des bleus et le visage enflé par les coups. Tu ne mérites pas ça. Tu as perdu de toute ta superbe en cinq ans. Tu ne ressembles plus à cette jeune fille pleine de joie que j'ai connue. Cindy reprends-toi et cherche avant tout ton bonheur.

– Je suis heureuse avec Ken.

– Ok c'est comme tu veux, dit-elle déçue. Au moins on aura essayé. Mais si tu changes d'avis ou si ta vie est en danger n'hésite pas à m'appeler. Mon frère est Colonel et il pourra t'aider.

– C'est compris.

– Bon à part ça je t'informe qu'on aura un voyage. J'ai été appelé pour présenter mes chaussures dans d'autres pays. Je te ferai signe quand tout sera ok pour qu'on y aille ensemble.

– C'est compris.

– C'est tout.

– Ok je vais donc y aller. À Lundi.

– Au revoir ! Répondent-elles en chœur.

Je quitte les lieux en repensant à tout ce qu'elles m'ont dit. Je sais qu'elles ont aussi raison mais je veux rester avec Ken. Dès que j'arrive à la maison je reçois un message WhatsApp. Je souris quand je le reconnais. C'est mon ami virtuel Drick. Nous ne nous sommes jamais vus mais sommes devenus très potes à force d'échanger. Au début ça ne me plaisait pas de discuter avec un homme de surcroit un homme que je ne voyais pas mais au fil du temps j'ai baissé la garde. Causer avec lui me fait du bien je l'avoue et ça me déstresse. Je dépose mon sac à main sur le lit et réponds à son message.

– T'es enfin rentré de ton voyage ?

– « *Ouais. Je suis lessivé. Tu m'as manqué. Amicalement.* »

Je souris et m'assois sur le lit.

– Toi aussi je l'avoue. Amicalement.

– « *Est-ce que je pourrai t'appeler plus tard ?* »

– Bon je ne préfère pas. Nous sommes le week-end et mon mari est là.

– « *Ok demain dans la journée alors.* »

– Ok ça marche.

– « *Ok à plus.* »

– Bye.

Dès que je pose mon portable Ken entre dans la chambre. Sans un regard il va dans la douche pour en ressortir quelque minute plus tard. Il commence à s'habiller très chic.

– Tu sors ?

– Oui et ce n'est pas la peine de m'attendre pour diner. Je ne sais pas à quelle heure je vais entrer.

– Tu ne dormiras pas ici ?

– J'ai dit que je ne sais pas à quelle heure je vais entrer.

– Ok.

Je veux lui demander avec qui il sera mais je n'ai pas envie de recevoir des coups. Une chose est sûre, il ne rentrera pas dormir. Il sort sans même un regard pour moi. Le soir venu je passe du temps avec les enfants après quoi je les mets au lit. Je rejoins le mien et décide de surfer sur le net. Je reçois un message de Drick sur WhatsApp. C'est un fichier audio. Je télécharge et une musique douce commence. Je deviens tout de suite nostalgique. C'est l'une des chansons que Ken et moi écoutions avant de nous marier. Ecouter cette chanson me fait en autant de la peine que du bien.

– Merci pour la chanson. Je l'adore.

– *« Je savais que tu l'aimerais. Tu es précieuse Cindy, ne l'oublie jamais. »*

– Je ne l'oublierai jamais.

– *« Laisse-toi bercer par cette chanson et passe une excellente nuit. »*

– C'est ce que je compte faire comme j'en avais l'habitude. Merci de me faire ce bien là. Bonne nuit à toi.

Je mets la musique à un volume raisonnable et c'est en l'écoutant que je m'endors.

EPISODE 9

KENNEDY

Flash-back cinq ans plus tôt

– Kendrick !!! Alors ça pète la forme ?

– Arrête de m'emmerder Ken. Le vol m'a déjà épuisé. N'en rajoute pas.

Nous nous prenons dans les bras avec beaucoup d'entrain. Ça fait 3 ans que nous ne nous sommes pas vus depuis qu'il est allé au Congo. Je range sa valise dans la malle de ma voiture et nous prenons le chemin de mon appartement.

– Je suis vachement heureux de te revoir. Dis-je en conduisant.

– Moi de même. Tu as pris du poids depuis la dernière fois.

– Que veux-tu ? Je dépense bien les millions de mon père.

– Ne dis jamais cette phrase devant M. KALAMBAY sinon tu seras déshérité direct.

– J'ai pas peur de lui. Mais parlons de toi. Comment ça va ?

– Bien. J'ai pu ouvrir ma salle de sport qui accueille du monde.

– Je suis sûr qu'il y a plein de filles qui y viennent.

– Des tonnes. Il y a même plus de femmes que d'homme.

– Tu te les tapes j'en suis sûr. Dis-je en riant.

– Tout le monde n'est pas comme toi Kennedy KALAMBAY. Je ne touche pas à mes clientes.

– Attends ne me dis pas que… Nooon !!! Ken tu es toujours puceau.

– Et où est le mal ?

– Tu as vingt-six ans bon sang !

– Je ne suis pas obligé d'avoir des rapports sexuels. J'attends de me marier.

Je pouffe de rire. Ce mec est trop ouf. Un mec de vingt-six ans encore puceau ? Il n'y a que Kendrick pour nous servir un tel truc. Nous arrivons chez moi et je le conduis à la chambre d'ami.

– Je vois que tu me loges dans ta chambre d'hôtel. Me dit Kendrick.

– Pourquoi tu dis ça ?

Il me montre quelque chose du menton. Je vois sur le lit un string rouge. Je souris et l'enlève sur le lit pour le ranger dans la poche de ma veste. Il secoue la tête et commence à s'installer. Le soir venu, nous sortons manger dans un restaurant dont je suis un habitué.

– Je vois que le pays a beaucoup changé. Dit Kendrick en mangeant.

– En tout cas il y a plein de chose qui ont changé. Dis-moi tu es là pour combien de temps ?

– Trois à quatre mois. Ce sont les vacances au fait et je voudrais en profiter au max parce qu'une fois de retour au Congo je vais me plonger à temps plein dans le boulot.

– Donc pendant ce temps je peux te présenter des meufs pour t'amuser un peu. Il y a plein de belles paires de fesses que tu dois visiter avant de retourner.

– Ken ne me mets pas dans tes plans foireux.

– Frangin tes couilles vont exploser si tu ne les vide pas.

Il me lance une frite. Je l'esquive et lui arrache sa casquette sur sa tête. Il veut me l'arracher mais je l'esquive à nouveau.

– Arrête de faire ton gamin Ken et redonne-moi ma casquette.

– Tu n'as donc pas laissé tes histoires de collection des casquettes. Dis-je en la lui redonnant.

– Y a pas moyen. Autant tu aimes les fesses autant j'aime les casquettes.

– Les fesses me donnent du plaisir et toi, que te donnent ces fichues casquettes.

– Elles me différencient de toi.

– C'est ça.

Mon regard est attiré par une jeune fille qui sort du restaurant. C'est Cindy. Cette fille ça fait 1 mois que je lui coure après mais elle me résiste. C'est la première fois qu'une fille me résiste mais je vais l'avoir. Je m'excuse auprès de Kendrick et coure la rejoindre dehors.

– Comment vas la jolie Cindy ? Demandé-je en me plaçant devant elle.

– Hoorr bon sang ! Tu vas me suivre comme ça partout ? Tu m'emmerdes à la fin.

– Je te l'ai dit, tant que je ne t'ai pas je ne te laisserai pas tranquille. Je te veux Cindy et je t'aurai. Aucune fille ne me résiste.

– Je t'emmerde. Ken ou peu importe comment tu t'appelles, je t'emmerde. Vas chasser ailleurs et laisse-moi tranquille.

Elle me contourne pour s'en aller et je lui donne une tape sur les fesses. Elle fait volte-face et m'assène une gifle. La colère monte subitement en moi. Elle a eu l'audace me gifler ? Moi Kennedy KALAMBAY !? J'ai envie de lui redonner sa gifle mais je me retiens. Je dois d'abord la mettre dans mon lit après quoi je la jetterai comme une vieille chaussette.

– Plus jamais tu ne poses tes sales pattes dégoutantes sur moi est-ce que c'est clair ? Espèce de porc. Mtchrrr.

Je retourne à l'intérieur avec pour seul objectif dans les jours à venir de la baiser comme une pute et je sais comment l'avoir.

– Ah te voilà ! S'exclame Kendrick une fois que je m'assois. Je croyais que tu m'avais abandonné pour des paires de fesses.

– Ken j'ai besoin de ton aide.

– Pour quoi ?

– Mettre une pute dans mon lit.

Retour au présent

Depuis que j'essaie de travailler mais en vain. Ces gosses n'arrêtent pas de hurler dans toute la maison. J'en ai marre de leurs bruits. Si je ne suis pas allé bosser aujourd'hui ce n'est pas pour les écouter hurler dans les oreilles. J'avais juste la flemme de me rendre au bureau et maintenant un dossier me tombe dessus à l'improviste. J'ai horreur du bruit d'enfants. D'habitude les mercredis après le cours de la journée ils vont rester avec leur mère dans son travail mais depuis que nous avons pris une servante, ils restent à la maison. Ayant marre de tous ses tapages je sors de mon bureau et fonce les trouver dans le salon.

– Vous allez la fermer maintenant oui !

Ils se figent et prennent peur. Je hurle le nom de la servante et lui donne de l'argent pour qu'elle les fasse sortir. J'ai besoin de tranquillité. Une fois tous partis je retourne m'enfermer dans mon bureau. J'y reste pendant une heure de temps lorsqu'on cogne. Avant que je ne dise d'entrer je vois Fatim apparaître.

– Que fais-tu ici ?
– Je t'ai apporté des dossiers à signer puisque tu n'es pas venu au bureau.
– Merci. Dépose-les là.

Elle fait comme j'ai dit et s'avance vers moi.

– Tu m'as l'air stressé.
– Ça va.
– Tu as besoin que je te déstresse un peu ?

Elle pose sa main sur ma cuisse qu'elle commence à caresser. Ses mains finissent par atterrir sur mon entre-jambes.

– Ça fait une semaine que tu n'as pas fait ma visite bébé. Chuchote-t-elle à mon oreille alors qu'elle ouvre ma braguette.

Je la laisse prendre soin de moi comme elle sait si bien le faire après quoi je la prends dans toutes les positions sur mon bureau. C'est de ça dont j'avais besoin. Quand nous finissons elle s'en va. Je monte prendre une douche pour me rendre à l'hôtel où j'ai rendez-vous avec Jamila. Elle m'a appelé pour me dire qu'elle est là. Après trois parties de sexe avec elle nous restons allongés pour reprendre notre souffle.

– Tu es là pour combien de temps ? Lui demandé-je.

– Je serai là pendant deux semaines pendant les congés. Je suis là pour toi au fait. Tu as quelque chose de prévue pendant ces congés ?

– Ma femme voudrait qu'on parte en voyage en famille mais je n'ai encore rien décidé.

– Et si on les passait ensemble loin ?

– Où veux-tu qu'on aille ?

– Où tu veux. J'ai envie de m'amuser. Je me suis achetée plein de tenues cochonne.

– Et si tu m'en montrais une.

– Accepte d'abord.

– C'est d'accord.

– Je reviens donc.

Je lui donne une tape sur les fesses quand elle se lève. Cette pute est trop bonne et surtout trop douée. C'est pourquoi je la garde encore. Elle revient avec une tenue de cat woman. Cette fille va me rendre dingue. Il n'est pas question que je rate ces deux semaines de congés avec elle. J'ai besoin de sensation forte.

C'est à 20h je rentre à la maison. Je sens la cigarette tellement j'ai fumé. Après chaque partie de jambes en l'air je fumais deux clopes. Il n'y a que dehors que je peux fumer. Cindy ne le veut pas à cause des enfants surtout que Nael est asthmatique. Je les retrouve déjà à table. Je monte prendre une douche pour faire descendre cette fatigue. Quand je reviens dans la chambre, Cindy est là.

– Tu ne dînes pas ? Demande-t-elle.

– Je n'ai pas faim. Répondé-je en commençant à m'habiller.

– Est-ce qu'on peut parler ?

– De quoi ?

– Des enfants.

– Qu'est-ce qui se passe ?

– Ils voudraient passer plus de temps avec leur père.

– Je ne suis pas leur père.

Je me fige après ma phrase. Qu'est-ce qui m'a pris de lui dire ça ? Je la regarde et elle est choquée.

– Comment tu peux dire une telle chose Kennedy ? Renier tes enfants ?

– S'il te plaît Cindy je suis fatigué.

– Tout ce que TES enfants demandent c'est juste un peu d'amour et d'attention de leur père. Tu ne sors jamais avec eux en dehors des quelques rares fois où nous sommes tous sortis ensemble. Comment comptes-tu créer des liens avec eux si tu es si distant. Tu ne les aimes pas ?

– Cindy arrête de m'embêter, dis-je en allant vers le lit. J'ai eu une journée fatigante.

– Oui avec une de tes nombreuses putes.

Je fais volte-face et lui administre une gifle. Elle s'attrape la joue.

– Quand je dis je suis fatigué tu me lâche les basquets. Pendant qu'on y est je dois effectuer un voyage d'affaire en fin de semaine. J'y resterai deux semaines.

– Mais c'était prévu qu'on voyage tous ensemble.

– Je n'avais pas dit oui et je ne vais pas annuler un voyage d'affaire pour tes beaux yeux. Je dois rendre des comptes à mon père.

– Et où est-ce que tu vas ?

– En France. Maintenant laisse-moi dormir.

– Dans ce cas je vais accepter le voyage avec ma patronne.

– Fais comme bon te semble.

– C'est au Congo, Brazzaville.

Mon sang fait un tour. Elle a dit Congo ?

– Tu n'y vas pas.

– J'ai dit Brazzaville, pas Kinshasa.

– Le Congo c'est le Congo.

– Toi tu vas en France pour le travail et moi je vais au Congo aussi pour le travail. Il est où le problème ?

– Je ne veux pas que tu fréquentes mon père.

– Et je n'irai pas le voir. Tu penses que je vais commettre cette bêtise en sachant ce que tu me feras après ? Je n'ai pas envie de recevoir des coups donc je resterai à carreau. De toutes les façons je n'aurai pas de temps pour me promener. Nous serons débordées avec le défilé. Tu peux même m'assigner un garde si tu le veux.

– Ok mais tu sais déjà qu'à la première gaffe tu passeras un sale moment.

– Je sais déjà de quoi tu es capable.

– Ok maintenant laisse-moi dormir.

Elle sort en éteignant la lumière. Est-ce que je fais bien de la laisser aller au Congo ? Je prends mon portable et appelle ma mère.

– *« Bonsoir chéri. »*

– Bonsoir maman. Désolé de t'appeler à cette heure.

– *« Pas grave. Qu'est-ce qui se passe ? »*

– Il y a Cindy qui m'a dit qu'elle doit aller pour le travail à Brazza. Je lui ai dit oui mais je ne sais pas si je dois la laisser y aller.

– *« Laisse-la y aller. Si tu persiste à lui faire des histoires sur ce pays elle finira par se poser des questions et commencera à enquêter. Qu'elle parte, de toute façon c'est à Brazza, il n'y a donc pas de grande possibilité qu'ils se voient. Deux personnes peuvent être dans le même pays sans pour autant se voir. »*

– C'est vrai. Je te laisse donc te reposer. Bisou.

– *« Bisous bonne nuit. »*

*Mona*LYS*

– C'est pour quand ton voyage au Congo ?

– La semaine prochaine.

– Tu iras avec les enfants ?

– Bon je ne sais pas encore. Loraine m'a proposé de les laisser chez elle avec ses enfants à elle. J'hésite entre chez elle et chez Estelle.

– Vous vous reparlez ?

– Euh non mais j'irai la voir avant de partir

– Ok. J'y vais.

Je l'embrasse et sors de la maison. C'est ce soir mon voyage avec Jamila mais avant j'ai quelques trucs à régler au bureau. Encore un travail de dernière minute pourtant j'avais décidé de me rendre à son hôtel déjà cet après-midi pour y rester jusqu'à l'heure du vol. Après deux heures de taf Fatim m'annonce la visite de ma nouvelle associée. Je savais que cette femme allait être accro à moi ou plutôt au petit moi.

– Vous êtes beaucoup occupé M KALAMBAY ? Demande-t-elle d'une voix sensuelle qui me donne des envies.

– Non pas du tout. Je finissais à peine. Que puis-je faire pour vous ?

– Depuis la dernière fois à mon bureau vous ne m'avez plus contacté.

– Le boulot. J'étais beaucoup pris.

– Et maintenant ?

– Comme je l'ai dit je viens de finir ce que je faisais.

– Donc vous pouvez maintenant vous occuper de moi ?

– Ça dépend de ce que vous voulez comme soin.

Elle se lève et avec un déhanché d'enfer va condamner la porte de mon bureau. Cette femme me cherche. Elle revient vers moi en faisant tomber son manteau. Il n'y a rien en dessous. Je suis choqué. Cette femme a donc traversé la ville complètement nue ! Elle s'approche de moi et commence les caresses. Je me retrouve rapidement dans sa bouche. Alors qu'elle est à fond et que je prends sacrément mon pied, Cindy m'appelle. Je ne décroche pas. Mais elle insiste tellement que je finis par décrocher. L'autre n'arrête pas pour autant ce qu'elle fait. Je retiens ma respiration pour ne pas grogner.

– Quoi Cindy ?

– « Ken, c'est Nael, dit-elle affolée. Il a fait une crise d'asthme et *son inhalateur était fini. J'ai donc dû l'envoyer à l'hôpital. J'ai peur Ken.* »

– T'inquiète pas ça va aller. Je viens quand je peux.

– « *Quand tu peux ? Ken ton fils est à l'hôpital et tu dis tu viens quand tu peux ? Ken il...* »

Je raccroche direct pour éviter de me mettre en colère mais surtout parce que cette pétasse vient de me faire une gorge profonde. Je la relève par les cheveux et la fait coucher sur la table. Je vais lui montrer qui est le boss. Elle ne se gêne même pas de hurler de plaisir. J'ai mieux à faire que d'aller m'asseoir dans un hôpital. De toutes les façons il s'en sortira. C'est juste une crise. Je finis de défoncer cette pétasse qui s'en va aussitôt, je prends ensuite mes affaires pour rentrer. La maison est vide. J'en profite pour vérifier une dernière fois que mes affaires sont prêtes. Au moment de sortir de la chambre Cindy entre. Quand elle me voit la colère se dessine sur son visage.

– Ken tu pars en voyage alors que ton fils est malade ?

– Il va s'en remettre. Ce n'est pas la première fois que ça arrive.

– COMMENT PEUX-TU DIRE DE TELLES CHOSES KEN ? C'EST TON FILS BORDEL !

– ARRÊTE DE ME HURLER DESSUS SINON JE TE COGNE.

– C'est tout ce que tu sais faire Ken, me cogner. Mais pour ce qui est d'être un bon mari et un bon père tu es nul à chier.

Je lui envoie mon pied direct dans le ventre. Elle se plie sur elle-même.

– Ta grande gueule tu la fais sur quelqu'un d'autre, pas sur moi.

Elle se relève le visage rempli de larme.

– Je te maudis Kennedy KALAMBAY et je maudis le jour où je t'ai rencontré. Tu es un homme sans cœur et Dieu te punira.

Je la pousse hors de mon passage et sors tandis qu'elle continue de hurler des malédictions. Qu'est-ce que j'en ai à foutre moi d'elle et de ses enfants. Ils ne sont pas à moi et elle, elle n'est pas amoureuse de moi. Moi je suis Kennedy KALAMBAY et le père des jumeaux ainsi que celui dont Cindy est réellement amoureuse c'est mon frère jumeau. Kendrick KALAMBAY.

EPISODE 10

KENNEDY

Flash-back cinq ans plus tôt

Les cris de cette fille me font redoubler de vigueur dans mes coups. J'aime quand les filles hurlent ainsi mon nom alors que je suis à fond. J'adore avoir le pouvoir. C'est moi le chef et en matière de sexe, je suis au top. C'est pourquoi les filles me mangent dans la main. Maintenant que j'ai eu cette pétasse de Cindy, je peux me concentrer sur d'autres culs. Elle faisait la grande gueule pourtant, il a fallu un peu de douceur pour la faire succomber. Je le savais ça que Kendrick arriverait à la faire flancher. Même si l'idiot est trop réservé et toujours puceau, il a la côte avec les filles. Il sait comment s'y prendre avec les filles mais il s'en fiche. Heureusement, j'ai pu le convaincre de séduire Cindy pour que moi je puisse la mettre dans mon lit. Il ne voulait pas le faire mais pour y arriver, j'ai dû jouer sur ses émotions. Nous avons été séparés après le divorce de nos parents et depuis, nos rapports sont distants. J'ai donc joué la carte du jumeau qui veut pour une fois partager quelque chose avec son frère. Je lui ai rappelé comment les disputes de nos parents nous ont éloignées si bien que nous n'avons plus rien de commun en dehors de notre coupe de cheveux et de nos tatouages. Nous avons fait les mêmes avant qu'il ne s'en aille au Congo rejoindre notre père. C'était une manière pour nous d'être proche loin de l'autre malgré la distance. Kendrick est quelqu'un de très sentimental donc il est très facile de jouer là-dessus pour obtenir quelque chose.

Alors que je suis en plein pilonnage Kendrick vient cogner à la porte de ma chambre.

– Ken sort vite il y a une urgence. Hurle-t-il derrière la porte.

– Fiche-moi la paix Ken. Tu m'interromps.

– Kennedy, sors immédiatement.

– Donne-moi cinq minutes.

Je vois son ombre en dessous de la porte s'en aller. Je me réactive encore plus vite en la fille jusqu'à la jouissance. Quand je sors avec elle et qu'elle voit Kendrick elle tique.

– Vous êtes jumeaux ? Demande-t-elle choquée.

– Non triplets. Dégage d'ici.

Je lui donne une tape sur les fesses et elle s'en va. J'ai tellement chaud après tout ce que j'ai fait que je suis juste en caleçon. Je vais me prendre un jus de fruit dans le frigo que je bois à même le carton.

– Tu pourrais t'habiller ?

– En quoi ça te dérange ?

– Nous avons un problème et j'ai besoin que tu sois sérieux.

– Ken parle je t'écoute.

– Ok. Cindy est enceinte.

– Et ? Dis-je en m'asseyant.

– Et ? Je te dis que la fille avec laquelle nous couchons tous les deux est enceinte et tu me dis et ?

– Ken je ne vois aucun problème. On lui donne de l'argent pour qu'elle se fasse avorter après quoi on coupe tout contact avec elle et c'est fini. Ce n'est pas la première fois que je vais faire avorter une fille.

– Toi oui mais moi non. Je ne l'ai jamais fait et je ne le ferai jamais.

– Donc gère comme tu veux. C'est peut-être toi l'auteur puisque moi ça fait un mois que je ne l'ai pas touchée. Toi depuis ta première fois tu es tout le temps avec elle.

– Oui mais rien ne dit que la grossesse est de moi. Elle dit être enceinte de trois semaine et rappelle-toi qu'avant d'aller en voyage avec l'autre fille tu as passé la nuit avec elle.

Je n'ai pas couché avec elle. On s'est disputé et elle a refusé que je la touche. Mais bon je ne vais pas le lui dire pour ne pas qu'il se foute de ma gueule après. Oui parce qu'à chaque fois que je lui dis qu'elle m'a envoyé bouler il se met à se moquer de moi en disant que j'ai enfin trouvé celle qui me domine. Je déteste qu'on me dise qu'une femme me domine. La grossesse est donc de lui. Tant mieux. De toute façon elle ne m'intéressait plus. J'ai juste couché avec elle trois fois et même si elle est bonne, je préfère me passer d'elle à cause de ses airs de grande dame. Genre elle personne ne se fout d'elle. N'importe quoi. La sonnerie de la maison nous interrompt. Il va regarder dans le judas et me dit que c'est notre mère. Je retourne dans ma chambre m'habiller et reviens les rejoindre, assis tous les deux face à face. J'embrasse ma mère puis prends place.

– Comment ça va ici ? Demande-t-elle.

– Ça va maman, je réponds. Sauf que ton fils flippe parce qu'il a enceinté une fille.

– Merde Ken ça te dirait de la fermer. En plus rien ne dit que la grossesse est de moi. Elle peut être aussi de toi donc arrête de m'emmerder.

– Moi je me protégeais avec elle. Enfin, quelque fois.

– Moi aussi. Laisse-moi te rappeler que les préservatifs ne sont pas à 100% fiable.

– Attendez stop, dit notre mère. Vous êtes en train de me dire que vous couchez avec la même fille ? (À Kendrick) Ken tu n'es donc plus puceau ?

– Maman ! Fait-il gêné.

– Et vous comptez faire quoi maintenant ?

– Elle se fera avorter, dis-je pour trancher.

– Non ! Hurle presque Kendrick. Elle ne se fera pas avorter. Si tu te désengages eh bien moi j'en prends la responsabilité. Je suis même prêt à retourner avec elle à Kin.

Nous le regardons surpris. C'est la première fois que Kendrick se met dans un tel état pour une fille. Il tremble même presque. Subitement il prend ses clés sur la table, s'excuse auprès de notre mère et sort de l'appartement.

– Je crois que ton frère est amoureux de cette fille.

– Je le constate aussi. C'est la première fois qu'il tombe amoureux depuis qu'il est sur cette terre. Je n'en crois pas mes yeux.

Un large sourire se dessine sur le visage de ma mère.

– Ken tu as enfin là l'occasion de prendre le dessus sur ton frère.

– Comment ?

– Tu lui en as toujours voulu d'avoir tout ce que tu désirais. L'amour de ton père et tous les avantages qui vont avec. Ken a toujours été au-dessus de toi en tout ou du moins ton père l'a toujours mis au-dessus de toi. Mais aujourd'hui, tu as l'opportunité de faire d'une pierre deux coups.

– Je ne comprends toujours pas.

– Arrache à ton frère la fille et l'enfant et tu auras le dessus sur lui. Il t'a toujours pris ce que tu voulais, aujourd'hui prends lui ce qu'il veut. Il aime cette fille et si tu la lui prends, tu auras ta revanche. C'est la première fois qu'il tombe amoureux donc elle doit représenter tout pour lui et si l'enfant est vraiment de lui, tu auras le gros lot.

– L'enfant est de lui. Elle est enceinte de trois semaines alors que ça fait un mois que je ne l'ai plus touchée.

– Bingo. On dira à ton frère qu'on fera un test ADN qu'on falsifiera et on l'obligera à renoncer à elle puisqu'il ne peut pas se mettre entre toi et ton supposé enfant.

– Tu as raison maman. Je marche.

Nous nous sourions. C'est vrai que j'ai toujours été jaloux de mon frère. Il a toujours été meilleur que moi en tout. Même aujourd'hui, malgré que je lui ai pris la direction de l'entreprise familiale, il a créé sa salle de sport et là encore il s'en sort mieux que moi. À l'école, avec les filles qui préféraient sa timidité à mon insolence mais aussi avec mon père. Kendrick a toujours eu les meilleurs privilèges. Là j'ai l'occasion d'avoir ce qu'il désire. Il souffrira toute sa vie de me voir avec la femme qu'il aime.

Trois mois plus tard

Je suis revenu de France hier avec Cindy. Nous y sommes allés pour faire le test ADN mais ça, elle ne le sait pas. Je lui ai fait croire qu'on y allait pour changer un peu d'air, en amoureux. Je l'ai ensuite conduite à l'hôpital pour une consultation et là-bas on a fait passer le test ADN pour un examen de routine. De toutes les façons, elle n'y comprenait rien. En Europe, c'est possible de faire un test de paternité alors que la mère est encore enceinte. Cindy attend des jumeaux et bien évidement ils sont de Kendrick. Il n'y avait que lui qui pouvait être le père vu comment il passait tout son temps avec elle. Il passait même des nuits avec elle. En deux mois, il s'est amouraché d'elle si bien que moi, après ma troisième fois avec elle, je suis passé à autre chose pour le laisser continuer cette bêtise de relation qu'il avait commencé avec elle. J'ai juste dit au docteur d'inverser les résultats, de mettre mon nom sur celui qui est positif et le nom de Ken sur le négatif.

Je me rends chez ma mère avec les deux résultats en main. Le mien et celui de Kendrick. Il est d'ailleurs déjà présent. Lui n'a pas pu partir avec nous parce que ma mère a créé une histoire pour le maintenir avec elle. Je le vois très nerveux. Je m'assois après avoir salué et lui tends son résultat.

– Alors ? Me demande-t-il.

– Je ne sais pas. Je n'ai pas ouvert les résultats. J'ai préféré attendre pour qu'on les découvre ensemble.

Il regarde son enveloppe sans l'ouvrir. Ma mère me regarde avec la joie dans les yeux.

– Avant que vous n'ouvriez les résultats je voudrais vous rappeler ce qu'on avait dit. Que celui qui ne sera pas le père s'efface de la vie de la fille. Si c'est Kennedy le père, Kendrick tu retournes au Congo et tu ne viens plus jamais ici parce que ton frère va l'épouser. Mais si c'est toi le père tu vas avec elle au Congo parce que si vous restez ici elle va tout découvrir et Dieu seul sait ce que votre père va vous faire. Il ne doit jamais être informé de toute cette histoire raison pour laquelle je veux qu'on la règle simplement. Est-ce qu'on est d'accord.

– Oui maman ! Répondons-nous en chœur.

111

– Vous pouvez maintenant les ouvrir.

Il se met à déchirer son enveloppe.

– Tu n'ouvres pas la tienne ? Me demande-t-il.
– Ton résultat déterminera le mien. Vas-y donc.

Il sort le papier qu'il déplie et commence à la lire. Je vois son visage se déformer. Il passe la main sur son visage. Je souris.

– Je ne suis pas le père. Déclare-t-il, la voix brisée.
– Donc va faire tes bagages pour retourner au Congo. Lui lance ma mère.
– Maman Kennedy ne l'aime pas et il va la faire souffrir.
– Ça ce n'est plus ton problème.
– Mais je l'aime et je veux la rendre heureuse. Je suis fou amoureux d'elle et vous savez que c'est la première fois que ça m'arrive.
– Mais ce ne sont pas tes enfants. Tu veux te mettre entre ton frère et ses enfants ? Même s'il n'aime pas la fille, elle porte ses enfants et c'est ça le plus important.
– Je prendrai soin d'eux comme si c'était les miens.

Il se lève en colère et désespéré.

– Mama na lingi ye (Maman je l'aime). Tu comprends ? Je l'aime et plus que ma vie. Je suis prêt à endosser toute la responsabilité auprès de papa. Je lui dirai que tout était mon idée donc qu'il me blâme moi mais je t'en prie ne m'éloigne pas d'elle. Nakolonga te kokanga motema (Je ne le supporterai pas).
– Ken ne m'énerve pas hein. Ne m'énerve surtout pas. Avant

d'ouvrir les résultats là j'ai dit quoi ? Je dis tu retournes à Kin et plus jamais tu ne mets tes pieds dans cette maison.

Il cogne dans le mur en hurlant. Il se met ensuite à tourner sur lui-même comme si tout son monde venait de s'écrouler. Il reste là à tourner sur lui-même en marmonnant des choses en Swahili. Oui quand il est énervé il parle en Swahili plutôt qu'en Lingala parce que ça on ne le comprend pas. Il peut donc dire tous les gros mots qu'il veut sans risquer de se faire taper dessus par maman.

– Ok c'est bon, finit-il par dire. Je retourne à Kin. Mais laissez-moi au moins passer une dernière journée avec elle. Une toute dernière et je disparais. Na bondeli yo (Je t'en supplie).

Ma mère et moi nous regardons. Je fais oui de la tête.

– D'accord. Mais après je ne veux plus jamais te voir en Côte d'Ivoire. On reste juste en contact.
– Ok.

Comme pour s'assurer que c'est bien moi le père il prend mon résultat et l'ouvre. Quand il a la confirmation, il dit un gros mot en Swahili et s'en va. Ma mère se met à jubiler.

– Ken dépêche-toi de lui faire ta demande en mariage avant que ton frère ne fasse une bêtise. Va maintenant même.
– D'accord maman.

J'appelle Ken pour savoir où il est et il me fait savoir qu'il va se réfugier en bordure de mer. Il aime bien faire ça pour évacuer. J'en profite pour aller acheter une bague et fonce chez Cindy. Me marier ne m'enchante pas mais rien que pour faire chier mon frère je suis prêt à le faire. Dès qu'elle m'ouvre la porte je saute sur ses lèvres pour l'embrasser.

– Je vois que je t'ai manqué.

– Oui ma puce. Tu m'as beaucoup manqué.

Elle se met à déboutonner ma chemise après avoir retiré ma veste mais je la stop.

– Attends, avant de faire l'amour je voudrais te demander un truc important.

– Quoi ?

Je me mets aussitôt à genoux devant elle. Elle ouvre la bouche et les yeux de surprise.

– Puisque je t'aime et que maintenant tu portes mes enfants je voudrais bien faire les choses. Je veux te garder près de moi pour toujours. Cindy accepte s'il te plaît de m'épouser.

Elle se met à pleurer.

– Bien sûr que j'accepte. Je t'aime Ken.

Je me relève après lui avoir enfilé la bague. Je prends possession de ses lèvres et la soulève. Je nous conduis dans sa chambre nos lèvres toujours scellées. Je vais encore baiser l'amour de Kendrick et ça me fait le plus grand bien. Voir la désolation sur son visage m'a procuré un grand plaisir. Pour une fois c'est moi qui ai ce qu'il désire.

EPISODE 11

KENDRICK KALAMBAY

Flash-back cinq ans plus tôt

Je ne sais comment s'est arrivé mais je suis dingue de cette fille. Cindy ! C'est fou comme je l'aime. Juste deux mois et je l'ai dans la peau. Je n'arrive plus à passer une journée sans la voir. Je passe la chercher chaque soir à son travail. Je l'aime ce n'est pas possible. Qui l'aurait cru ? Moi Kendrick KALAMBAY amoureux d'une fille ? Même moi je ne l'aurais imaginé. Mais j'en suis heureux parce que je suis amoureux d'une fille exceptionnelle. Pour une fois je suis heureux d'un coup foireux de mon frère. Même si nous jouons à un jeu dangereux et très méchant, je suis heureux de connaitre cette fille. Kennedy m'a bien eu avec son discours de nous devons resserrer nos liens après toutes ces années. Il n'a pas cessé de me parler de nos liens, et blabla si bien qu'il a fini par me convaincre d'accepter de séduire Cindy. C'est vrai que des fois j'ai des remords mais je préfère profiter de chaque instant maintenant avec elle parce que lorsqu'elle saura tout elle me jettera sans hésiter.

Comme chaque samedi je passe la journée avec elle. Tantôt nous sortons tourner en ville tantôt nous restons simplement chez elle à cuisiner, manger, regarder des films et jouer à des jeux. Je ne peux pas l'emmener à l'appart parce que je vis avec Kennedy et si elle y va, elle risque de tout découvrir. Aujourd'hui nous avons décidé de rester chez elle. À peine je cogne à sa porte qu'elle m'ouvre.

– Mwasi kitoko (Jolie femme). Dis-je

– Mobali ya ngebu ngebu (Beau gosse). Répond-t-elle.

Nous nous sourions et quand j'entre je capture ses lèvres. Je me permets de l'embrasser, de la chouchouter parce que Kennedy ne le fait pas avec elle. Tout ce qui l'intéresse chez elle c'est le sexe. Dès que je libère ses lèvres elle me prend ma casquette qu'elle porte.

– Dois-je encore dire adieu à cette casquette ? Demandé-je en allant m'asseoir.

– Oui. Répond-t-elle en faisant de même.

– Je vois que tu apprends vite le Lingala.

– Oui et d'ici le mois prochain je serai plus Congolaise que toi. J'adore le ngebu ngebu.

J'éclate de rire

– Je n'aurai jamais dû te le dire. Tu ne veux plus lâcher le mot.

– Je ne le lâcherai plus. Alors on fait quoi aujourd'hui ?

–Jouons au poker.

Nous passons une merveilleuse journée entre les jeux et les fous rires. Je l'aime encore plus chaque jour. J'adore son sourire et son rire me réchauffe toujours le cœur. Je suis tellement occupé à la regarder que je me déconcentre sur mon jeu et elle gagne. Elle se lève et se met danser.

– Pff tricheuse va.

– C'est toi le nul. Je suis ta chef.

– Même pas en rêve.

– Viens danser avec moi. Dit-elle en mettant de la musique.

– Je t'ai déjà dit que je ne sais pas danser.

– Un Congolais qui ne sait pas danser ? Tu as vu ça où ? Viens ici.

Elle me tire et commence à danser devant moi. C'est pas que je ne sache pas danser, c'est juste que j'en ai honte. J'ai toujours été très réservé et la danse c'est l'une des dernières choses que je ferai au monde. Je réussi à lui échapper et retourne m'asseoir. Elle continue de danser et moi je la regarde. Elle est tellement belle. C'est vraiment dingue ce que je ressens pour cette fille. Comme pousser par une force je me lève et la tire contre moi pour l'embrasser. J'ai envie de la sentir contre moi.

– J'aime tellement quand tu es comme ça. Souffle-t-elle contre mes lèvres.

Pour toute réponse je la serre encore plus à moi. Elle glisse ses mains sous mon tricot et commence à parcourir mon corps. Je frissonne. D'agréables frissons.

– J'ai envie de toi Ken. Je veux que ce Ken me fasse l'amour.

Je la soulève aussitôt et nous nous rendons dans sa chambre en nous embrassant. Nous nous couchons sur son lit moi au-dessus d'elle sans détacher nos lèvres. J'ai envie d'elle. Très envie.

– Fais-moi l'amour Kennedy KALAMBAY.

Cette phrase me ramène illico sur terre et me pousse à mettre fin à ce moment. Je ne suis pas Kennedy ce qui veut dire que je n'ai pas le droit de la toucher. Mon rôle était juste de la faire succomber à mon frère jumeau et c'est ce que j'ai fait. Je devrais maintenant m'éloigner d'elle.

– Je ne peux pas.

– Quoi ?

Je retourne m'asseoir sur le bord du lit. J'ai envie d'elle mais je ne dois pas la toucher. Elle est à Kennedy, pas à moi. Elle vient s'accroupir devant moi pendant que je lutte contre moi-même.

– Qu'est-ce qui se passe Ken ?

– Je ne peux pas te toucher.

– Pourquoi ?

– Je… je ne crois pas que ce soit une bonne idée.

– Je sais que tu as un problème de bipolarité et je t'ai dit que je suis avec toi. J'ai déjà fait l'amour avec ta deuxième personnalité au cas où tu ne t'en souviens pas et ça n'a pas toujours été agréable. Aujourd'hui je veux que le vrai toi me fasse l'amour. Je veux partager un merveilleux moment avec le Ken doux, attentionné, réservé. Je veux que tu prennes soin de moi.

– Je ne sais pas si je serai à la hauteur.

– Ce Ken n'a jamais fait l'amour ?

Je fronce les sourcils.

– J'ai lu que chaque personnalité d'un bipolaire a sa vie et son caractère. L'autre Ken est un homme à femme tandis que celui que tu es là maintenant est un homme qui fuit les femmes.

Je ne sais vraiment pas d'où Ken a sorti cette histoire de bipolarité et comment il a réussi à lui faire gober cela. Il aurait pu trouver autre chose à dire non !? Quel enfoiré !

– Viens je vais te montrer comment faire. Détends-toi !

Sans me laisser la peine de répondre elle reprend possession de mes lèvres et s'assoit sur moi. Elle retire mon tee-shirt et le sien. À la vue de ses seins dans ce soutient mon envie décuple. Je décide de prendre les rênes, j'active le lecteur musical dans mon portable et la renverse sur le lit un son de « Fally Ipupa » orgasy se fait entendre. Je commence à parcourir tout son corps de baisers jusqu'à ce qu'elle m'invite à la posséder. J'en meure aussi tellement d'envie que je me déshabille et sans me protéger, la pénètre, bouge des reins sensuellement au son de la musique qui m'accompagne. Je me sens merveilleusement bien en elle, j'essaie de rythmer mes gestes aux paroles de la Chamson. Tout mon être est embrasé et mon amour pour elle prend encore plus de la place dans mon cœur quand j'entends :

« Kota na kati na ngai bongo yo téla miso (X2)

mpo o comprendre besoin o ngai nazo yoka eh après okobima na yo "

(Pénètre-moi, pour qu'enfin tes yeux deviennent rouges de sensation (2x)

Ainsi tu comprendras mon plaisir, et après tu pourras te retirer) »

Je n'arrive plus à bouger en elle tellement je suis dans un autre état quand le refrain suivant rempli la pièce :

« Nazo yoka bien, nazo yoka motema eh

Yo'zo koma bien cheri bandela lecon

Memoire efungwama nga po'ezo sala ng'elengui

Nazo yoka bien nazo yoka lolemu eh

Elenguisé nga »

(Je me sens bien, je sens mon cœur battre ee

Tu es entrain de bien écrire toute les lettre de l'alphabet avec tes coups de rein chérie recommence encore ta leçon

Pour que ma mémoire s'active parce que cela me procure du plaisir

Je me sens bien, je sens ta langue ee, fait de moi le mot plaisir) ».

C'est ma première fois de toucher une femme et je le fais aujourd'hui avec la seule femme qui a réussi à prendre mon cœur. Je passe mon bras sous elle et la serre fortement contre moi et là j'entends :

« Pardon chéri bandela lisusu je t'aime encore

Encore un peu balola ngai biloko'katia libumu

Tango ango oyebisaki nga ke olingaka nga

Mosapi na yo na matoyi na nga caresse papa

Maboko na yo na loketo na nga motiver nga eh

Yoka mongongo ya mwana ngani ya moke (ya moke)

Azolela tonga ya vaccin na ye

Yoka mongongo ya mwana ngani ya bébé (ya bébé)

Azolela tonga ya vaccin na ye »

« Pardon chérie recommence encore, je t'aime encore,

Encore un peu, tourne tout ce qui se trouve dans mes entrailles,

Quand tu m'avais déclaré ton amour,

Tes doigts sur mes oreilles étaient que caresse,

Tes mains sur mes hanches me motivaient,

Entends les pleurs de l'enfant d'autrui, qui pleure après avoir reçu son vaccin, sur sa hanche…Maman sur la hanche.

– Naku penda Cindy. Naku penda. (Je t'aime en Swahili)

– Je t'aime aussi Ken. De tout mon cœur.

Je me remets à bouger lentement en elle. Je me demande si elle ressent du plaisir mais j'ai la réponse quand je sens ses ongles s'enfoncer dans mon dos. Je n'ai plus envie d'arrêter. Et ça me détruira certainement mais tant qu'elle ne saura pas le jeu dans lequel nous l'avons mis je vais profiter de chaque seconde avec elle et lui montrer à quel point je l'aime.

Deux mois plus tard

Mon monde vient de s'écrouler. Cindy porte les enfants de Kennedy et maintenant je dois m'éloigner d'elle. Je dois retourner à Kin et l'oublier. Je l'aime mais je suis obligé de mettre fin à cet amour. Je sais qu'elle aussi m'aime parce qu'elle n'a cessé de me dire qu'elle aime le Ken doux, c'est-à-dire moi et non Kennedy. Mais je vais devoir la lui laisser à cause des enfants. Elle attend des jumeaux. J'aurai donné tout et n'importe quoi pour qu'ils soient de moi. Mon vol c'est pour ce soir et là maintenant il ne me reste plus qu'à lui dire adieu.

Dès que j'entre chez elle, elle me saute dessus et m'embrasse langoureusement. Ça va me manquer, ses baisers et ses lèvres. Son sourire, son rire, ses caresses, sa voix, tout. Absolument tout d'elle va me manquer. Pourquoi diable ne suis-je pas le père des enfants qu'elle porte ? Je l'aurai direct demandé en mariage et épouser. Je veux l'épouser. Quand elle me lâche elle se met à parler de l'organisation du mariage. Sur le coup je ne capte pas mais quand je regarde son annuaire, je comprends. Je vois que Ken n'a pas perdu de temps. Il va donc vraiment l'épouser. J'avais prévu passer la journée avec elle mais là je ne le peux plus. Je n'ai pas envie de l'entendre me parler de leur mariage. Je sors juste de ma poche un coffret et l'ouvre devant elle.

– Oh elles sont magnifiques.

– Comme toi.

Elle me regarde les yeux brillants. Elle adore les compliments. Je prends les deux chaines de la boite et colle les médailles. C'est un demi-cœur et l'autre partie du cœur est collée à une clé. Les deux collés font une médaille. Ça donne un cœur et sa clé. Je la retourne pour lui montrer ce qui est écrit derrière. Elle se met à lire à haute voix.

– Nili ku pendaka mara ya kwanza nili ku onaka, nta ku pendaka tu ata kama siku one tena. (Elle me regarde) Qu'est-ce que ça veut dire ?

Je divise la médaille et lui enfile une moitié. Je lui tends la deuxième et lui demande de me la porter. Une fois fait, je la rapproche de moi en passant mon bras autour de sa taille. Je me rapproche de son oreille.

– Je t'ai aimé au premier regard mais je t'aime même quand je ne te vois pas et je t'aimerai toujours même si je ne te vois plus.

Elle détache sa tête et me regarde les yeux brillants.

– C'est magnifique.

– Je t'aime Cindy. Na lingi yo makasi (Je t'aime très fort).

– Na lingi yo Ken.

Nous nous embrassons pendant un moment et sentant une envie pointer je mets fin au baiser et la serre très fortement dans mes bras.

– N'oublie jamais que je t'aime Cindy. Quel que soit la distance mon cœur sera toujours à toi et il ne battra que pour toi.

– Bébé qu'est-ce qui se passe ? Pourquoi parles-tu comme si tu t'en allais loin de moi pourtant nous allons nous marier le mois prochain ?

– N'oublie juste jamais ces paroles.

– D'accord.

Un dernier baiser et je sors de chez elle sans me retourner au risque de revenir sur mes pas pour lui faire l'amour une dernière fois. Je pars et je laisse ici mon premier et mon dernier amour.

Retour dans le présent

Je caresse ma chaine que j'ai au cou depuis ces cinq années en regardant les photos de Cindy défiler sur mon ordi. Cinq ans et je l'aime toujours autant. Mais comment puis-je l'oublier quand elle a été ma première fois en tout. Celle qui m'a dépucelé, la seule avec qui j'ai aimé passer du temps, mais surtout la seule à avoir conquis mon cœur. Je n'avais jamais regardé une femme avant avec du désir. Pas que j'étais gai ou insensible à la beauté féminine. Juste que j'avais mieux à faire que de tomber amoureux. Ado, ma seule priorité c'était être le meilleur à l'école ce qui m'a toujours valu le premier rang durant tout mon cursus scolaire. J'ai été premier même dans toute l'école. Mon seul but dans la vie c'était de faire la fierté de mes parents et devenir quelqu'un de grand. J'évitais donc toute distraction à savoir les filles, les bars, l'alcool et tout. À l'Université, tout le monde me prenait pour un gai si bien qu'à deux reprises mes potes m'ont poussé à embrasser une fille pour leur prouver le contraire. Je l'ai fait et je n'ai rien ressenti. Les filles me faisaient des yeux doux mais je ne leur prêtais aucune attention. La seule fois que j'ai ressenti quelque chose en embrassant une fille c'est avec Cindy. Je l'aime et c'est toujours au-dessus de mes forces.

Je sors de ma rêverie et regarde dans le miroir de la salle de bain si ma casquette est bien mise. Je sors retrouver Aurélie dans la chambre. Aurélie c'est ma femme. Nous sommes mariés depuis trois ans maintenant. C'est ma mère qui me l'a présentée un an après ce qui s'est passé avec Cindy. Je me suis marié juste pour lui faire plaisir. Aurélie est la fille d'un partenaire très important de l'entreprise familial qui est en Côte d'Ivoire. À l'époque, Kennedy a fait une gaffe et on avait urgemment besoin du financement du père d'Aurélie pour compenser avant que Luzolo ne l'apprenne sinon il aurait fait des victimes. Ma mère a donc conclu que pour convaincre M YEO le père d'Aurélie je devais l'épouser, c'était, selon elle, le seul moyen de resserrer les liens de nos deux familles. Bien entendu je ne le voulais pas mais elle s'est mise à pleurer en disant que moi je ne l'ai jamais considéré comme ma mère et patati et patata. Comme toujours, j'ai cédé face à ses pleurs. J'ai fréquenté Aurélie pendant un an et après nous nous sommes mariés. Je n'ai pas besoin de signifier que je ne l'aime pas. Et je crois que c'est aussi son cas. Je crois qu'elle a aussi accepté de m'épouser pour faire plaisir à ses parents. Elle a accepté de venir vivre ici au Congo avec moi pour justement être loin d'eux et être plus indépendante. Même si nous ne sommes pas un couple à 100%, nous nous traitons bien, ou du moins notre cohabitation se passe bien. Chacun vit sa vie de son côté et le soir nous nous retrouvons pour diner et nous mettre au lit. Nous faisons l'amour la plus part du temps quand c'est elle qui en a envie. Oui elle me donne du plaisir mais pas comme Cindy. Je n'ai jamais désiré le corps d'une autre femme à part le sien.

– Tu viens avec moi chez mes parents ? Demandé-je en enfilant ma montre.

– Non. Tu sais très bien qu'ils ne m'aiment pas.

– Tu ne peux pas dire qu'ils ne t'aiment pas alors qu'ils n'ont jamais eu de mot déplacé envers toi.

– Même si. Mais par leur manière de me regarder ça se sent. Je sors avec mes copines.

– Ok c'est comme tu veux.

Elle prend sa pochette et pars. Je finis de me préparer et prends aussi la route pour chez mes parents. Je dîne chez eux presque tout le temps. Ma femme ne sait pas cuisiner et la vie de femme au foyer elle n'y connait rien. Tout ce qu'elle sait faire c'est le shopping, les sorties et le mannequinat. Aurélie est mannequin et je crois que c'est ça son amour. Elle passe tout son temps à voyager et c'est tant mieux. Au moins je ne l'ai pas tout le temps dans mon dos. C'est épuisant de faire semblant d'aimer quelqu'un. Je fais néanmoins le minimum qui est celui de prendre soin d'elle et Dieu merci, j'ai de l'argent parce que Dieu seul sait combien elle est dépensière. J'arrive dans la villa KALAMBAY où toute la famille est assise au salon. Il y a mon père Luzolo, ma belle-mère Sonia que j'appelle affectueusement Mama So et ses deux filles Parfaite et Charlène. Elle et mon père sont mariés depuis trois ans aussi, avant mon mariage, et ils n'ont pas d'enfant ensemble. Mama So a perdu son mari avec qui elle vivait en France il y a six ans. Elle est donc

revenue dans son pays avec ses deux filles. C'est là qu'elle a rencontré mon père.

– Mbote. (Bonsoir)

Ils me répondent tous et je prends place dans l'un des fauteuils
près des filles.

– Boni Ken (Comment vas-tu Ken) ? Me demande Mama So.

– Je vais bien mama So et ici ?

– Tout le monde va bien. On t'attendait pour passer à table.

– Ah si tu ne venais pas on allait tout manger. Me dit Charlène.

– Comme si tu pouvais manger le quart de la nourriture. Je lui
réponds en souriant.

– Laisse-moi ton plat et tu verras si je ne finirai pas tout.

Je souris. Charlène qui a 23 ans est mannequin et elle mange
à peine pour éviter de prendre un kilo. Je les aime bien mes
deux petites sœurs. Elles sont très attachantes et me font par
la même occasion chier à chaque fois que nous sommes ensemble. Nous nous mettons à table et après le bénédicité com-
mençons à manger.

– Ta femme est encore à une de ses soirées avec ses copines je
suppose ? Me lance mon père.

– Oui papa.

– Je me demande souvent comment toi, un homme aussi
brillant, tu as pu épouser une fille aussi tête en l'air.

– Luzolo arrête ! L'interpelle sa femme. S'ils sont mariés c'est
parce qu'ils s'aiment.

Charlène tord sa bouche.

– S'aimer mon œil. Lance-t-elle.

Je lui donne un coup de pied sous la table. Toutes les trois femmes savent toute mon histoire, que ce soit avec Cindy et aussi ce mariage arrangé, sauf mon père. Il me truciderait s'il apprenait tout.

– Quand je pense à comment elle gaspille ton argent ezo swa nga na motema (ça me fait mal au cœur). Lance à son tour Parfaite.

– Je suis son mari donc c'est normal qu'elle dépense mon argent.

– Bilorbish ! (N'importe quoi).

– Les filles laissez votre frère tranquille.

Elles tirent encore la bouche. Le problème ce n'est pas qu'ils n'aiment pas ma femme, c'est juste qu'ils la trouvent trop tête en l'air et qu'elle ne fait pas une bonne épouse. Quelle femme laisse son homme manger dehors ? Aurélie ne sait même pas cuire un œuf. Mais moi je l'ai dit, ça ne me dit absolument rien.

– Ken tu m'accompagnes ce week-end à Brazza ? Me demande Charlène.

– Qu'il y a-t-il là-bas ?

– J'ai été sélectionnée pour un défilé. Nous devons présenter une marque de chaussure d'une créatrice ivoirienne.

– C'est pour combien de jour ?

– Bon le défilé c'est sur une soirée mais on aura un shooting photo le lendemain et le jour d'après on nous donne notre paie donc trois jours maxi et nous sommes de retour.

– D'accord. Mais je ne te servirai pas de Huber. Chacun louera une voiture.

– Arrête de faire ton grand-frère sévère. On sait très bien que tu me conduiras. Tu es trop gentil.

Je lui souris. Le diner terminé papa s'éclipse dans son bureau, les filles dans leurs chambres et je reste avec Mama So. J'aime bien rester discuter avec elle après le diner. Avec ma mère je n'ai jamais eu de complicité. Son chouchou a toujours été Kennedy ce qui créait tous les jours des disputes surtout quand papa me félicitait pour mes bonnes notes. Quand ils ont divorcés ça a été un coup dur pour moi parce que j'ai toujours voulu avoir une famille unie. Kennedy apparemment ça ne lui faisait ni chaud ni froid, tant que sa mère était avec lui, ça lui allait. Après le divorce papa est venu s'installer au Congo son pays d'origine. Moi j'étais resté avec ma mère et mon frère mais me sentant délaissé par ma mère, j'ai décidé de rejoindre mon père.

– Tu sais ton père se pose beaucoup de question à ton sujet. M'informe Mama So.

– À propos de quoi ?

– Ton mariage subit avec Aurélie, le fait que tu ne parles plus à ton frère, que tu n'aies pas été à son mariage. Enfin toutes les questions qui ont pour réponse ce qui s'est passé il y a cinq ans. Tu devrais peut-être tout lui dire avant qu'il ne le découvre lui-même.

– Ça n'en vaut pas la peine. C'est le passé et le passé ça reste derrière.

– Mais tes sentiments eux ne sont pas restés derrière. Cinq ans et tu es toujours autant amoureux de cette femme. Y a qu'à voir comment tu chéris cette chaine.

– C'est la seule chose que je partage avec elle. Elle croit que Kennedy c'est moi et ils doivent être heureux.

– D'après ce que ton père m'a raconté après son dernier voyage en Côte d'Ivoire cette femme est tout sauf heureuse.

– Tu sais très bien qu'entre papa et Ken ce n'est pas le grand amour. Il a certainement dû tomber à un moment de dispute et en a déduit qu'elle souffrait. Je n'ai pas envie de me mêler de leur couple. Le mieux c'est que je reste dans l'ombre.

– Tu penses qu'elle va ignorer toute sa vie que son mari a un frère jumeau ?

– Je n'ai pas envie d'y penser.

Je jette un coup d'œil sur ma montre.

– Il se fait tard je vais rentrer. J'ai du boulot.

– Dis plutôt que tu vas lui écrire. Hein Drick !?

Elle me fait un sourire narquois.

– Je suppose que ce sont les filles qui m'ont balancé ?

– Le même jour où tu le leur as confié. Fais gaffe à ce que Ken ne découvre pas que tu contactes sa femme.

– J'y veillerai. Bonne nuit.

– Bonne nuit mon garçon.

Je l'embrasse sur la joue et prends congé. Dès que je monte dans ma voiture j'active ma connexion et envoie une note vocale à Cindy. Elle me répond aussitôt.

– Je ne te dérange pas ?

– « *Non Drick. Je surfais sur le net. Je n'arrive pas à dormir.* »

– Et ton époux ?

– « *En voyage. Mes enfants sont en bas devant la télé. Ils sont en congés donc je leur permets de dormir un peu tard. Quoi de neuf chez toi ?* »

– En dehors du fait que je ressente encore la fatigue du voyage il n'y a rien de neuf. Tu veux que je t'envoie une musique pour t'aider à dormir ?

– « *Non. J'ai pas envie de dormir. Je veux juste discuter avec toi.* »

Cette phrase me met du baume au cœur. C'est la première fois qu'elle accepte qu'on cause après 20h même quand Ken est en voyage. Elle est l'exemple même de la femme parfaite. Elle refuse de discuter la nuit de surcroit avec un homme. Je discute avec elle jusqu'à ce que j'arrive à la maison. Aurélie est en pleine conversation téléphonique. Je monte dans notre chambre pour continuer ma discussion avec Cindy. Ayant marre des notes vocales je lui demande la permission de l'appeler. Elle accepte et décroche à la deuxième sonnerie.

– « *Je peux te dire une chose ?* »

– Vas-y.

– « *Des fois quand je discute avec toi j'ai l'impression de parler à mon mari, enfin mon mari avant notre mariage. Vous avez certaines manières en commun. Même au niveau de la voix* »

– Dois-je m'en réjouir ?

– « *Je ne sais pas. Mais moi ça me rend nostalgique. Je sais que je ne devrais pas te parler de ça mais bon vu comme nous sommes devenus si proches en une année je me le permets. Mon mari, depuis notre mariage, n'est plus le même. Il me traitait comme toi tu le fais mais depuis notre mariage tout a changé. Comment crois-tu que je puisse le faire redevenir cet homme ?* »

Qu'est-ce que je peux lui répondre quand je connais la raison de ce "changement" ?

– Continue à être cette femme douce et joviale. Peut-être que ça le fera redevenir lui-même.

– « *Peut-être. J'ai tellement envie qu'on retrouve cette complicité qui nous liait. Avec toi que je ne connais ni d'Adam ni d'Eve ça passe mais avec lui non. Bref ne parlons plus de ça. Je n'ai pas envie de t'embêter avec mes histoires de couple.* »

– Tu ne m'as jamais embêté. Mwasi kitoko (Jolie femme).

Je l'entends éclater de rire. Je souris.

– *C'est comme ça que mon mari m'appelait avant et moi je lui répondais mobali ya ngebu ngebu (beau gosse).*

Elle éclate encore de rire. J'ai envie de l'entendre rire toute la nuit.

– Na lela esekeli na yo (J'adore ton rire).
– « *Gros charmeur.* »
– Je ne fais que dire la vérité.
– « *J'ai sommeil mais je n'ai pas envie d'arrêter de causer.* »
– Veux-tu que je te raconte une anecdote de ma salle de sport ?

Elle se met à nouveau à rire.

– « *Toi et tes admiratrices aussi folles les unes que les autres. Oui vas y.* »

Je commence à lui raconter une histoire drôle que j'ai vécu avec une vieille dame qui n'a pas manqué de me faire des yeux doux à ma salle de sport. Au début je l'entends rire puis après plus rien. Je crois qu'elle s'est endormie.

– Ndji muku nanga mwana (Je t'aime princesse en tshiluba autre langue du Congo).

Je peux me permettre le lui dire que je l'aime en Tshiluba parce que ça elle ne le comprend pas. Dès que je raccroche Aurélie fait son entrée.

– Avant que je n'oublie, commence-t-elle, je dois voyager après-demain. Je vais en France.

– Ok. Moi je dois accompagner Charlène à Brazzaville pour un défilé.

– D'accord.

Elle va se changer avant de se coucher. Je fais de même et c'est dos à dos que nous dormons.

EPISODE 12

CINDY

Depuis trois jours que Ken est parti, il ne m'a pas appelée. Mais ça ne m'étonne pas. Ken ne m'appelle jamais quand il part en voyage surtout quand il est avec une de ses maitresses. Il peut faire tout un mois sans m'appeler pour prendre de nos nouvelles. J'ai fini par m'y habituer donc ça ne me fait ni chaud ni froid. Plus rien ne me surprend de cet homme. C'est tout le contraire qui me surprendrait. C'est ce soir mon voyage pour le Congo Brazzaville avec Loraine et Roxane. Mais avant d'y aller, j'ai tenu à aller voir Estelle pour lui parler. Elle me manque et j'en ai marre de cette distance entre nous. Ce n'est pas normal qu'on ne se parle plus juste parce que je refuse de quitter Ken.

Je finis de ranger les affaires des jumeaux dans la malle arrière de ma voiture et retourne à l'intérieur vérifier s'ils ont fini de prendre leur petit déjeuner.

– Mes poussins faites un peu vite. On doit passer voir tata Estelle avant d'aller chez Erwin et Soraya.

– On va aussi au Congo avec toi ? Me demande Lena.

– Non ma puce. Je vous l'ai déjà dit, vous, vous resterez chez tante Loraine.

– Avec Soraya ?

– Oui chérie. Bon attendez je fais la vaisselle rapidement et on s'en va.

Je débarrasse pour tout nettoyer dans la cuisine. Quand je prends le chemin avec les enfants pour la voiture, ma mère fait son entrée.

– Maman ? Je ne savais pas que tu venais ?

– J'étais dans les parages donc j'ai décidé de venir te dire au revoir avant que tu ne partes. Tu t'en vas déjà ?

– Oui, enfin non je me rendais d'abord chez Estelle. Je dois discuter avec elle.

– Ah ça tombe bien. Moi-même je voulais lui parler. Je ne veux pas que mes deux filles se divisent à cause d'une histoire sans importance. Allons-y.

Une quarantaine de minutes plus tard nous sommes chez Estelle. Nous sommes assises au balcon tandis que les enfants sont au salon en train de regarder la télé.

– Estelle, commence notre mère, pourquoi tu ne parles plus à ta sœur ? Je croyais que c'était juste une humeur passagère mais ça fais des semaines que vous ne vous parlez pas.

– Je n'ai pas dit que je ne parlais plus à Cindy. J'ai dit que je préférais rester loin d'elle et son couple. Contrairement à elle je ne supporte pas les bêtises.

– C'est son mari que tu appelles bêtises ? Demande ma mère choquée.

– Non, ce qu'il lui fait. Merde maman ça ne te fait rien de savoir que ta fille est battue n'importe comment ?

– Que c'est la seule femme battue ? Tu penses que c'est quoi le mariage ? C'est seulement faire les enfants ? C'est tout ça. Dans un mariage il y a les hauts et les bas.

– Mais pas de la maltraitance. Ken se fou d'elle constamment. Il lui met des bleus partout. Est-ce que tu as vu son dos ? Cindy montre-lui les cicatrises qui sont sur ton dos. Il la bat et la viole.

– Il n'y a pas de viol entre un homme et sa femme.

– SI, IL Y EN A.

Elle se lève toute en colère.

– Maman, Ken traite ta fille comme de la merde. Il la bat, il la trompe et il s'en fiche royalement d'elle. Demande-lui si depuis qu'il a voyagé il l'a appelée? Ken ne l'appelle jamais quand il part en voyage. Il se fiche de ce qui peut lui arriver en son absence. Il ignore même ses enfants. Des fois, je me demande s'ils sont de lui.

– Quoi insinues-tu que j'ai trompé mon mari ?

– Non mais peut-être qu'il est jumeau et que c'est de l'autre que tu es tombée enceinte.

– Quoi qu'est-ce que tu racontes ?

– Oui c'est idiot ce que je dis mais quand je vois comment il se comporte je me dis que l'impossible est possible avec lui. Cet homme ne te mérite ni ne mérite les enfants.

– Je dis hein Estelle, s'énerve maman, tu es là tu parles tu parles, que sais-tu du mariage ? Tu n'es pas mariée et tu ne m'as même pas encore présenté de fiancé et puis c'est toi qui parle du mariage des autres.

– Si c'est ça le mariage maman, je préfère rester célibataire à vie. Et puis dis-moi, papa t'a-t-il déjà porté main ? Non. En tout cas pas à ma connaissance et je sais qu'il ne l'a jamais fait. Alors pourquoi veux-tu que ta fille vive une épreuve que toi-même tu n'as pas vécue? Et même si tu l'avais vécu ce n'est pour autant pas une raison. Tu es en train de pousser ta fille vers la tombe. Des milliers de femmes meurent chaque jour sous les coups de leurs maris et c'est ce qui va arriver à Cindy si tu continues de l'encourager à rester avec cet idiot. Maintenant si vous n'avez plus rien à me dire je dois retourner terminer le travail que j'avais commencé.

Elle retourne à l'intérieur sans attendre notre réponse. Je décide de la suivre pour lui parler. Je refuse de quitter cette maison sans avoir réglé les choses. Je la suis jusque dans la cuisine où elle se remet à découper les oignons.

– Estelle !
– Non Cindy, me coupe-t-elle la voix tremblante. Non !
– Tu me manques.

Elle se retourne et une larme perle sur sa joue.

– Cindy tu es ma grande sœur et je t'aime. Nous sommes comme des jumelles tant nous sommes liées. Je veux que tu sois heureuse mais tu ne le seras jamais avec cet homme. À chaque fois que tu viens me voir avec le visage enflé et tout j'ai affreusement mal. Je ressens ta douleur tu comprends et là c'est de trop pour moi. Je ne peux plus te regarder mourir à petit feu. Regarde comme tu es amaigrie. Tu n'es plus ma grande Cindy. Tu as perdu cette joie de vivre que tu trimballais avec toi tout le temps. Y en a marre de te voir pleurer pour cet homme qui ne te mérite pas. Cindy sauve ta vie je t'en supplie. Tu pourras venir vivre ici avec les jumeaux. Je te soutiendrai en tout temps jusqu'à ce que tu te reconstruises. Mais je t'en supplie sauve ta peau avant qu'il ne soit trop tard.

Je ne sais pas quoi répondre. Tout ce qu'elle dit est vrai mais je n'ai pas le courage de dire adieux à mon mariage.

– Je vais bien Estelle je te le jure. Tout va rentrer dans l'ordre. Parle-moi de nouveau je t'en prie.

– Ok mais je tiens quand même à garder mes distances. Bon voyage.

Elle essuie ses larmes et me redonne dos. Je n'insiste pas et repars avec maman et les enfants.

*Mona*LYS*

Enfin nous sommes au Congo. Nous sommes arrivées tard dans la nuit d'hier et n'avons eu que peu de temps pour nous reposer avant de nous lancer dans l'organisation du défilé. D'autres créateurs de mode seront présents, que ce soit pour les habits comme pour les chaussures. Nous avons eu avant une réunion avec l'équipe d'organisation et là maintenant nous sommes en train de préparer les mannequins. Le défilé a déjà commencé et ce sera bientôt à nous. Madame Roxane s'occupe de maquiller les mannequins qui nous sont assignés. Nous sommes à Mbamou hôtel à Brazzaville. C'est un hôtel 5 étoiles à ce qu'il parait. Il n'y a qu'à voir la beauté pour s'en assurer. L'idée d'informer mon ami Drick de ma présence dans son pays m'a traversé l'esprit mais j'y ai renoncé pour éviter des situations compromettantes. De toutes les façons il est à Kinshasa donc on ne pourra se voir.

– Cindy tu vas monter avec moi à la fin du défilé, me lance Loraine qui fait porter des talons à l'un des mannequins. C'est toi qui viendras me chercher pour me présenter au public.

– Vraiment ? J'ai super honte.

– Tu vas devoir la surpasser. Tiens ces boots, va les faire porter au mannequin derrière toi.

Je fais comme elle a dit et rejoins une belle jeune fille que Roxane vient à peine de maquiller.

– Bonsoir, lui dis-je.

– Bonsoir madame. Vous permettez que je vous dise quelque chose ?

– Oui allez-y.

– Vous êtes très belle. Un peu triste mais très belle.

– Oh merci. C'est vraiment gentil.

– De rien. J'aime surtout votre chaine.

Je touche l'une de mes chaines.

– Non pas celle avec votre prénom. L'autre. Le demi-cœur. Il est beau.

– Merci.

– C'est votre mari qui a le deuxième je suppose.

– Oui. Répondé-je tristement.

– Je suis désolée d'être autant indiscrète. C'est juste que j'aime l'amour. Au fait je m'appelle Charlène.

– Et moi Cindy, dis-je en me relevant. Vous devriez ranger votre portable. Ce sera bientôt à nous.

– Oui je sais, désolée. J'essaye juste d'appeler mon frère pour lui donner une information importante mais il ne décroche pas. J'espère qu'il verra mon message. Bon on y va. On nous appelle.

Tous les mannequins se dirigent à l'entrée du podium. Une à une, elles sortent pour aller défiler. Il y a un monde fou et quand je pense que je dois aussi monter sur le podium je tremble. Il y aura une centaine de paires d'yeux sur moi. Quand toutes ont défilé, elles s'alignent sur le podium et moi, tenant la main de Loraine levée, je la conduis devant tout le monde pour la présenter comme étant la créatrice des chaussures présentées. Tout le monde applaudit et les flashs des appareils fusent de partout. Je promène mon regard en souriant grandement mais je reçois un choc quand je croise des yeux qui expriment aussi la surprise de me voir. Les yeux de Ken. Il est assis au deuxième rang avec une casquette sur sa tête. Il m'a l'air aussi choqué de me voir. Nous nous regardons avec surprise et une colère monte en moi. Je quitte le podium avec Loraine et les autres filles. Je rumine ma colère jusqu'à ce que la soirée se termine. Immédiatement je sors pour aller chercher Ken. Faudrait pas qu'il disparaisse. Je le vois justement en train de tirer une jeune fille pour qu'ils s'en aillent.

– Ken !

Il se fige quand je tonne son nom. Je fonce vers lui et la jeune fille qui a le visage attaché.

– Comment peux-tu t'emmener ici avec ta maitresse alors que j'y suis ? Ken pourquoi tiens-tu autant à me manquer de respect.

– Cindy…

– C'est pour cela que tu ne voulais pas que je vienne au Congo ? C'était pour ne pas que je te vois avec ta maitresse ? Tu ne pouvais pas l'emmener ailleurs.

– Cindy ! Ce n'est pas ma maitresse, c'est ma petite sœur. La fille de la femme de mon père.

C'est à ce moment que la jeune fille se montre. C'est le mannequin avec qui j'ai discuté tout à l'heure.

– Je suis désolée Cindy. Je suis la petite sœur de Ken. Je me doutais bien que je t'avais déjà vu quelque part. Ken n'arrête pas de nous parler de toi.

– Charlène arrête ! L'interrompt Ken en la tirant en arrière.

Elle sourit et recule pour nous laisser seuls. Ken se tourne vers moi tout gêné.

– Cindy, je… je suis désolé pour le malentendu.

– Que fais-tu ici ? Tu ne m'avais pas dit que tu venais. Même si ce n'est pas elle ta maîtresse je sais que tu en as une dans les parages.

Il me regarde désemparé. Quelque chose m'interpelle dans sa posture, mais surtout dans son regard. Il est… différent. On aurait dit… l'autre lui.

– Cindy !

Pour une raison que j'ignore mon cœur se met à battre de façon désordonnée. Il y a de l'amour dans son regard et ça faisait cinq ans que je n'ai pas vu ça. Je continue de le fixer avec tous mes sens éveillés lorsqu'un scintillement sur son cou me fait baisser les yeux. C'est l'autre moitié de ma chaine. Il ne l'a donc pas perdu.

– Je suis venu te faire une surprise. Tu me… manquais.

Cette phrase a pour don de réchauffer tout mon être. Je lui manquais. Les yeux remplis de larmes je m'agrippe à son cou et l'embrasse. Il se crispe sur le coup mais, j'approfondis le baiser et peu à peu, il se détend. Tout doucement il passe les bras autour de ma taille et me serre contre lui en approfondissant à son tour le baiser. Cette sensation qui me traverse, il y a long-temps que je l'ai ressentie. Après cinq années, je retrouve ce Ken dont je suis tombée amoureuse. Je compte en profiter au max avant qu'il ne redevienne l'autre Ken.

EPISODE 13

KENDRICK

Je ne sais pas ce qui m'a poussé à dire ce mensonge. Mais qu'aurais-je dû faire ? Lui dire que je n'étais pas son mari et risquer qu'elle découvre tout ? Non ! J'ai paniqué et c'est la seule chose qui a pu sortir de ma bouche et maintenant me voilà embrassant la femme de mon frère. Ce baiser, j'en ai rêvé. La prendre de nouveau dans mes bras, c'était mon rêve le plus fou. Son corps m'avait manqué, ses lèvres, son odeur. Je m'oublie dans ce baiser que nous partageons jusqu'à ce que le raclement de gorge de Charlène me fasse revenir sur terre. Quand je lève les yeux vers elle en me séparant de Cindy, elle me fait des gros yeux. Je sais, j'ai dépassé la limite. Mais en même temps je n'ai pas vu venir ce baiser. Cindy m'a surpris.

– Je suis tellement heureuse de te voir mon amour. Me dit Cindy en s'agrippant toujours à moi.

J'essaie de me dégager en douce mais n'y arrive. Je décide donc de continuer à jouer le jeu.

– Toi aussi.

– Je suis aussi heureuse de retrouver cet autre toi. Il m'avait manqué.

– Je sais.

142

– On passe la nuit ensemble ? Je peux même te rejoindre à ta chambre d'hôtel jusqu'à ce qu'on retourne ensemble en Côte d'Ivoire.

– Euh non ! Dis-je prestement.

– Pourquoi non ? Tu es venu ici pour moi donc nous devons passer du temps ensemble.

– Je sais mais...

Il faut que je trouve une excuse rapidement. Je dois éviter de me retrouver seul avec elle. Je risque de faire n'importe quoi.

– Au fait Ken a reçu un appel ce matin pour l'informer d'une importante rencontre en France. Il doit donc y aller ce soir. N'est-ce pas, Kennedy ?

Je regarde Charlène qui me fait encore de gros yeux.

– Oui c'est ça.

– Oh c'est dommage. Et moi qui étais heureuse de passer du temps avec toi.

– Je ferai l'effort de vite me libérer et de revenir.

– D'accord. Au passage, fait-elle en se collant à moi, j'adore ton parfum.

Elle m'embrasse encore. Je veux perdre pieds mais cette fois je mets vite fin au baiser parce qu'une petite envie commence à pointer. Je dois rester loin de Cindy.

– Je dois y aller Cindy. Dis-je près de ses lèvres.

– D'accord, répond-elle en me lâchant. J'aurais quand même voulu profiter de cet homme ne serait-ce que pour une journée.

La tristesse qui se dessine sur son visage me fait un pincement au cœur. Mais il faut que je reste loin d'elle au risque de lui faire l'amour si nous nous retrouvons rien que tous les deux dans une pièce. Je lui embrasse le front avant de sortir de la salle avec Charlène. Quand nous montons dans la voiture je souffle.

– Si tu avais ton portable en main tu aurais vu mon message te prévenant de sa présence.

Je sors mon portable de la poche de mon jean et vois exactement le message de Charlène. Je soupire encore avant de démarrer.

– Que comptes-tu faire ?
– Rien. On retourne à Kin.

Un silence s'installe dans l'habitacle. Moi je plonge dans mes pensées tandis que Charlène discute sur WhatsApp. Cindy ! Mon cœur a fait un énorme bond quand je l'ai vu sur le podium et quand nos regards se sont croisés j'ai cru que j'allais m'évanouir. Je n'ai pas cessé de penser au jour où je la reverrai mais je ne savais que ça allait se faire si vite et de cette façon. Elle est toujours aussi belle. Elle a perdu un peu de forme mais sa beauté n'a pas changé. Ou si ! Elle est devenue encore plus belle que dans mes souvenirs. Sur Facebook elle ne publie pas vraiment ses photos. Uniquement celles de ses enfants. Il n'y avait que sa voix que j'entendais quand je l'appelais.

– Elle n'est pas heureuse.

La voix de Charlène me sort de mes pensées au moment où nous sortons de l'ascenseur qui s'est arrêté à l'étage où se trouvent nos chambres.

– Quoi ?

– Il y a de la tristesse dans son regard, répond-t-elle pendant que nous marchons vers nos chambres. Pendant qu'elle nous aidait à nous habiller, elle se perdait dans ses pensées. Il y a eu un moment où elle a essuyé rapidement une larme après quoi elle a touché sa chaine. La même que tu portes.

– Ça ne veut pas forcément dire qu'elle est malheureuse.

J'ouvre la porte de ma chambre et elle entre après moi. Je m'assois sur mon lit et elle dans le divan en face.

– Si j'étais toi, je profiterais de sa présence ici pour lui faire passer de bons moments. Je sais que ton imbécile de jumeau la traite mal. Je ne l'aime pas et souviens-toi que lors de son deuxième passage à Kin il a voulu que je couche avec lui.

– Kennedy a toujours été un homme à femme.

– Raison de plus pour faire oublier ce chagrin à Cindy le temps d'une semaine.

– Je dois rester loin d'elle.

– Tu ne pourras pas parce que tu l'aimes. Et de ce que j'ai vu ce soir, elle t'aime aussi.

– Elle pense que je suis son mari.

– Rien à avoir avec Kennedy. C'est toi qu'elle aime. Y a qu'à voir la tristesse qu'elle a exprimée quand tu as dit que tu t'en allais. Elle voulait passer du temps avec CE Ken que tu es et non le Ken qu'est Kennedy. Elle est dingue de toi.

– Charlène ne m'embrouille pas.

– Si tu la laisse partir comme ça tu le regretteras. Profite donc de ce moment.

– Je risque de faire une bêtise.

– Je te connais assez pour savoir que tu ne toucheras pas la femme d'un autre. Bon moi je vais rejoindre mes copines.

Elle me fait une bise sur la joue et sort. Dois-je prendre le risque de passer du temps avec Cindy ?

*Mona*LYS*

– Allô Cindy !

« – Allô Ken c'est toi ? »

– Oui ! Tu es toujours à Brazza ?

« – Oui. J'y serai pendant encore trois jours. »

– Ok. On pourrait les passer ensemble ?

« – Tu es toujours là ? Tu n'as plus voyagé ? »

– Non ! Je me suis fait représenter mais j'irai en fin de semaine. J'ai envie de passer du temps avec toi.

« – Vraiment ? » Demande-t-elle avec la joie dans la voix.

– Oui bébé. Je viens te chercher.

« – Je suis dans l'hôtel où a eu lieu de défilé. Chambre 22. »

– À toute à l'heure.

Je souffle en me répétant que je ne dois surtout pas faire de bêtise. Surtout pas de bêtise. J'ai voulu résister mais la tentation a été plus forte. J'ai envie d'être avec elle. Elle m'a trop manqué. Trop pour que je la laisse repartir comme ça. Charlène a retrouvé des amies à elle ici donc elle passera du temps avec elles jusqu'à ce qu'on s'en aille. Quand j'arrive devant la chambre de Cindy je souffle encore avant de cogner. Quand elle m'ouvre j'avale une grande gorgée de salive et me dis intérieurement "je suis dans la merde". Cindy est là devant moi à moitié nue. Elle n'a qu'une serviette blanche sur la poitrine. Je m'oublie direct. J'ai même envie de lui retirer cette serviette.

– Chéri tu n'entres pas ? Me demande Cindy, me ramenant sur terre.

– Euh je crois que je vais t'attendre en bas. Le temps que tu finisses de… t'habiller.

– Tu es sérieux ? Tu fais comme si tu ne m'avais jamais vu nue. Entre

Elle me tire sans me laisser le temps de répondre. Dès qu'elle referme la porte, elle m'embrasse tendrement.

– Je suis tellement heureuse qu'on passe du temps ensemble. Souffle-t-elle en s'accrochant à mon cou.

– Moi aussi.

– Installe-toi, je vais m'habiller.

Dès qu'elle me lâche, elle fait tomber sa serviette. Je glousse et détourne les yeux. Finalement je crois que c'était une mauvaise idée. Je fais mine de manipuler mon portable pour ne pas la regarder s'habiller. Si je la vois nue je risque de succomber.

– Chéri tu m'aides à fermer ma robe s'il te plaît.

Elle me tourne le dos pour m'indiquer que je devrais mettre l'éclaire. Je range mon portable et me rapproche d'elle. Au moment de faire monter totalement l'éclaire quelque chose attire mon attention. Je regarde plus attentivement pour m'assurer que je ne me trompe pas.

– Cindy c'est quoi ces cicatrices sur ton dos ?

– Rien.

– Comment ça rien ? Ce sont des plaies. Tu as été chicotée ?

Elle ne me répond pas et continue de se préparer. Je lui empoigne le bras.

– Cindy je t'ai posé une question.

– Pourquoi tu fais comme si tu as oublié alors que tu t'es toujours souvenu de tout ce que l'un ou l'autre fait.

– C'est Kenne... c'est moi qui t'ai fait ça ?

– Non ! Répond-t-elle sans me répondre.

– Ne me mens pas.

Elle soupire. Elle lève les yeux vers les miens et m'attrape les joues.

– Je veux passer du bon temps avec toi bébé. Je veux profiter de cet homme-là avant de retourner en Côte d'Ivoire. Ne parlons pas du passé, profitons juste de l'instant présent. Ce n'est pas toi qui m'as laissé ces cicatrices.

– Tu en es sûre ?

– Oui bébé. Maintenant embrasse-moi ! Fais-moi me sentir aimer.

Elle m'incite à baisser la tête pour l'embrasser. Le baiser est une fois de plus doux et tendre. Je m'y prends comme à chaque fois. Elle glisse ses mains sous mon tee-shirt. Une sensation inouïe. Je veux l'empêcher de retirer mon tee-shirt mais mes bras me désobéissent et se lèvent pour faciliter le retrait de mon haut. Ne sentant plus ses mains sur moi, j'ouvre les yeux. Mon souffle se coupe quand mon regard tombe sur son corps. Elle a fait tomber sa robe à ses pieds et maintenant elle a juste ses sous-vêtements sur elle.

– Cindy !

– Fais-moi tienne.

En m'embrassant de nouveau elle me tire jusqu'à nous faire coucher sur le lit. Je ne peux plus me retenir de parcourir son corps de baiser. Il est toujours autant magnifique son corps. On ne dirait pas une femme qui a connu la maternité. Elle gémit quand je lui fais un suçon dans le cou. Son cou est son point sensible. Je continue à la faire gémir en intensifiant les baisers dans son cou. J'aime l'entendre gémir. J'ai toujours aimé ça.

– Ken mon amour... Je t'aime.

– Je t'aime Cindy. Je t'aime comme un fou.

– Fais-moi l'amour bébé.

Elle prend mon visage en coupe pour m'inciter à l'embrasser, ce que je fais sans plus aucun remord. Ses lèvres m'ont toujours entrainé dans un état second. Je pouvais passer des heures et des heures à l'embrasser. Je la sens ouvrir mon jean sans pour autant l'arrêter. Mais je me raidi dès que ses doigts se posent sur mon sexe durci par l'envie de lui faire l'amour toute cette journée. Je me rends compte que je suis allé trop loin. Je n'aurais pas dû la toucher, l'embrasser. Je ne dois même pas la convoiter. Je me déteste d'avoir pu poser la main sur elle. La femme de quelqu'un d'autre.

– Je ne peux pas faire ça. Dis-je en me levant de sur elle.

– Quoi ?

Je referme mon jean et ramasse mon tee-shirt par terre.

– Je ne peux pas te faire l'amour. Je ne le dois pas.

– Comment ça tu ne dois pas ? Demande-t-elle en se levant à son tour du lit. Tu es mon mari que je sache.

– Je ne suis pas ton mari.

C'est sorti tout seul.

– Ken tu es mon mari et

Je l'entends soupirer alors que je lui ai tourné le dos pour enfiler mon haut. Je la sens se rapprocher de moi. Elle vient enfin se poster devant moi toujours à moitié nue.

– Bébé, peu importe le personnage que tu es, tu es mon mari. Je sais que chacun des deux personnages a sa vision des choses mais ça ne change rien dans le fait que tu sois mon mari.

Je serre les dents pour ne pas lui dire que Ken n'ai pas bipolaire, qu'il ne l'a jamais été. Je soupire. Elle se hisse sur la pointe des pieds et colle son front au mien.

– Je t'aime Ken.
– Je t'aime aussi Cindy.

Je la serre dans mes bras. Le contact de mes mains sur sa peau réveille à nouveau mon érection mais je ne cèderai pas.

– Je préfère qu'on passe juste du temps ensemble. On aura tout le temps de faire l'amour.
– D'accord.
– Rhabille-toi !
– Ok.

Après avoir parcouru les endroits chics de Brazza pour des courses, nous sommes maintenant assis dans un restaurant qui fait uniquement dans la nourriture Congolaise. Je regarde Cindy qui mange avec beaucoup d'appétit. Ça me fait sourire. Je lui essuie le coin de la bouche avec mon torchon.

– Merci ! Dit-elle. C'est vraiment délicieux. Comment ça s'appelle déjà ?

– Saka madesu. C'est fait avec du haricot et de la feuille de manioc. On peut y ajouter du poisson fumé ou frais. C'est facultatif.

– Oui je sens le gout du poisson. Tu sais le cuisiner ?

– Bien évidemment.

– Dans ce cas tu vas me l'apprendre avec d'autres plats typiquement Congolais. J'ai cru voir sur la carte le Ngai ya ou je ne sais pas quoi.

– Oui le Ngai Ngai ya mosaka. C'est de l'oseille préparé avec du poisson fumé et l'huile de la noix de palme. On mange aussi avec du foufou, le lituma ce que vous appelé foutou, la banane et le shikwange. Il y a aussi le Fumbua.

Pendant que je lui explique les composantes du Fumbua elle me regarde avec des yeux brillants.

– C'est la nourriture qui te fait me regarder ainsi ?

– Du tout, répond-t-elle en souriant. C'est juste que, je te trouve si différent. Si tu n'avais pas dit mon nom ce soir-là quand nous nous sommes vus au défilé, j'aurai juré que tu n'es pas Ken. Le physique est le même quoique je te trouve un peu athlétique. (Me caressant la main) Mais bon ce n'est pas comme si c'était la première fois que je te voyais sous une nouvelle face. N'y a-t-il pas moyen de maintenir cette personnalité ? C'est elle que je préfère.

– Lorsqu'on sera de retour en Côte d'Ivoire on parlera de cette histoire de bipolarité. Il y a certaines choses que je dois te dire.

– Qu'est-ce qui se passe ?

– On en reparlera. Pour le moment profitons. Finis ton plat. J'ai d'autres lieux à te faire visiter.

– D'accord.

*Mona*LYS*

C'est demain le départ de Cindy. Elle rentre avec sa patronne et sa belle-sœur. Alors ce soir, j'ai décidé de partir à une fête avec elle. C'est Charlène qui nous a invités à une fête organisée sur la plage par ses amis. Je n'ai pas hésité à accepter d'y aller pour éviter de me retrouver encore une nuit, seul avec Cindy. Durant ces trois jours, j'ai beaucoup lutté pour ne pas céder à mes pulsions.

– Alors tu es prêt pour aller chercher ta femme ?

– Arrête avec ça Charlène.

– Quoi ? Est-ce que j'ai menti. Tu es trop dingue de cette femme.

– Ouais ! J'admets avec le sourire. Mais dommage, elle n'est pas à moi.

– Elle aurait pu l'être si tu lui avais dit la vérité.

– Peut-être. Bon oublions ça et allons profiter de notre dernière soirée à Brazzaville.

– Ouais.

Une trentaine de minutes plus tard, Cindy vient monter dans la voiture. Elle m'embrasse sur les lèvres, Charlène sur la joue et nous nous en allons. La fête bat son plein sur la plage. La musique est à fond et les gens s'amusent tandis que d'autres sont juste assis en train de siroter leurs boissons. Nous nous asseyons à une table après quoi Charlène nous apporte des boissons non alcoolisées et de quoi grignoter. Cindy me met de temps en temps de la nourriture dans la bouche. Quand nous finissons de manger Charlène invite Cindy à danser près de la table. Celle-ci ne se fait pas prier. Comme à chaque fois qu'elle se met à danser je la regarde, les yeux brillants et le cœur gonflé d'amour. Je n'arrive pas à croire que je l'aime toujours autant après toutes ces longues années. À voir la joie sur son visage, j'ai l'impression que ça fait longtemps qu'elle ne s'est pas vraiment lâchée. Elle s'amuse pendant un bon bout de temps avant de venir s'asseoir toute épuisée.

– Je crois qu'on va rentrer. Mon vol c'est pour demain matin.

– D'accord. Attends je fais signe à Charlène.

Je vais tirer Charlène et tous les trois prenons le chemin pour l'extérieur de la plage. Je déverrouille les portières à distance mais avant que nous n'atteignions la voiture, j'entends quelqu'un m'appeler. Quand je me retourne, mes yeux s'agrandissent de stupeurs quand je vois Aurélie. À elle je sais que ça ne dira rien de me voir avec une autre femme parce qu'elle sait que je ne l'aime pas mais Cindy, comment va-t-elle réagir. Quand je vois le groupe de fille qui accompagne Aurélie je sais déjà ce qui va se passer et c'est ça qui me fait peur. Comme je l'ai deviné, Aurélie vient m'embrasser à pleine bouche. Elle le fait à chaque fois qu'elle voit des connaissances. Notre mariage est son effet de mode à elle. Elle aime afficher qu'elle est mariée bien que sachant que c'est un mariage de façade. Je sens le regard assassin de Cindy sur moi mais je n'ose pas la regarder. Aurélie libère enfin mes lèvres mais s'accroche aussitôt à moi. Ses amies se mettent à me lancer des regards coquins.

– Les filles, je vous présente Ken mon mari. Bébé, mes amies.

– Enchanté. Dis-je sans vraiment le penser.

– Nous aussi. Répondent-elles en chœur.

Aurélie salue à la volée Charlène avant de se tourner vers moi.

– Je suis revenue hier de France et mes amies m'ont invité ici pour passer du temps. Je te pensais déjà rentré.

– Je rentre demain.

– Ok. Bon je te laisse. À plus.

Elle m'embrasse à nouveau.

– Je t'aime. Me dit-elle encore pour faire genre devant ses copines.

– Moi... aussi. Dis-je de façon presque inaudible pour ne pas que Cindy l'entende.

Aurélie s'en va suivie de ses copines. Dès que je me tourne vers les deux femmes ma tête bascule violemment suite à la gifle de Cindy.

– Tu l'aimes ? Tu oses dire à ta pétasse que tu l'aimes devant moi ? Kennedy tu n'as donc plus aucun respect pour moi ? Son mari ? Elle t'a présenté comme son mari.

– Bébé...

– N'ose pas m'appeler ainsi. Au fait t'es qu'un menteur ! Tu m'as dit que ce KEN là était carrément différent de l'autre, qu'il était fidèle et tout ce qui était bon mais je me rends compte que tu restes le même avec l'une comme l'autre personnalité. Es-tu même bipolaire comme tu me l'as fait croire ? J'ai toujours douté de cette histoire mais je me suis dit qu'il n'y avait pas d'autre explication à tes comportements si opposés.

– Ken tu devrais lui dire la vérité. Me lance Charlène qui est arrêtée derrière Cindy.

– Pas maintenant Charlène.

– Quelle vérité ?

Je regarde Charlène qui me demande par son regard de dire la vérité.

– On en reparlera une fois en Côte d'Ivoire.

– Je vais rentrer en taxi. Lorsque tu auras fini de coucher avec toutes les Congolaises rentre à la maison.

Je n'ai pas le temps de la retenir qu'elle a déjà arrêté un taxi et s'y est engouffrée.

– Pourquoi tu ne lui dis pas toute la vérité pour enfin la récupérer. Vous vous aimez.

– Elle n'est pas à moi et ne le sera jamais. C'est la femme de mon frère jumeau.

Je n'aurais jamais dû jouer à ce jeu avec Kennedy. Je le regrette amèrement et en plus j'ai perdu le seul amour de ma vie.

EPISODE 14

KENNEDY

Après trois ans je foule à nouveau le sol Congolais. La dernière fois que j'y avais mis les pieds c'était sous convocation de Luzolo pour parler de la société. J'ai toujours été un incapable à ses yeux donc il me surveillait comme la prunelle de ses yeux même si je ne le suis pas vraiment. Aujourd'hui, j'y reviens pour m'assurer que Cindy n'a pas commis la bêtise d'aller voir ma famille. Je le lui avais interdit et même si je sais qu'elle ne l'a pas fait je vais quand même vérifier. J'envoie un message à Jamila pour la prévenir que je suis arrivé. J'ai passé les deux semaines les plus torrides de ma vie. Cette fille est une bête sexuelle. Bon revenons sur terre pour l'heure. J'appelle mon père pour l'informer que je suis là. Il m'invite à la maison ce soir pour le diner. Je passerai la nuit à l'hôtel et demain je reprendrai l'avion pour mon pays. Je n'ai pas envie de passer beaucoup de temps près de ces gens. Je ne les supporte pas.

Je finis de m'apprêter et prends la route pour chez mon père dans la commune de Gombe. Il y vit avec sa nouvelle femme. Cette femme je ne ressens aucune sympathie pour elle. Je ne la considère même pas. Je n'arrive pas à croire que mon père ait laissé ma mère pour finir avec une femme comme celle-là qui en plus a deux filles. N'importe quoi. Dieu seul sait quel genre de pute elle a été dans sa jeunesse. Mon père n'aura jamais une femme qui arrive à la cheville de ma mère. Quand j'arrive c'est

Charlène qui vient m'ouvrir. Cette fille est vraiment belle et peu importe le temps que ça prendra, je la mettrai dans mon lit. Je me suis mainte fois imaginé défonçant son joli petit derrière.

– Kennedy KALAMABY ! Dit-elle de façon sarcastique.
– Charlène MUTEBA !

Elle me lance son regard d'un chien à attaquer et moi je la regarde avec un sourire en coin.

– J'espère que tu ne viens pas foutre le bordel pour t'en aller.
– Tu commences déjà les hostilités !? Je viens en paix.
– Bien !

Elle se dégage pour me laisser entrer. Je retrouve sa sœur Parfaite, sa mère Sonia et mon père assis au salon devant la télé. Je les salue et prends place. Charlène m'apporte un rafraîchissement sous l'ordre de sa mère.

– Comment ça va Ken ? Commence mon père.
– Bien papa.
– Et ta femme et les enfants ?

Ça veut dire qu'elle n'est pas venue ici. Ouf, j'avais des doutes vue que les deux capitales sont très rapprochées pour traverser une rive à l'autre il faut au grand max 15 minutes d'où mon inquiétude.

– Ils vont bien papa. Comme j'avais effectué un voyage pas loin du Congo j'ai profité pour venir vous saluer.
– Fhum, dis plutôt que tu es venu nous espionner, lance Char-

lène. Depuis quand toi tu viens nous saluer.

– Charlène arrête, la gronde sa mère.

Elle tire la bouche et manipule son portable.

– Ton frère sera là d'un moment à l'autre. Je ne lui ai pas dit que tu étais là et j'ai interdit aux autres de le faire. Il aurait trouvé une excuse pour ne pas venir. Quand est-ce que vous allez me dire ce qui s'est passé entre vous ?

– Rien papa. Il arrive que des frères se fassent la gueule pour un oui pour un non.

– Moi je suis sûre que c'est à cause d'une femme, lance encore Charlène.

– Charlène tika (arrête) ! Tonne sa mère.

– Fhum. Je m'en vais dans ma chambre. Si le diner est prêt faites-moi signe.

– Nazo landa yo (Je te suis). Ajoute Parfaite.

À peine se lèvent-elles que la sonnerie retentie. C'est Parfaite qui va ouvrir. Elle saute aussitôt dans les bras de mon frère dès qu'il entre. Kendrick ! Ça fait cinq ans que nous ne nous sommes ni vus ni parlés. La dernière fois que je suis venu ici il y a trois ans, nous nous sommes évités au max. Notre dernière conversation c'était ce jour chez maman où j'ai rapporté les fameux tests ADN. Après ça, plus rien. Il n'est pas venu à mon mariage bien évidemment et moi non plus je ne suis pas venu au sien. Mon père n'a cessé de nous poser des questions sur notre séparation mais nous trouvons toujours de quoi dévier le sujet. Quand Kendrick me voit il s'arrête direct. Nous nous jaugeons du regard. Mon frère que je n'ai pas vu depuis cinq est là devant moi avec toujours sa casquette sur la tête. Quand je pense que Cindy est aussi tombée dans cette histoire de casquette j'ai des envies de meurtre.

– Kennedy !

– Kendrick !

Je me lève sans le quitter des yeux.

– Vous allez vous saluer ou passer la nuit à vous regarder ?
Lance Luzolo.

Je lève la main et Kendrick la serre.

– Bon j'y vais, reprend mon père. J'ai un rendez-vous de dernière minute. J'attendais de vous voir vous saluer avant de m'en aller. Kennedy tu ne retournes pas en Côte d'Ivoire sans me voir. Je dois te confier certains dossiers pour l'entreprise.

– D'accord papa.

Il s'en va aussitôt et sa femme aussi nous laisse seuls pour aller surveiller le diner. Kendrick et moi nous asseyons l'un en face de l'autre. Il prend son portable qu'il se met à manipuler. Un silence de cimetière règne dans la pièce. Je prends une cigarette dans ma poche et l'allume.

– Tu ne devrais pas fumer ici. Maman So n'aime pas ça.

– Je ne suis pas chez Sonia mais chez mon père.

– Je vois que ton éducation est toujours au top.

– Et moi je vois que tu es toujours frustré que je sois marié à la femme de tes rêves.

Il serre la mâchoire de colère mais aussi de frustration. Je souffle la fumée dans sa direction.

– Au fait comment va ta femme ? Je demande pour le narguer.

– Aurélie se porte bien.

– À quand mon neveu ou ma nièce ?

– Comment va Cindy ?

– Que veux-tu faire avec elle ?

– C'est ma belle-sœur alors je prends de ses nouvelles.

Je lance à nouveau la fumée dans sa direction.

– Ma femme va bien. Elle est une vraie perle mais surtout une vraie tigresse au lit. Elle m'en fait voir de toutes les couleurs.

Il serre à nouveau la mâchoire mais se ressaisit aussi rapidement.

– Aux dernières nouvelles elle n'était pas heureuse avec toi.

– Papa voit ce qu'il a envie de voir et dit ce qu'il a envie de dire.

– Qui t'a dit que ça venait de papa ?

Je lève les yeux vers lui et le sourire en coin qu'il fait me fait comprendre qu'il parle de Cindy. Mais je ne le crois pas. Il n'a pas pu voir Cindy. Si elle était là, papa me l'aurait dit.

– Tu veux me faire croire que tu as vu ma femme ou que tu lui as parlé. Mais ça ne marche pas.

– Le pli nerveux sur ton front me fait comprendre que justement, tu as peur que ça arrive Kennedy. Tu as peur qu'elle et moi nous voyions parce que tu sais pertinemment que de nous deux c'est de moi qu'elle est amoureuse. Tu sais aussi que si je le voulais aujourd'hui même je coucherai avec elle sans faire d'effort.

Là c'est moi qui fais serre la mâchoire. Il veut prendre le dessus mais il ne l'aura pas.

– Oui elle est amoureuse de toi je l'admets mais c'est avec moi qu'elle est mariée et c'est moi qui la baise chaque soir. C'est moi qui la fait gémir à en perdre la tête. C'est mon nom qu'elle hurle à chaque fois que je la défonce. À chaque fois que ma langue s'incruste entre ses lèvres c'est ma tête qu'elle appuie en me disant de continuer à la lécher. Sa chatte est mon refuge après chaque journée stressante et crois-moi Kendrick qu'elle est devenue encore plus bonne qu'il y a cinq ans. Si tu vois de quoi je veux parler.

Il est rouge de colère. Tous les nerfs de son front sont visibles et ses poings sont serrés. J'aime voir la frustration sur son visage. J'aime avoir le dessus sur lui.

– Tu as raison Kennedy, lance Charlène qui est sortie de nulle part. C'est toi son mari mais c'est dans les bras de Kendrick qu'elle a passé trois jours. Et crois-moi qu'ils se sont amourachés comme de vrais amoureux.

Je blêmis. Elle veut surement me déstabiliser.

– Tu ne me feras pas gober ça.
– Demande à ton jumeau s'il n'était pas avec elle à Brazzaville.
– Charlène ce n'est pas le moment.
– Quoi kendrick ? Hurle-t-elle presque en tournant la tête vers Kendrick. Tu vas le regarder avoir le dessus sur toi comme ça ? Dis-lui ce qui s'est passé à Brazza.

Là je pète un câble et je me lève d'un bond en fixant dangereusement Kendrick.

– Qu'as-tu fait à ma femme ?

– Rien ! Répond-t-il en se levant aussi face à moi. Je l'ai juste embrassé, caressé, parcouru son corps de baisers qu'elle a adoré et j'étais à deux doigts de lui faire l'amour. Mais tu sais pourquoi je ne l'ai pas fait ? Pona naza neti yo te (Parce que je ne suis pas comme toi). Je respecte la femme d'autrui. Donc respecte la tienne et ne parle plus jamais d'elle de façon vulgaire.

– C'est ma femme je parle d'elle comme je veux.

– C'était quoi ces cicatrices sur son dos ? Me demande-t-il du tic au tac.

– Ca ne te regarde pas. Je te le dis, c'est ma femme je fais d'elle ce que je veux.

– Et moi je te dis que si j'apprends que tu lui portes main je t'expédierai en enfer.

Nous nous affrontons du regard. Je ne sais pas à quoi il pense mais moi j'ai envie de le tuer. Je vais le tuer s'il s'approche encore de ma femme. Je dois même vérifier si lui et Cindy se sont vus à Brazza.

– Les garçons ? Résonne la voix de Sonia. Que se passe-t-il ?

Aucun de nous ne répond.

– Kendrick ! Nini eza kolekana awa (Qu'est-ce qui se passe ici ?)

– Rien maman SO. Répond-t-il en me fixant toujours.

– Rien et vous êtes à deux doigts de vous porter main ? Kennedy !

– De quoi te mêles-tu ? Dis-je en posant mon regard sur elle.

– Héé Kennedy KALAMBAY tu ne parles pas comme ça à ma mère. Tala ye kuna mwana ba bokola mabe (Espèce de mal élevé). Tu penses que ma mère elle est comme la tienne sur qui tu fais tes bêtises. Bilobela ! (N'importe quoi) !

– Toi je te le dis Charlène ton terminus sera dans mon lit et on verra si tu feras encore la grande gueule. Passez une bonne soirée.

Je lance un dernier regard à Kendrick et prends le chemin de la porte.

– Avant que tu ne t'en ailles, lance Kendrick dans mon dos, sache que j'ai dit à Cindy que tu n'étais pas bipolaire. Donc trouves un bon argument pour la convaincre à moins que tu ne veuilles lui dire toute la vérité.

Je me retourne pour le regarder. Il m'a l'air sérieux. Je vais tuer cet imbécile. Je claque la porte e sortant. Il faut que j'appelle Cindy. Je lance son numéro et après la troisième sonnerie elle décroche.

– Allô bébé.

– « *Tu as fini de t'accoupler avec toutes les filles de Brazza ? Tu rentres quand ?* »

Sa phrase me confirme les dires de Kendrick.

– Je suis désolée pour ce qui s'est passé à Brazzaville. On en reparlera demain quand je rentrerai. Je t'aime.

Je raccroche sans attendre sa réponse. Arrivé à ma chambre d'hôtel j'appelle maman.

– *« Kennedy ! »*

– Bonsoir maman. Kendrick et Cindy ce sont vus à Brazzaville.

– *« Il lui a tout dit ?* Demande-t-elle en panique. *Ils ont couché ensemble ?*

– Non il ne lui a rien dit et ils n'ont pas couché ensemble. Mais quelque chose a changé en Kendrick. La voir a changé quelque chose en lui. Il serait même prêt à rentrer au pays pour la voir.

– *« C'est pourquoi depuis je te dis de l'enceinter mais toi tu passes ton temps à la frapper. Un enfant de vous deux vous soudera à jamais. Arrête de la frapper, enceinte-la et après fais d'elle ce que tu voudras. Il te faut un gosse avec elle. Si elle apprend que les jumeaux sont de Kendrick elle te quittera sans ciller mais un enfant de vous la fera réfléchir d'abord. »*

– C'est compris maman.

– *« C'est kplèfi. Tu as intérêt à devenir le bon mari pour elle pour la conquérir pour de vrai. »*

– Je le ferai.

*Mona*LYS*

Enfin arrivé en Côte d'Ivoire. J'ai hâte de mettre en pratique mon plan pour conquérir Cindy. Il est hors de question que je la laisse à Kendrick. Quand je pénètre dans le salon j'entends les cris des enfants depuis le jardin. Cindy dans la cuisine si je me fie au bruit de casserole que j'entends. Je laisse mon sac de voyage dans le salon et la rejoins. Je la regarde ranger les ustensiles et je comprends pourquoi Kendrick est fou amoureux d'elle. Elle est une très belle femme. Oui je l'aime je le dis mais pas comme Kendrick l'aime, c'est ça la seule différence. Sinon je l'aime. Sans faire de bruit je m'approche d'elle et l'enlace par derrière. Elle sursaute.

– Ken tu m'as fait peur.

– Je suis désolé.

Elle dégage mes bras de sa taille. Elle doit être fâchée avec moi ou du moins avec Kendrick.

– Tu as fini de t'amuser avec ta copine à Brazza ? Demande-t-elle en continuant sa tâche sans me regarder.

– Chérie…

– D'abord tu as refusé de me faire l'amour et comme si ça ne suffisait pas tu as permis à une autre de t'embrasser devant moi. Non mais quel manque de respect.

Ce doit être Aurélie qui a embrassé Kendrick devant elle. Je ne crois pas qu'il puisse avoir une maitresse.

– Je te demande pardon bébé.

– Pardon pour quoi ? Fait-elle en se tournant pour me regarder. De me cocufier ou de m'avoir menti sur ta sois disante bipola-rité ?

– Est-ce qu'on pourrait s'asseoir stp ?

– Non j'ai des tâches à terminer.

– Bébé stp.

Elle soupire et s'assoit sur le plan de travail. Je soupire à mon tour et m'arrête devant elle.

– Je reconnais t'avoir menti. Mais c'était pour ne pas te perdre. Ce jour-là rappelle-toi que tu m'avais foutu à la porte et m'avais dit de ne plus revenir. Je m'étais rendu compte que j'avais été un vrai con mais tu n'étais plus disposée à écouter mes excuses à la con. J'ai alors décidé de mentir pour ne pas te perdre.

– C'était quoi ces changements subits d'humeur et de comportement ?

– Tout le monde à plusieurs tempéraments. Tantôt on est super cool, super agréable et d'autres fois quand on n'est pas d'humeur eh bien on se comporte mal. Ça t'est déjà arrivé.

– Pourquoi tu t'énerves à chaque fois que je porte les casquettes que tu m'as offertes et la chaine ?

– Parce que tu associais ces objets à ce qui était "mon autre personnalité" et j'avais l'impression que tu ne m'aimais pas moi.

Elle me regarde bizarrement l'air de ne rien comprendre. Elle veut parler mais je lui coupe vite la parole pour mettre fin à cette discussion.

– Ecoute bébé ne nous attardons pas sur ça. Je suis venu pour qu'on reprenne tout à zéro. Je veux être un bon mari.

Je marque une pause et me glisse entre ses cuisses. Elle me laisse faire.

– Cindy, malgré ma violence, malgré mes mauvaises humeurs, sache que je t'aime. Je ferai un travail sur moi pour me maîtriser quand je suis en colère et ne plus te porter main. Plus de maitresse bébé. J'en ai même marre de cette vie. Il n'y aura que toi et moi. Que nous deux, bébé.

Elle ne dit rien ce qui est bon signe. Je commence des caresses sur ses cuisses que j'ai mis à découvert en remontant sa jupe volante.

– Je t'aime bébé. À ma manière, mais je t'aime.

– Je t'aime aussi Kennedy. J'en ai marre qu'on s'entredéchire.

– Ca n'arrivera plus. Laisse-moi te faire plaisir. Dis-je en faisant encore plus remonter sa jupe et écartant ses jambes.

– Bébé les enfants sont dans le jardin. Ils peuvent rentrer à tout moment.

– N'est-ce pas que tu as toujours aimé le goût du risque ?

Elle sourit. Sans attendre encore une seconde je pose ma langue sur sa chaire. Ses gémissements ne se font pas attendre.

– Ca m'a tellement manqué bébé. Souffle t-elle entre ses gémissements.

J'accentue les jeux avec ma langue jusqu'à ce qu'elle pousse un cri en appuyant sur ma tête.

– Je crois que les voisins m'ont entendu.

J'éclate de rire devant sa mine mi heureuse mi inquiète.

– On s'en fou des voisins. Et si on montait continuer ça ?

Elle sourit. Je lui tourne le dos.

– Viens que je te porte.

– Tu vas me mettre sur ton dos ?

– Oui. Tu aimais bien me sauter sur le dos n'est-ce pas.

– Ouais.

Elle s'agrippe à mon dos et je prends le chemin des escaliers avec un sourire de satisfaction sur les lèvres. Kendrick, jamais tu ne me prendras ma femme. Si j'ai réussi à te la prendre il y a cinq ans, ce n'est pas aujourd'hui que je te la laisserai, et ce n'est non plus pas demain la veille que cela arrivera. Cindy est et restera à moi. Point.

EPISODE 15

KENNEDY

Encore un autre mois et Cindy n'est toujours pas enceinte. Quatre mois, quatre putain de mois que je suis le mari parfait, je suis aussi doux que Kendrick et ça me saoul. Je ne suis pas un homme romantique. Je suis juste moi mais pour avoir un enfant avec Cindy j'ai porté cette casquette d'homme hyper romantique. Ce matin quand j'ai voulu la toucher et qu'elle m'a dit qu'elle était au rouge j'ai failli péter un câble. Pour éviter de provoquer une histoire je me suis préparé et sans rien lui dire j'ai pris le chemin du travail. Il faut que Cindy tombe enceinte avant que Kendrick ne se décide à faire une bêtise.

La sonnerie de mon portable me fait stopper le travail dans lequel je m'étais plongé pour oublier ma frustration. C'est le numéro de Jamila. Je souris. Elle est sûrement revenue au pays. Elle était là le mois passé et comme toujours elle m'a fait voir des étoiles.

– Jamila.

« – Bonjour Ken. Je suis là. »

– Bien je passe ce soir.

– « Je veux te voir maintenant. »

– Quoi tu es en chaleur à ce point ? Demandé-je en souriant.

– « *Non. J'ai à te parler. C'est important.* »

– Tu as déjà utilisé cette tactique pour me faire rappliquer. J'ai du boulot donc à ce soir.

– « *Ken je suis sérieuse. Je veux te voir maintenant.* »

– Who who who calmos ma belle. Jamais une femme ne hausse le ton sur moi. J'ai dit je viens te voir ce soir alors tu patientes ou tu retournes simplement au Maroc. Tu ne vas pas te permettre de me crier dessus à cause d'une partie de jambes en l'air. Des putes de ton genre je peux en trouver. N'importe quoi !

Je raccroche encore plus énervé que je ne l'étais ce matin. Oui c'est vrai que j'avais dit à Cindy que je n'allais plus voir d'autres femmes mais je ne le pensais pas vraiment. Je n'allais quand même pas me contenter d'une seule femme. Je replonge dans mon travail. Je dois mener à bien ce dossier que mon père m'a confié. C'est un gros dossier qui pourrait nous rapporter des millions si tout se passe bien. Il faut que je l'épate sur ce coup. Je dois lui montrer que je suis plus que ce qu'il peut penser. Un coup est donné sur la porte de mon bureau et celle-ci s'ouvre. Quand je lève la tête m'attendant à voir Fatim qui aime rentrer dans mon bureau comme dans son salon, je vois plutôt Cindy. Je rabaisse la tête sur mon dossier. Elle contourne mon bureau et vient m'embrasser sur la tête.

– Je suis venue te chercher pour qu'on aille déjeuner.

– Je n'ai pas faim Cindy ! Je réponds en continuant à travailler.

– Il est 12h et tu dois manger. J'ai pris ma pause à la boutique pour venir passer du temps avec toi.

– J'ai du boulot.

– Bébé...

– Merde Cindy fiche-moi la paix, je tonne en la repoussant. J'ai dit que j'avais du boulot donc tu me laisse travailler.

Elle me regarde incrédule et finit par s'en aller. Je ne suis pas d'humeur à faire de la romance. Je dois bosser pour ne pas entendre mon père me gueuler dessus à nouveau.

Il est maintenant 16h et ça fait le quatrième appel de Jamila que j'ignore. Mais qu'est-ce qu'elle me veut celle-là ? Je décide de descendre maintenant pour aller la voir. Tout compte fait, j'ai bien envie de me vider les couilles. Il ne me faut que 15 minutes pour arriver à son hôtel. Dès qu'elle m'ouvre la porte je saute sur ses lèvres et déchire d'un seul coup sa robe mini.

– Ken attend !

– Attendre quoi ? Dis-je en continuant, l'embrassant un peu partout. N'est-ce pas pour ça que tu m'appelais. Viens me donner du plaisir.

Je vais prendre place sur le lit en ouvrant mon jeans.

– Je ne suis pas venu pour ça Ken.

– Pardon ?

– J'ai un truc important à te dire. Si tu veux on parle et après on fait ce que tu veux.

– Ok je t'écoute.

– Regarde mon ventre.

– Quoi ton ventre ?

– Regarde !

Je regarde sans rien voir ni comprendre. Voyant que je ne comprenais pas où elle voulait en venir elle se met de profil et c'est là que je remarque un truc. Elle qui a un ventre super plat d'habitude aujourd'hui il est un peu rebondi. Je la regarde.

– Je suis enceinte Kennedy.

– Et ?

– Et ? Je te dis que je suis enceinte et tu me dis et ?

– Que veux-tu que je te dise ? Tu es enceinte, c'est simple tu avortes et c'est tout.

Elle beugue.

– Quoi ? Avorter ? Non mais tu es malade. Il est hors de question que j'avorte. C'est contre ma religion.

Je pouffe de rire.

– Ta religion ? Depuis quand toi tu t'occupes de ce que ta religion interdit ? L'Islam permet donc la putérie ?

– L'Islam interdit l'avortement donc je ne me ferai pas avorter.

– Dans ce cas démerde toi toute seule mais je ne veux plus te voir ni entendre parler d'un rejeton.

Je referme mon jeans et me dirige vers la sortie lorsqu'elle m'attrape le bras.

– Tu vas me laisser toute seule dans cette galère ?

– Que veux-tu que je fasse ?

– M'épouser !

Je la scrute et j'éclate de rire.

– T'épouser ? Non mais tu es vraiment drôle. Moi t'épouser en sachant la pute que tu es ? D'ailleurs rien ne me dit que le bébé est de moi.

– Avec qui j'ai couché pendant deux semaines à Paris ? J'ai arrêté de voir d'autres hommes sous tes ordres parce que tu voulais que je sois ta pute personnelle et bien voilà maintenant les conséquences. Dans ma famille, on me croît vierge donc si on apprend que je ne le suis pas et que pire, je suis enceinte, je ne donne pas cher de ma peau. Alors ce qu'on va faire, On va aller ensemble au Maroc, tu vas te présenter à mes parents, tu vas m'épouser le mois qui vient et on revient s'installer ici comme ça on fera croire que je suis tombée enceinte dans le mariage et eux ne pourront pas s'en douter. Quand j'accoucherai on fera croire à un prématuré.

– Tu as donc pensé à tout dis donc. Mais est-ce que tu as pensé au fait que je dirais non ?

– Je porte ton enfant.

– Et j'ai déjà une femme et deux enfants.

– L'Islam autorise la polygamie.

– Tu m'emmerdes avec ton Islam. Tu désobéis à toutes les règles et tu penses qu'en respectant une seule tu iras au paradis. Idiote ! Tu avortes et tu sors de ma vie.

Je reprends encore ma route lorsqu'elle m'attrape.

– Tu es malade Kennedy ! Tu es malade ! Tu penses que tu vas-tu vas t'en tirer comme ça ? Jamais. Espèce d'idiot. Enfant mal élevé. Sauva…

Je lui assène une grosse gifle.

– Tu oses m'insulter ? Moi Kennedy, tu oses m'insulte ?

– Salaud tu m'as giflé.

– Et je vais faire plus.

Je la gifle encore et il s'en suit des coups en désordre sur elle. Aucune femme ne me manque de respect et les femmes il faut les cogner pour leur apprendre à respecter. Elles ont trop la bouche et ce sont les coups qui les calment. Elle essaye de se débattre et me donne même des coups mais je la cogne encore plus. Je lui agrippe les cheveux et la balance par terre.

– Je te maudis Ken. Tu vas me le payer. Je ne vais pas en rester là.

– C'est ça.

Je sors et claque la porte de sa chambre. Elle croit pouvoir m'avoir avec une grossesse. Mais je sais qu'elle va me pourrir la vie si je ne fais rien. Je prends la direction pour aller chez ma mère. Elle saura m'aider. Elle m'aide toujours à me sortir des pétrins des femmes.

– Bonsoir maman, fais-je en rentrant dans son salon. J'ai un problème mais ce n'est rien de très grave.

– Tu as encore fait quoi Kennedy.

– L'une de mes maitresses est enceinte.

– Et ? Est-ce que c'est la première fois.

– Non mais celle-là n'est pas comme les autres. C'est une vraie teigne et il me faut l'éloigner de moi mais pour cela je dois lui donner de l'argent.

– Combien tu veux ?

– Dix millions.

– Quoi ? Tu penses que j'ai tout ça ? Je vais enlever ça où ?

– Donne-moi juste ce tu peux, je vais me débrouiller avec le reste.

– Mais tu as l'argent en compte non.

– Mais tu sais que tout ce que je possède est de Luzolo et il me surveille. Je ne suis pas indépendant comme Kendrick et si papa décide de toute me prendre je n'aurai plus rien. C'est pourquoi je demande ton aide comme ça si je puise un peu dans mon compte ça ne va pas attirer l'attention de Cindy.

– Je vais voir ce que je peux faire mais tu vas devoir régler ça vite parce que Luzolo arrive s'il n'est pas déjà là.

– Bon sang ! Pourquoi est-ce qu'il tombe toujours quand tout va mal ? D'accord je vais gérer. Je peux avoir l'argent.

– Je vais te donner 250 000 FCFA ici et je vais te faire un virement de 250 000 FCFA encore. Débrouille-toi avec.

– D'accord. Je vais essayer avec ça et si elle refuse je complète.

– Baratine-la. Tu sais t'y faire.

La sonnerie de mon portable nous interrompt. C'est mon père.

– Bonsoir papa.

« – Bonsoir. Je suis à mon hôtel viens maintenant. »

– Tout de suite.

Je raccroche, dis au revoir à ma mère et prends la route pour l'hôtel YOUL. Je tente d'appeler Jamila pour lui dire que je passerai la voir mais elle ne décroche pas. Je ressayerai plus tard. Je pénètre dans la chambre de mon père après qu'il m'ait ouvert.

– Bonne arrivée papa.

– Merci ! Assieds-toi ! Tu es prêt pour notre rendez-vous d'après-demain avec le client ?

– Oui papa. Je n'ai fait qu'étudier le dossier toute la semaine.

– C'est bien. Je suis là pour trois jours alors dis à ta femme qu'on viendra diner demain soir.

– On ? Je demande en fronçant les sourcils.

Il ouvre la bouche pour répondre lorsque quelqu'un apparait dans mon champ de vision. Je manque de faire un infarctus.

– Kendrick ?

– Bonsoir Kennedy !

Je n'ai plus de mots. Il est venu avec mon père et ils vont venir diner chez moi ?

– J'ai voulu qu'il vienne avec moi pour passer du temps avec vous deux ensembles. Ça fait longtemps que je n'ai pas été autour d'une table avec mes deux garçons en même temps. Je me suis rendu compte que j'ai une part de responsabilité dans votre séparation. Vous étiez si proches avant mais à cause du divorce d'avec votre mère vos rapports ont pris un coup. Je veux donc réparer ça. Donc demain soir nous irons diner chez toi pour que ton frère connaisse ta famille. Toi tu connais déjà Aurélie mais lui ne connaît pas Cindy.

Kendrick et moi ne nous sommes pas quittés du regard tout le temps du discours de notre père. Je suis dans la merdre. La deuxième merde de la journée. Luzolo s'excuse et va répondre à un appelle dans une autre pièce de sa suite.

– Il est hors de question que tu t'approches de ma femme. J'attaque le premier en fixant dangereusement mon jumeau.

– De quoi as-tu peur ? Que ta femme se rende compte que c'est moi qu'elle aime ?

– Kendrick ne me provoque surtout pas. Je te vois près de ma femme et tu es un homme mort. Trouve une excuse pour ne pas venir. Dis que tu es malade, tu as un rendez-vous important ou même que tu es mort mais ne fous pas tes pieds chez moi.

– Je n'ai pas voulu venir Kennedy mais tu connais Luzolo.

Nous nous affrontons du regard lorsque notre père réapparait. Sans plus attendre je prétexte d'une urgence à la maison et sors en hâte. Je dois éviter que mon frère vienne chez moi surtout avec mon père. Je ne suis pas encore prêt pour affronter la colère de M KALAMBAY. Quand je gare chez moi je souffle. Je prends mon portable pour appeler Jamila. Cette fois, elle décroche.

« – Qu'est-ce que tu veux ? »

– Je suis désolé pour tout à l'heure. Je passerai te voir pour qu'on discute.

– « De quoi ? »

– Du bébé. Nous allons trouver une solution. Dis-moi combien tu veux ?

– « Pour quoi ? Avorter ? Je t'ai dit que je ne le ferai pas. »

– Ok tu n'es pas obligée d'avorter mais je ne peux pas te marier. Je vais te donner de l'argent pour que tu puisses t'installer en France et je vais prendre soin de vous jusqu'à ce que tu accouches et après on avisera. Mais je ne peux pas t'épouser, pour le moment.

– « Et pour ma famille ? »

– Dis-leur que tu as eu une promotion au travail qui t'oblige à aller en France.

– « Bon rentre chez toi et demain tu passes. J'ai mal partout. »

– D'accord. Encore désolé. À demain.

Je raccroche et souffle à nouveau. J'ai jusqu'à demain pour trouver des arguments convaincants. Je descends de la voiture tout lasse. Quelle journée de merde. Je pénètre dans ma maison en retirant ma veste et desserrant ma cravate. Mais je stoppe mon geste devant l'affiche qui se présente à moi. Non pas ça ! Pas encore !

– Qu'est-ce que tu fous là ?

– Je te l'ai dit Ken que tu allais me payer ta bastonnade. Je suis venue m'installer chez toi avec notre futur bébé.

Jamila n'a pas pu me faire ça. Je tourne les yeux vers Cindy qui laisse échapper une larme. Mon regard est attiré par quelque chose un peu derrière. Je reconnais sa valise. Non pas maintenant. Elle ne peut pas me quitter maintenant. Merde et remerde. Ça fait trois merdes en une seule journée. MERDE !!!

EPISODE 16

KENNEDY

– Cindy !

– Tu as osé me faire ça Ken. J'ai tout supporté et toi en retour tu oses me ramener un gosse ! Merci ! Je vous laisse continuer ce que vous avez commencé.

Elle tire les valises mais je l'empêche d'aller plus loin.

– Bébé tu ne peux pas me laisser stp. Nous allons trouver une solution.

– C'est déjà tout trouvé.

Elle me bouscule pour me dégager de son chemin et quand je veux la retenir, Jamila me tire pour me dégager du chemin de Cindy. Je la repousse mais elle s'est agrippée à moi. Je suis donc obligé de lui donner une gifle pour qu'elle me lâche. Je me retourne Cindy n'est plus là. Je veux lui courir après mais cette conne de Jamila vient encore m'attraper. Je la projette dans le fauteuil et cours après Cindy. J'arrive juste au moment où sa voiture sort de la maison mais j'ai le temps de voir les enfants assis sur le siège arrière. Je veux la suivre mais si je le fais, elle risque de conduire plus vite et ça mettra leur vie à tous les trois en danger. De toutes les façons, je sais où la trouver. Elle n'a pas vraiment d'amie sous mon ordre. Elle ira chez sa sœur.

Sa mère est en voyage au village donc elle n'ira pas là-bas. Je retourne à l'intérieur retrouver cette garce.

– Tu as vu ce que tu as foutu ? TU AS VU CE QUE TU AS FOUTU BORDEL DE MERDE !?

– Je n'ai fait que revendiquer mes droits.

– Tes droits ? Quels droits ? T'es rien qu'une pute et les putes n'ont pas de droit.

– Raconte ce que tu veux mais moi je suis venue m'installer.

Elle pointe quelque chose du doigt et je vois sa valise. Cette fille va me tuer. Je sais que si je force, elle risque de me créer des problèmes. Je garde mon calme et m'assois.

– Assieds-toi et dis-moi ce que tu veux.

– Que tu reconnaisses l'enfant et en prennes soin.

– Ok je le ferai. Mais tu ne peux pas rester ici. C'est chez ma femme ici. Je vais te donner de l'argent pour que tu prennes une maison ici au pays ou ailleurs mais je préfère que ce soit hors du pays. Je prendrai soin de vous jusqu'à ce que tu accouches et après on verra.

– Qu'est-ce qui me prouve que tu le feras ?

– Ma femme est déjà informée donc je n'ai plus vraiment de raison de te faire avorter. Je veux juste la paix.

Elle me regarde longuement, l'air de réfléchir. Qu'elle accepte vite pour que je puisse aller chercher ma femme.

– D'accord. Mais à la moindre erreur de ta part, je reviens. Aussi, on pourra toujours continuer à se faire plaisir. Je n'ai pas envie qu'on perde ce qui est entre nous.

Elle s'approche et commence des caresses. Je ne suis vraiment pas d'humeur à copuler. Si mon père apprend que Cindy a quitté la maison et pourquoi, il va faire ma fête. Et si Kendrick aussi l'apprend, il en profitera pour se rapprocher d'elle. Il a toujours su la calmer quand elle est en colère. Il a toujours su l'apaiser et se faire pardonner ou du moins me faire pardonner.

– On le fera une autre fois. Là je ne suis pas d'humeur.

– D'accord. Je vais rentrer au Maroc dire à mes parents que j'ai obtenu une promotion au travail. Je viendrai m'installer ici pour être proche de toi ainsi, à chaque fois qu'on aura envie de se faire plaisir on pourra le faire.

– Ok.

Il est 11h et Cindy n'est toujours rentrée avec les enfants. J'ai préféré patienter avant d'aller la chercher parce que je pensais qu'après la nuit son cœur s'apaiserait et qu'elle reviendrait à de meilleurs sentiments. Mais depuis non. Je l'appelle mais rien. Depuis hier nuit, son portable est éteint. Je prends sans plus attendre la route pour chez sa sœur Estelle. Je crois qu'elle est là-bas. Je ne veux pas que Cindy me quitte. Oui c'est vrai que je suis un con mais j'aime Cindy. Après cinq ans à vivre avec elle, j'ai fini par l'aimer seulement ma nature fait un peu défaut. Mais je ne vais quand même pas changer pour les beaux yeux d'une femme. Je suis tel que je suis, à prendre ou à laisser. J'arrive chez Estelle mais j'ai l'impression qu'il n'y a personne. Je sonne à répétition jusqu'à ce qu'un voisin me fasse comprendre qu'elle est parti en voyage depuis une semaine. Donc Cindy n'est pas ici. Je retourne à ma voiture en me demandant où est-ce qu'elle a bien pu aller. Je continue de cogiter lorsque sa fait tilt dans ma tête. Elle doit être chez sa patronne. J'y fonce. Cette femme n'a jamais aimé ma tête mais qu'est-ce que j'en ai à faire. C'est ma femme que je veux. Après une brève discussion avec le gardien celui-ci me laisse entrer. Je vais cogner à la porte. C'est Mme ANDERSON qui vient ouvrir.

– Tiens tiens. Que fait M KALAMBAY chez moi ?

– Bonsoir Madame, je voudrais voir ma femme s'il vous plaît.

– Ça ne me plaît pas.

Je soupire. Ce n'est pas gagné avec cette femme.

– Cindy n'est pas ici. Elle m'a appelé hier pour me prévenir qu'elle travaillerait à distance parce qu'elle ne se sentait pas bien. Je ne sais donc pas où elle est.

– Elle n'est pas non plus chez sa sœur donc il y a plus de chance qu'elle soit ici.

– Vous voulez donc me dire que je mens ? En fait, dans toute cette immense demeure, le menteur c'est vous. C'est vous qui avez promis monts et merveilles à cette pauvre jeune fille pour au finish lui faire vivre un enfer sans nom. Attendez, je vais profiter du fait que vous soyez là pour vous dire mes mille vérités. M. Kennedy KALAMBAY vous n'êtes rien d'autre qu'un lâche qui tape sa femme. Si vous avez de la force, pourquoi ne pas affronter un homme comme vous. Mais non, monsieur a jugé bon de faire son entrainement de boxeur poids plume sur Cindy. Fhum, mais vous avez de la chance de ne pas m'avoir eu pour femme sinon dès le premier coup, je vous aurais coupé les testicules, enfin si vous en avez. Homme sans couilles que vous êtes.

La fumée me monte au nez et alors qu'elle me donne dos pour retourner dans sa maison, je lui agrippe fortement les cheveux lui arrachant un cri mais avant que je ne puisse la retourner contre moi je me sens projeté contre la voiture garée juste derrière moi. J'ai le souffle coupé sous le coup et dès que je lève les yeux pour essayer de comprendre ce qui se passe, je vois un gars à la carrure de Hulk devant moi le visage rouge de colère.

– Vous faites ce que vous voulez de votre femme, gronde-t-il, mais la mienne vous n'y touchez jamais.

C'est son mari à ce bout de femme ?

– Je vous avais bien dit que vous devriez vous confronter à un homme comme vous, lance-t-elle le sourire aux lèvres. En voici un, levez-vous donc et venez vous battre. Pédé va.

Son mari la rejoint et ils rentrent dans leur maison. Je ne m'attendais pas à ça en venant ici. Bon au moins je sais que Cindy n'est pas là. Mais où diable peut-elle être ?

*Mona*LYS*

– Kennedy où est ta femme ?

– Maman j'ai dit que je ne savais pas.

– Il faut dire ça à ton père et on verra comment tu finiras. Je t'avais dit de régler cette histoire sans que ton père ne l'apprenne mais voici qu'il va tout savoir puisqu'il viendra tout à l'heure diner chez toi. Qu'est-ce que tu vas lui dire ?

– Je ne sais pas encore. Je trouverai quelque chose mais je ne lui dirai pas que Cindy a quitté la maison.

« Quoi ? »

Je sursaute quand j'entends la voix de mon père derrière moi. Il est avec Kendrick.

– Ta femme a quitté la maison ?

– Papa !

– Je t'ai posé une question Kennedy.

Je baisse les yeux. Je suis cuit.

– Où est-elle partie et pourquoi ?

– Luzolo laisse…

– Anna la question ne t'était pas adressée. Laisse pour une fois ton fils prendre ses responsabilités. Kennedy nazo zela eyano na nga (j'attends ma réponse).

– Au fait euh, au fait elle a voulu prendre des vacances. Je n'ai pas voulu mais elle est quand même partie avec les enfants. Là, je ne sais pas où elle est. Je ne fais que la chercher depuis ce matin papa. Au fait, ces temps-ci nous nous disputions pour un oui ou un non. Moi je voulais qu'elle reste pour qu'on arrange les choses mais elle a préféré partir pour un temps.

– Donc elle est partie parce que tu es insupportable c'est bien ça ? Je ne sais pas comment tu vas t'arranger mais avant que je ne retourne au Congo, tu me la retrouves et s'il faut que j'aille à Kin avec elle pour qu'elle se repose l'esprit, j'irai avec elle et les enfants. Ils sont en vacances de toutes les façons. (À ma mère) Anna suis-moi dehors, j'ai à te parler.

Les deux se suivent jusque dehors. Kendrick n'a pas cessé un instant de me fixer.

– À papa tu peux faire avaler ton baratin mais pas à moi, commence Kendrick. Qu'as-tu fais à Cindy pour qu'elle s'en aille ?

– Ce ne sont pas tes oignons.

– Tu ne t'es pas dit que je pouvais t'aider à la faire revenir ?

J'ouvre la bouche mais la referme aussitôt. Il a raison. Mais non ça lui donnera le dessus sur moi.

– Je n'ai pas besoin de ton aide donc tu dégages.

– Elle est partie parce que tu la bat ?

– Si elle devait me quitter pour ça, soit sûr qu'elle l'aurait fait depuis des lustres.

– Tu la bats donc ? Demande-t-il en plissant les yeux.

– Je t'ai dit que non donc fiche-moi la paix.

– Kennedy je t'ai prévenu. Je vais la chercher et si elle me dit que tu lui as porté main, je te jure sur l'amour que j'ai pour elle que je lui raconte tout et aussi à papa. Kennedy si avant je n'ai rien fait pour la garder, sois certain qu'aujourd'hui, je suis prêt à me battre jusqu'à mon dernier souffle pour la récupérer. Tu ne l'aimes pas et ne l'as jamais aimé mais moi si. Donc fais gaffe.

– Tu veux que je te rappelle que tu es marié ?

– Et toi tu veux que je te rappelle que le divorce existe ?

– Ne t'approche pas de ma femme.

– Dans ce cas traite-la comme une reine.

Nous nous échangeons des regards assassins lorsque les parents reviennent. Papa s'en va avec Kendrick et maman reste avec moi.

– C'est une chance que Cindy ne soit pas là sinon à l'heure actuelle, la maison serait en feu. Qu'a dit ton frère ?

– Qu'il veut récupérer Cindy. Mais il se fout le doigt dans l'œil s'il pense que je vais le laisser faire.

– Commence d'abord par la retrouver et arrête de faire le con.

Je m'assois et soupire. Déjà que je suis sur le point de perdre Cindy, voici que mon frère est prêt à la reconquérir et même à lui dire la vérité. Il faut que je récupère ma femme quitte à m'humilier devant elle.

EPISODE 17

CINDY

Ken a osé me faire ça. Me ramener un gosse, en plus avec une arabe. Quoi les ivoiriennes ne lui apportent plus satisfaction ? Il lui faut maintenant les arabes pour le combler ? L'enfoiré ! Quand il l'a appelé et qu'elle a mis sur le haut-parleur, j'ai failli mourir en l'entendant confirmer qu'il est le père de l'enfant qu'elle attend. Cette fille a eu le culot de venir me narguer chez moi et ça, c'est lui qui l'a permis. Il ne me respecte tellement pas qu'il permet aussi à ses maitresses de me manquer de respect. J'ai encore mal aujourd'hui, après une semaine. Je n'ai pas envie de voir sa tronche. Quand j'ai quitté la maison avec les enfants, je suis directement venue me réfugier chez Loraine. Estelle m'avait déjà dit qu'elle partait en voyage. Loraine m'a accueilli les bras ouverts et je m'y suis effondrée pour pleurer mon chagrin. Elle ne m'a rien dit ce soir-là. Elle m'a juste laissé évacuer et le lendemain nous avons parlé. Bien entendu, si ça ne dépendait que d'elle, je serai déjà divorcée de Ken. Elle ne le supporte pas. Loraine m'a permis de rester travailler chez elle et la présence de mes enfants et des siens m'a remonté le moral. Les enfants, ce sont vraiment les trésors du monde. Quand tout va mal, il suffit de les regarder pour retrouver le sourire. Durant toute cette semaine, Lena et Nael n'ont pas demandé une seule fois après leur père. Ça prouve même qu'ils ne se sentent pas proche de lui. Heureusement qu'ils sont en vacance. Ça leur permet de rester enfermés ici sinon Ken passerait par eux pour me convaincre de rentrer.

C'est douloureux, vachement douloureux de voir tous ses sacrifices être mal récompensés. J'ai supporté les injures, les humiliations, les coups, les infidélités en me disant que ça allait lui passer. Mais un bébé d'une autre femme, c'est plus que je ne puis supporter. Cette femme, à seulement à quatre mois de grossesse, débarque avec ses affaires, je n'imagine donc pas ce qu'elle fera après la naissance du bébé. Elle revendiquera même le mariage. N'est-ce pas que les musulmans sont polygames. Ken a vraiment déconné. Je ne cesse de me demander si ça vaut la peine de continuer dans ce mariage. Est-ce toutes les humiliations qu'il faut accepter ? Avant de se marier on se prépare certes à affronter des épreuves mais est-ce ce genre d'épreuves ? Est-ce obligé qu'un homme trompe sa femme ? Est-ce obligé qu'un homme humilie sa femme à longueur de journée ? Est-ce normal qu'un homme batte sa femme ? Est-ce normal qu'un homme ramène des gosses adultérins à sa femme ? Est-ce que ces choses font obligatoirement partie des épreuves du mariage ? Si c'est le cas bah dans ce cas, le célibat est mieux.

– Cindy ta mère est là.

Je lève les yeux vers Loraine qui est arrêté au pas de la porte de la chambre où je loge.

– Ok, merci de m'avoir prévenu.
– De rien ma belle.

Je referme mon ordi et après un dernier regard dans la glace, je sors retrouver ma mère qui a été installée dans le salon. Elle dépose un verre contenant de l'eau au moment où je lui pose un baiser sur la tempe. Elle est revenue du village il y a trois jours et m'a appelé pour venir me voir.

– Comment tu vas ma chérie ?

– Bien maman. Et toi ? Le village ?

– Je vais bien et tout le monde au village aussi. Qu'est-ce qui se passe avec ton mari ? Il n'a pas cessé de m'appeler quand j'étais au village et quand je suis rentrée, il est venu me voir.

– Il t'a surement dit qu'il a enceinté une autre ?

– Oui. C'est à cause de ça tu as quitté ton foyer ?

Je la regarde surprise.

– Je sais que ça fait mal d'apprendre que son mari a enceinté une femme dehors mais tu dois le soutenir dans cette épreuve.

– Epreuve ? Maman quelle épreuve ? Il a enceinté VOLONTAI-REMENT sa maîtresse. SA MAITRESSE.

– Mais tu es restée avec lui en sachant qu'il avait une maîtresse non, donc pourquoi tu es surprise d'apprendre qu'elle est enceinte ? Quand on a des rapports le résultat ce sont les enfants.

– Attends tu es venue le défendre ? Alors que c'est moi ta fille ?

– C'est parce que tu es ma fille que je veux sauver ton mariage. Ma fille, c'est le sang de ton mari qui est dehors. Le frère de tes enfants et tôt ou tard, il reviendra vers son père. C'est mieux que ce soit toi qui l'élève plutôt que l'autre ne lui donne une éducation bizarre et puis il va venir influencer négativement tes enfants. Alors le mieux que je te conseille c'est d'être avec ton mari, l'encourager à s'occuper de la fille et si l'enfant naît, tu le récupères.

– Maman ! Fais-je sidérée.

– Ecoute-moi ma fille. Si l'enfant reste avec l'autre elle le prendra comme prétexte pour se rapprocher tous les jours de ton mari. Alors que si l'enfant est déjà avec vous, elle restera loin. On ne divorce pas à cause d'un enfant illégitime.

– On divorce donc pour quoi maman ?

– On ne divorce jamais. Une fois on est dedans c'est jusqu'à la mort.

Elle me prend les mains.

– Ma fille, le mariage n'est pas facile mais c'est ça le mariage et on n'y peut rien. Quand on dit une femme forte c'est tout ça. C'est celle qui a pu supporter toutes les épreuves et est restée debout. Ken t'aime sinon il ne serait jamais venu me voir. Il était désespéré et avait les yeux rouges. Il est ce qu'il est mais il t'aime. Pense aussi aux enfants. Les enfants dont les parents divorces finissent traumatisés et malheureux. Ils sont trop petits pour subir un divorce. Nos enfants doivent être nos priorités dans nos prises de décisions. C'est ça on dit être parents.

– Ils ne sont pas proches de leur père.

– Ça c'est ce que tu penses. Mais dès qu'il y aura séparation tu les verras malheureux et toi aussi tu le seras. Que tu le veuilles ou non tu aimes Kennedy. Donc puises des forces dans cet amour pour retourner chez toi.

Est-ce que j'aime Ken ? Je n'en sais plus rien. Des fois oui, des fois non. Je n'ai plus les idées claires sur mes sentiments pour Ken. Mais peut-être que ma mère a raison. Je devrais retourner dans mon foyer. Comme maman l'a dit c'est le sang de mon mari et tôt ou tard il va fréquenter mes enfants et s'il a une mauvaise éducation il les influencera et nous créera des problèmes. Nous discutons une trentaine de minute avant qu'elle ne s'en aille. Je vais retrouver Loraine assise dans le jardin à regarder les enfants jouer. Je m'assois près d'elle.

– Ta mère est partie ?

– Oui. Elle te remercie pour l'accueille.

– De rien.

– Je crois que je vais aussi demander la route. Je vais rentrer chez moi.

– Ta mère t'a surement fait le discours du mariage et des soi-disant sacrifices qu'on doit faire pour le conserver.

Je ne réponds pas.

– Fhum. Ma mère, même de là où elle est, sait qu'il y a des conseils qu'elle n'aurait jamais eu le courage de me donner. Bon ok, je ne peux pas t'obliger à rester ici. Tu veux retourner quand ?

– Demain, le temps de ranger nos affaires.

– Ok c'est comme tu veux. Mais n'oublie pas que ma porte t'est toujours ouverte.

– Merci.

*Mona*LYS*

Ken se lève dès que les enfants et moi pénétrons dans la maison. Il demande aux enfants de venir l'embrasser ce qu'ils font. La servante vient ensuite les chercher avec leurs valises et ils s'en vont. Ken et moi restons là à nous regarder. Il s'approche de moi à petits pas.

– Je suis heureux que tu sois rentrée.

Je ne réponds rien. Que suis-je sensée dire de toute façon ?

– Bébé je te demande pardon pour ce qui est arrivé. Je n'ai pas de mots pour m'excuser mais sache juste que je t'aime. Je te promets que jamais elle ne te causera de problème. Je te protégerai toi et les enfants pour ne pas qu'elle vous cause du tort. Mais s'il te plaît ne me laisse plus. J'ai besoin de toi. Je sais que je ne te le montre pas assez mais je t'aime.

Je sais qu'il m'aime et il me l'a montré à plusieurs reprises. Mais il ne m'aime pas assez pour ne pas me tromper, me battre, m'humilier. Il veut m'embrasser mais je détourne la tête.

– Je suis là uniquement pour les enfants. Je ne vais pas rester loin et regarder une autre venir prendre leur place. Maintenant excuse-moi, je vais me reposer.

Une semaine depuis mon retour à la maison et l'atmosphère est toujours tendue. Je n'ai plus la tête dans ce mariage. Je me sens à bout. Je ne crois plus pouvoir encaisser un autre choc, une autre déception. J'en ai tellement subit que maintenant je n'en peux plus. J'ai même perdu le goût du sexe avec Ken. Je n'ai plus envie de coucher avec lui. À chaque fois qu'il essaie de me toucher je pense à comment il touche les autres femmes et le repousse. Il a essayé plusieurs fois de coucher avec moi mais chaque fois, je lui fais comprendre que je ne suis pas d'humeur. Si le sexe était une partie de plaisir avant, maintenant ce n'est plus rien. Même le voir complètement nu ne m'attire plus. J'ai l'impression de vivre avec un frère ou un homme quelconque. Plongée dans mes pensées je ne prête plus attention au roman que je lis. C'est seulement quand mon portable sonne que je reviens à moi. C'est un message WhatsApp. Je souris quand je vois le numéro.

– « *Boni musika murembu (Comment vas-tu jolie femme)* »

– Tu comprends tellement toutes tes langues que tu te permets de mélanger le Lingala et le Swahili.

– « *Faut bien que je valorise mes langues. Toi tu n'as pas envie de parler la tienne ni même me l'apprendre.* »

– Mes oreilles sont sacrements dures donc je ne sais même pas prononcer un seul mot de ma langue, l'Agni. Par contre je comprends quand on parle. Alors comment tu vas ? Moi je vais bien.

– « *Un peu épuisé à cause du sport mais bof je gère. Que fais-tu ?* »

– Je lis un bouquin.

– « *Une histoire à l'eau de rose je parie.* »

– Lol comment tu as su ?

– « *Disons que je te connais comme ma main.* »

– C'est fou comme tu as pu tout maîtriser de moi en peu de temps.

– « *Il fallait bien que je te connaisse mieux pour arriver à te faire sourire de temps en temps. Comment va la vie de couple ?* »

– J'ai envie de divorcer.

Je ne sais pas pourquoi j'ai écrit ça mais je ressentais juste le besoin de me confier. Il met du temps à répondre pourtant il est en ligne. Mon portable se met à sonner après une dizaine de minutes. C'est lui.

– « *Mwinda (Lumière en Lingala* »

Entendre sa voix, mais surtout l'entendre m'appeler ainsi, me procure une sensation indescriptible.

– Oui. Répondé-je d'une petite voix.

– « *Qu'est-ce qui se passe ? Pourquoi veux-tu divorcer ?* »

– Je ne me sens plus heureuse dans ce mariage. J'en ai marre de tout. Je ne fais qu'encaisser humiliation sur humiliation. Je m'étais dit que ça passerait mais non ça va de mal en pire.

– « *Tu peux te confier à moi tu sais. Dis-moi tout ma belle.* »

Je soupire. Je veux lui parler, tout lui dire. Je sais que ça me fera du bien.

– « *Ne t'en sens pas obligée si tu n'en a pas envie.* »

– Comment ne pas avoir envie de me confier à toi quand tu me fais me sentir si bien.

– « *Oh là je viens de rougir.* »

J'éclate de rire. La porte s'ouvre aussitôt en fracas.

– Avec qui tu causes ? Me demande Ken tout furieux.

Je n'ai pas le temps de lui répondre ni même de raccrocher qu'il m'empoigne le bras.

– Lâche-moi Ken !

– J'ai dit avec qui tu causes ? Il est 21h et toi tu causes avec quelqu'un d'autre au téléphone.

Je n'avais même pas vu l'heure passer. Je me débats pour pouvoir raccrocher afin d'éviter à Drick d'entendre notre dispute mais le portable tombe sur le lit et Ken me soulève brusquement.

– Tu me trompes c'est ça ?

– Parce que tu couches avec la terre entière tu penses que tout le monde fait pareil ?

Il me donne une gifle.

– Ca fait une semaine que tu me prives de sexe et maintenant je t'entends rire au téléphone avec je ne sais qui ? C'est un homme ?

– OUI C'EST UN HOMME. Hurlé-je de colère. Et tu sais quoi ? Il me fait me sentir bien, bien qu'il soit à des milliers de kilomètre de moi.

Les mâchoires de Ken craquent sous l'effet de la colère et il commence à me donner des coups. Je tombe sur le lit près de mon portable et j'entends la voix de Drick m'appeler. Il faut que je raccroche. À peine je pose la main sur le portable que Ken me retourne violemment et se place entre mes jambes.

– Comme tu refuses de te donner à moi, je vais prendre ce qui m'est dû de force.

Il fait sortir son sexe et coupe mon caleçon. Je me débats pour ne pas qu'il me viole mais il est tellement fort que la seule chose que j'arrive à faire c'est de le mordre sur son épaule. Il hurle toute sa douleur et quand il reporte son attention sur moi je me rends compte de ma bêtise. Je suis morte. Il me relève du lit par les cheveux et reprend les coups en désordre. Il y va fort, très fort. Je me mets à hurler en appelant à l'aide oubliant même que les enfants sont en bas. J'ai besoin d'aide sinon je vais mourir. Dans le désespoir, je donne un coup entre les jambes de Ken puis me précipite sur mon portable et appelle Drick à l'aide. Je l'entends hurler mon nom, affolé et me demander ce qui se passe.

– Drick il va me tuer.

– *« Allô Cindy. Merde Cindy ! Allô ! Allô ! »*

Ken qui s'est remis de la douleur fonce sur moi et m'arrache mon portable qu'il fracasse contre le mur. Les secondes d'après, tout ce dont je me souviens avant de tomber dans les pommes, c'est le visage effrayé de Nael qui est entrée dans la chambre en m'appelant.

EPISODE 18

KENDRICK

Il faut que je fasse quelque chose. Je ne peux pas rester là à ne rien faire et laisser Kennedy continuer à traiter Cindy comme il le fait. J'ai entendu tout ce qui s'est passé jusqu'à ce que l'appel se coupe après un fracas. J'ai entendu Ken lui hurler dessus et j'ai entendu aussi Cindy crier sans cesse. J'ai entendu Ken la frapper. J'ai entendu Ken frapper la femme que j'aime et il m'est dorénavant impossible de rester dans l'ombre. Il faut que je fasse quelque chose. Mais avant de prendre une décision je veux d'abord entendre la voix de Cindy pour savoir comment elle va. Ça fait une semaine que je n'ai plus de ses nouvelles. Son contact ne passe plus pourtant je ressens grave le besoin de l'entendre. Je veux l'entendre me dire ce qui se passe. Il faut qu'elle me confirme que ce que j'ai entendu est vrai. Putain elle m'a appelé à l'aide et moi je n'ai rien pu faire. Que pouvais-je bien faire quand je suis aussi loin d'elle ? Je devrais retourner en Côte d'Ivoire.

Je prends mon portable pour encore tenter de la joindre. Pour ma plus grande surprise ça sonne. Je me lève aussitôt du tapis de course que je venais d'utiliser pour une course à cent à l'heure. Après une autre sonnerie elle décroche.

– « *Allô !* »

Je souffle de soulagement en entendant à nouveau sa voix.

– Bon sang Cindy ça fait une semaine que j'essaye de te joindre. Qu'est-ce qui se passe ?

– « *Rien j'étais beaucoup...* »

– N'ose même pas me mentir ok ! J'ai tout entendu l'autre jour donc là tu vas me dire la vérité. Qu'est-ce qui s'est passé ?

Un silence se fait. Un moment je crois entendre un sanglot. Mon cœur se comprime.

– « *J'en peux plus, je suis fatiguée. Snif. Je suis à bout Drick. Toutes mes forces m'ont lâchée.* »

– Parle-moi ma belle. Dis-moi ce qui ne va pas.

– « *Ken avait cassé mon portable avant de se remettre à me battre de plus belle.* »

Une rage m'anime aussitôt.

– « *Il me bat depuis cinq ans que nous sommes mariés. Pour peu, je reçois des coups. Il me fait cocu avec toute la terre et comme si ça ne suffisait pas, il a osé engrosser l'une de ses maîtresses. Snif. Je ne suis pas heureuse dans mon mariage. J'ai eu plus de chagrin que de bonheur. (Elle éclate en sanglots) Qu'est-ce que j'ai fait pour mériter cela ? Ai-je fait du mal à quelqu'un dans une autre vie ? Je souffre Drick tu comprends. Je suis à bout.* »

Elle se met à pleurer sans se retenir. Une douleur sans nom me traverse le cœur. Puis c'est au tour de la culpabilité. C'est de ma faute. C'est moi qui l'ai mise dans cette merde tout en sachant clairement que Kennedy la ferait souffrir. Je savais qu'il ne ferait pas un bon mari. Mais malgré tout ça, je l'ai jetée dans ses bras. J'ai jeté volontairement la femme que j'aime dans les bras de mon salaud de frère et par ricochet, dans la souffrance. J'aurais dû... J'aurais dû me battre pour la garder. Tout ça c'est aussi ma faute.

– Pourquoi est-ce que tu ne le quittes pas ? Demandé-je de but en blanc.

– *« Je ne sais pas Drick. Peut-être parce que je crois l'aimer, peut-être à cause des enfants. Je ne sais pas. »*

– Est-ce que tu l'aimes ?

– *« Avant je t'aurais répondu oui sans hésiter. Mais là présentement, je n'en ai aucune idée. Je ne crois même plus en l'existence de l'amour Drick. »*

– L'amour existe Cindy. L'amour c'est ce que je vais faire pour te sortir de ce cauchemar.

– *« Quoi ? »*

– À bientôt.

Je raccroche et fonce à la maison. La première chose que je fais c'est mes valises. Il est temps que tout ce manège finisse. J'ai assez gardé le silence. Je suis resté longtemps dans l'ombre. J'irai en Côte d'Ivoire tout raconter à Cindy et essayer d'arranger les choses. J'appelle Aurélie pour lui faire comprendre que je souhaite la voir de toute urgence. Elle est sortie se balader avec ses copines. Le temps qu'elle rentre je range mes affaires sans rien oublier. Heureusement qu'entre Aurélie et moi ce n'est pas une vraie histoire d'amour encore moins un mariage basé sur l'amour. Ce sera donc facile de mettre fin à ce manège. Je pense même qu'elle doit avoir un amoureux quelque part. Mais bon bref, je m'en fiche. Une quarantaine de minute après mon appel, Aurélie fait son entrée dans notre chambre. Elle s'arrête lorsqu'elle voit mes valises.

– Tu pars en voyage ? Demande-t-elle en refermant la porte derrière elle.

– Oui. C'est pour cela que je t'ai demandé de rentrer. Nous devons parler.

Elle s'assoit dans le fauteuil près du lit. Je me tourne pour être face à elle.

– Je veux être franc avec toi et je crois même que tu n'es pas sans ignorer le fondement de notre mariage. Nous nous sommes mariés juste à cause de nos parents. Moi, pour faire plaisir à ma mère et toi, pour obtenir ton indépendance vis-à-vis de tes parents. Mais je crois que maintenant ça ne sert plus à rien de continuer à faire semblant.

– Que veux-tu dire ?

– Qu'il est temps que nos chemins se séparent.

Elle fronce les sourcils.

– Ce n'est pas la peine de faire semblant Aurélie. Tu ne m'aimes pas et je sais que tu as une autre vie. Je ne te le reproche pas sois en sûre. Moi aussi j'aime une autre femme et ça depuis le début, tu le sais. Si j'ai fait mes affaires c'est pour retourner en Côte d'Ivoire tenter de la reconquérir.

– N'est-ce pas qu'elle est mariée à Kennedy ?

– Oui mais… bref, je ne veux pas te mêler à cette histoire. Aujourd'hui tu es mannequin, tu es indépendante donc tu n'as plus vraiment besoin de moi. Tes parents ne peuvent plus t'empêcher de faire quoi que ce soit.

– Je sais. Tu vas donc demander le divorce ?

– Toi fais-le pour garder ta dignité. La femme est toujours mal vue quand c'est son mari qui demande le divorce. Tu le fais ensuite on ira voir tes parents pour leur dire qu'on se sépare d'un commun accord parce qu'on ne s'aime pas.

– D'accord. Tu pars quand ?

– Tard cette nuit. Le temps d'informer la famille.

– Tu as tout raconté à ton père ?

– Non ! Mais ça ne saurait tarder.

– Ok. Je te souhaite bonne chance alors.

– Merci !

Ça c'est régler. Il reste maintenant à informer ma famille. Je vais prendre une douche une fois mes valises prêtes. Je fonce ensuite chez mes parents. C'est mama So et Charlène que je trouve en pleine rigolade.

– Oh comment va mon grand frère chéri ?

– Ça va petite.

– Oulaaa tu ne fais pas une bonne tête ! Remarque mama So.

– Ouais. Je suis venu vous dire au revoir. Je retourne en Côte d'Ivoire.

Les deux femmes se regardent.

– Ne me dis pas que c'est pour ce que je crois ? S'enquiert mama So.

– Ah maman toit aussi, s'exclame Charlène. Pour quelle autre raison Ken irait en Côte d'Ivoire ? Papa je suis derrière toi.

– Charlène arrête de l'encourager. Ken ce n'est pas pour elle n'est-ce pas ?

– Si mama. Mes doutes sont avérés. Kennedy la bat et… j'en ai

Mona LYS

même été témoin.

Je me lève d'un coup en me massant le front. J'ai mal. Je me sens coupable.

– Elle m'a appelé à l'aide alors que Kennedy l'a frappait.

Je soupire.

– Ca a été un supplice pour moi de vivre ça. L'entendre hurler, pleurer, supplier Ken d'arrêter les coups et pour finir me demander de l'aider alors que je suis très loin d'elle. J'en ai fait des cauchemars et maintenant qu'elle m'a elle-même dit qu'elle n'est pas heureuse, je suis plus que déterminé à la sortir de cet enfer.
– Ça va déclencher une guerre tu en es conscient ?
– Ah maman nous sommes prêts à faire la guerre-là, lance une Charlène toute excitée.
– Charlène je vais finir par te taper.
– Mais maman je dis la vérité.
– Laisse-nous !
– Ah mama c'est comment ?
– Charlène nako beta yo soki o tiki biso te (je vais te taper si tu ne nous laisses pas.)

Elle se lève en tirant la bouche.

– En tout cas Ken va et défonce sa gueule à ton faux jumeau.

Mama So prend un coussin qu'elle lui lance. Charlène s'en fuit en évitant le coussin. Maman So se retourne vers moi. Je m'assois.

– Comme je disais, tu sais que ça va créer une guerre dans la famille. Non seulement entre toi et ton frère, mais aussi entre vos parents.

– Je sais mama, mais il le faut pour que Cindy retrouve sa liberté.

– Ken ne va pas se laisser faire.

– Moi non plus. Je suis déterminé.

– Tu es aussi déterminé à affronter Luzolo ?

Je soupire.

– Ça ne va pas être facile mais je suis prêt. Il va hurler mais ne va pas nous tuer.

– Si tu penses que c'est la meilleure chose à faire ok. Je vais te soutenir.

– Merci ! Il est où ?

– Il a raté son vol donc je pense qu'il sera là demain soir.

– Il ne va donc pas me trouver ici. Je pars cette nuit.

– Si vite ?

– Oui mama. Plus tôt j'y vais plus tôt on règle cette histoire. Donc si papa rentre informe-le. Toute façon je lui enverrai un message.

– C'est compris.

Je monte dire au revoir à Charlène qui m'encourage à nouveau et je rentre. J'appelle mon meilleur ami Stéphane pour l'informer de mon retour mais aussi pour qu'il me prête son appartement situé près de la plage. Cette même plage où a eu lieu sa fête de fiançailles.

*Mona*LYS*

– Cindy !

Je sors de la voiture que Stéphane m'a prêtée et me précipite vers elle. À peine se retourne-t-elle que je capture ses lèvres. Elle se crispe de surprise. Elle veut se libérer de mon emprise mais je la retiens et approfondi le baiser. Elle se laisse faire. Sentir ses lèvres contre les miennes me faire oublier que nous sommes juste devant son lieu de travail. Je finis par libérer ses lèvres sans pour autant m'éloigner d'elle.

– Ken que fais…

– Je t'aime Cindy. Je t'aime à la folie.

– Quoi ? Qu'est-ce qui t'arrive ?

– N'oublie juste jamais que je t'aime. Quel que soit ce que tu apprendras, retiens que je t'aime.

– Mais…

Je retourne à la voiture sans lui laisser le temps de finir sa phrase. Je sais qu'elle me haïra quand tout sera révélé mais n'empêche que je veux tout faire éclater au grand jour. Je suis conscient que je vais aussi la perdre, cependant, je préfère la perdre en la sachant en vie que de la perdre parce qu'elle est morte. Je me rends maintenant dans l'entreprise familiale que gère Kennedy. Tous ceux qui me voient tiquent. Ils ne savent pas non plus que leur patron a un frère jumeau. Je connais parfaitement les lieux et je sais où se trouve son bureau. C'était celui de Luzolo dans le temps. Ne voyant pas son assistante je fonce directement à son bureau que j'ouvre sans frapper. Le spectacle qui m'accueille ne me surprend pas. Kennedy embrassant une jeune fille. Mon raclement de gorge les éloigne.

Quand le regard de Kennedy rencontre le mien il se lève tout paniqué. La fille elle, passe son regard de moi à Kennedy.

– Ken tu… tu es jumeau ?

– Sors de mon bureau Fatim. Immédiatement.

Elle reste encore choquée à nous regarder avant de prendre un dossier sur la table et de s'en aller. Je referme la porte derrière moi en dévisageant toujours mon infidèle de frère.

– C'est comme ça que se comporte un homme marié ?

– Que fous-tu ici ?

Je m'avance jusque devant son bureau sans le quitter des yeux.

– Je suis venu récupérer ce qui est à moi.

– Qu'est-ce que tu racontes ?

– Je suis là pour Cindy. Pour lui dire toute la vérité et la reconquérir.

Il contourne son bureau rageusement pour se placer devant moi.

– Ne t'approche surtout pas de MA femme.

– Une femme que tu traites comme de la merde. Une femme que tu trompes et bats ? C'est de cette femme-là dont tu parles ? Eh bien elle ne le sera plus dans peu de temps. Je t'en fais la promesse cher jumeau.

Il éclate de rire.

– Tu crois vraiment que si Cindy me quitte elle ira avec toi ? Laisse-moi rire. Elle te haïra autant que moi. Tu sortiras aussi perdant mon cher frère. Donc retourne d'où tu viens.

– Mon but premier est de lui dire toute la vérité et de l'enlever d'entre tes griffes. Après ça, je tenterai de la reconquérir. Si elle ne veut plus de moi je la laisserai tranquille. Mais une chose est sûre Kennedy, elle ne sera plus à toi. Je suis prêt à y laisser ma vie. Je n'aurai que deux options, soit elle finit seule soit elle finit avec moi. Toi aussi tu n'auras que deux options, soit me tuer pour m'empêcher d'atteindre mes objectifs soit me regarder te reprendre la femme que j'aime.

EPISODE 19

CINDY

Ça fait deux heures de temps que je regarde Ken s'agiter. Depuis hier il est dans cet état. Nerveux, stressé et en colère. Contre qui ? Aucune idée. Il ne fait que ruminer et marmonner des choses inaudibles. Il ne fait qu'appeler sa mère et hurler les minutes qui suivent. Je ne veux rien lui demander parce que depuis ce qui s'est passé la nuit dernière je ne lui parle plus. Je me fiche même de ses états d'âme. Je ne tomberai plus dans son piège d'homme tantôt romantique tantôt détestable. Ça ne marche plus avec moi. Je sors de la chambre pour dire au revoir aux enfants qui vont à l'école. Quand je sors j'entends Ken parler au téléphone dans le couloir.

– Maman tu dois faire quelque chose parce que Kendrick est plus que déterminé à me prendre ma femme.

Je tique. Kendrick ? Sa femme ? Je descends les escaliers sans lui prêter attention. Kendrick veut lui prendre sa femme ? À moins qu'il n'ait une autre femme, je ne connais pas de Kendrick qui veuille de moi. Ce nom d'ailleurs je l'ai déjà entendu dans la bouche de Ken et pas qu'une seule fois surtout dans ses conversations avec sa mère. Je dis au revoir à mes bébés et remonte me préparer pour le boulot.

– Où pars-tu ? Me demande Ken dans mon dos.

– Au boulot, répondé-je sans le regarder.

– Tu n'iras pas.

– Pardon ? Fais-je en me retournant.

– J'ai dit que tu n'iras pas. Je veux que tu restes à la maison aujourd'hui.

– Et je peux savoir pourquoi ?

– Parce que je l'ai décidé point.

– Et bien moi aussi je décide de ne pas supporter tes humeurs. J'ai des responsabilités dans mon travail alors je ne vais pas rester chez moi à ne rien faire parce que monsieur n'est pas d'humeur.

– Cindy évite de me mettre de mauvaise humeur plus que je ne le suis déjà. Je suis ton mari et je te dis de rester à la maison.

– Si tu me donnes une raison vraiment sérieuse comme par exemple que ma vie est en danger je resterai. Mais si c'est juste encore un autre de tes caprices je suis désolée mais moi aussi je ne suis pas d'humeur à les supporter.

Je récupère mes effets sur le lit et au moment de m'en aller Ken me saisit par le cou.

– Lâche-moi Ken !

– Je t'ai dit de rester à la maison alors tu restes. Tu ne sortiras plus de cette maison jusqu'à nouvelle ordre.

Je réussi à me dégager malgré son emprise.

– Tu penses pouvoir me garder prisonnière ici pendant que toi tu vas sauter toutes les femmes d'Abidjan ? Non. Si tu veux bats-moi à mort, j'irai travailler un point c'est tout.

À peine je fais un pas qu'il me projette sur le lit. Le temps que je me relève il est sorti. J'entends ensuite la serrure craquer. Il m'a enfermé le salaud. Mais je ne m'en fais pas. Je sais où sont les doubles des clés. Il y en a même un peu partout dans la maison. Je fouille dans mon armoire et sors une clé. Je me rends rapidement au bureau avant qu'il ne réapparaisse. Je ne sais pas où il est mais il est sorti, sa voiture n'est pas là. J'arrive au travail et aussitôt m'y plonge. Travailler m'aide à oublier et me procure de la joie. La boutique c'est le seul endroit où je souris sincèrement. Il y a toujours de la bonne humeur avec les employées mais surtout avec Loraine. Si à la maison c'est la tristesse, au boulot c'est tout le contraire. Alors que j'aide une cliente à faire un choix de chaussures, mon portable sonne.

– Allô !

– *« Allô Cindy, c'est moi. »*

– Ken ?

– *« Kendrick. »*

Kendrick ? Ce nom je l'ai entendu ce matin dans la bouche de Ken. Ils ont la même voix.

– Qui êtes-vous ?

– *« Qui je suis ? Demande-le à Kennedy. Toi et moi sommes beaucoup plus proches que tu ne peux l'imaginer. Dis à mon frère que je viendrai te chercher à ta descente pour nous rendre ensemble chez vous ce soir pour le diner. »*

– Son frère ? Allô ? Allô ?

Il a raccroché. Il a dit son frère ? Ken n'a pourtant pas de frère. Toutes les fois où papa KALAMBAY disait frère, il voulait parler de cousin, en tout cas c'est ce que Ken a dit. Ce doit donc être ça. Un cousin Congolais qui vient nous rendre visite. Mon portable sonne à nouveau. C'est Ken.

– Oui !

– *« Où es-tu ? »*

– Au travail.

– *« BORDEL JE T'AVAIS DIT DE NE PAS SORTIR. Rentre immédiatement. »*

– J'ai du boulot Ken. J'ai même une livraison importante aujourd'hui. Avant que je n'oublie, il y a quelqu'un qui m'a appelé. Il dit qu'il est ton frère et qu'il viendra me chercher ce soir pour qu'on rentre ensemble. Il s'appelle Kendrick.

Je l'entends jurer plusieurs fois.

– *« Je viens te chercher. »*

Il raccroche. Il a quel problème celui-là même ? Mtchrr. Je reporte mon attention sur ma cliente qui a fini par se décider. Je continue ma ronde entre les rayons lorsque je me sens tirer par derrière.

– On rentre !

– Lâche-moi Kennedy, fais-je en lui retirant violemment mon bras. Tu n'as pas le droit de venir me sortir de mon travail surtout sans aucune raison.

– J'ai tous les droits en tant que ton mari. Ne me pousse surtout pas à bout.

– Je ne bougerai pas Ken. Je ne bougerai point.

Une gifle inattendue s'abat sur ma joue faisant tourner tous les yeux sur nous.

– Tu veux aussi me battre sur mon lieu de travail hein Ken ?

Les larmes me submergent ainsi que la honte d'être battue devant les employées. Ken me tire à nouveau et comme je résiste il me donne une autre gifle. C'est à ce moment que Loraine apparait et donne à son tour une gifle à Ken. J'en suis choquée.

– De quel droit te permets-tu de venir faire du scandale dans ma boutique ?

Les yeux de Ken se révulsent de colère. Il s'avance violemment vers elle mais je me place entre eux.

– Ken arrête !

– Non laisse-le Cindy. Qu'il vienne. Il verra que toutes les femmes ne sont pas stupides comme toi pour se laisser battre.

– Tu comptes sur ton lion de mari n'est-ce pas ? Lance Ken à Loraine.

– C'est parce que je suis une lionne que j'ai épousé un lion donc papa tente seulement.

Les gens s'attroupent encore plus autour de nous. J'ai honte, sacrément honte. Ken est à deux doigts de sauter sur Loraine. Moi qui pensais que Ken n'oserait jamais faire de scandale ici, eh bien je me suis trompée.

– On rentre Ken, ça suffit.

– Tu démissionnes avant.

Je tique de surprise. Il veut que je démissionne ? Mais il est malade.

– Ken rentrons !

– J'ai dit que tu démissionnes maintenant.

– Ken c'est mon travail et j'aime ça.

– Tu vas donc continuer de travailler pour une femme qui manque de respect à ton mari ?

– Ken je t'en prie.

Il appuie un regard menaçant sur moi. Je capitule. Je me tourne face à Loraine.

– Je suis désolée Loraine. C'est mon mari.

Elle beugue.

– Tu vas vraiment démissionner ? Demande-t-elle choquée.

– Oui.

Elle beugue à nouveau. La bouche ouverte elle nous regarde nous en aller. Je vais récupérer mes affaires et sors rejoindre Ken. Quand j'arrive au niveau de la voiture Loraine m'appelle. Dès que je me retourne, je reçois une gifle. J'ouvre les yeux complètement sur le cul. Je m'attrape la joue qui est en feu.

– Tu es la fille la plus stupide que je connaisse. Gâcher ta vie pour un homme qui ne t'aime pas ? C'est la meilleure. Tu sais pourquoi je t'ai donné une claque ? Pour te prouver que ton mari ne t'aime pas. Carl n'aurait jamais accepté qu'une personne qui qu'elle puisse être, lève la main sur moi. Mais regarde le tien, il est resté sagement assis dans sa voiture sans te défendre ni même se choquer. Réfléchis encore sur ton mariage.

Elle me tourne le dos et rentre dans la boutique. Le trajet à la maison se fait en silence. Quand nous arrivons je cours me réfugier dans la chambre. Ken m'y rejoint.

– Pourquoi es-tu sortie malgré mon interdiction ?
– Qui est Kendrick ?

Je le sens tressaillir.

– Donne-moi ton portable.
– Jamais.
– J'AI DIT DE ME DONNER TON PUTAIN DE PORTABLE.
– ET MOI J'AI DIT JAMAIS.

Je reçois deux gifles automatiquement. Une lutte commence et bien entendu c'est moi qui reçois le plus de coup. J'essaie néanmoins de me défendre. Alors que je m'y attends le moins je reçois un violent coup de pied dans le vas ventre. Toutes mes forces me lâchent. Sentant que je devenais faible il me laisse pour se concentrer sur mon portable qu'il se met à manipuler. J'en profite avec le peu de force qui me reste pour m'échapper de la chambre. Il hurle mon nom en me courant après. J'accélère et descends les escaliers. Ken m'agrippe les cheveux alors que je suis encore au milieu. Il me donne encore des coups et dans la lutte, il me pousse. Je roule sur les escaliers jusqu'en bas. Je sens une douleur dans mon bas ventre. Mais je suis décidée à sortir de cette maison. Je cours faiblement vers le salon et Ken m'agrippe encore les cheveux. La bastonnade reprend de plus belle. Ken me lance des injures en me bastonnant et je l'entends aussi parler de ce Kendrik. Je suis épuisée de lutter alors je me laisse faire. J'encaisse coup sur coup. De toutes les façons que puis-je faire d'autre ? Alors que j'ai fermé les yeux allongée au sol pour encaisser les coups, j'entends quelqu'un traiter Ken de fils de pute et la seconde qui suit, je ne reçois plus de coups. Je garde cependant les yeux fermés. J'entends une bagarre entre Ken et un autre qui a aussi la même voix que Ken, ou à peu près. Quand j'ouvre enfin les yeux j'aperçois un autre homme, dont l'allure me semble familière. Un moment il tourne la tête brièvement vers moi et je reçois un choc. Je jurerai qu'il a le visage de Ken. Je fais l'effort de me lever pour mieux comprendre ce qui se passe. Le type en question a le dessus sur Ken. Il lui assène coup sur coup.

– Plus jamais tu ne la touches, gronde-t-il à Ken.

– Elle est ma femme espèce d'enculer.

– Plus maintenant.

J'ai l'impression de voir la même personne.

– Ken ?

Les deux tournent la tête en même temps vers moi. Je suis stupéfaite. L'autre lâche Ken et se précipite vers moi.

– Cindy princesse comment ça va ?

Il veut me toucher mais je recule. Il reste juste là à me regarder. Plus personne ne parle. Les deux hommes me regardent comme s'ils attendaient ma réaction. Je regarde Ken et oui lui je le connais parce que je vis avec depuis cinq ans. Mais l'autre, c'est aujourd'hui que je le vois mais j'ai l'impression de le connaitre. La façon dont il est vêtu, cette manière tendre de me regarder. Comme pour vérifier quelque chose je promène mon regard par terre à la recherche d'un détail. Une casquette.

Et effectivement, j'en vois une sur la moquette.

– Mwinda !

Je reporte vivement mon attention sur lui. Il m'a appelé Mwinda, exactement comme avant. Avant ! Un autre détail capte mon attention sur lui. Il porte une chaîne à son cou. Je la regarde de plus près et la reconnais. C'est la même que la mienne. C'est l'autre moitié. Il fait un pas vers moi, j'en fais un en arrière.

– Qui es-tu ? Lui demandé-je dans un souffle.
– Kendrick. Et c'est moi le véritable Ken dont tu es amoureuse. C'est moi qui t'ai offert cette chaine quand on m'a obligé à te laisser à mon frère jumeau Ken.

Il se baisse pour récupérer sa casquette qu'il porte à l'envers.

– C'est moi ton mobali ya ngebu ngebu (beau gosse).

Je reçois un autre choc. Ils sont deux !? Deux ! Ce sont des jumeaux !? Une douleur sans nom me transperce le bas ventre m'arrachant un cri strident. Je baisse les yeux et vois du sang couler le long de ma jambe. Je perds aussitôt connaissance et m'écroule.

Je me réveille dans un hôpital et la première personne que je vois c'est lui. L'autre Ken dont je suis amoureuse. Lol dont je suis amoureuse. Je n'ai même pas pu me rendre compte qu'ils étaient deux et me voilà qui parle d'amour. Duquel étais-je amoureuse ? Kennedy ou Kendrick ? Il se lève sans me quitter des yeux.

– Comment tu vas ?

Je le regarde sans répondre. Je n'ai envie de parler ni à l'un ni à l'autre. Je ferme les yeux. Je me sens toute bizarre. J'ai mal dans mon bas ventre. J'ouvre de nouveaux les yeux lorsque la voix du médecin se fait entendre. Il est suivi de Kennedy et sa mère. Elle aussi le savait. Normal ce sont tous deux ses fils.

– Comment allez-vous ? Me demande le docteur.

– Mal. J'ai mal au bas ventre.

– C'est normal. Vous avez reçu assez de coups dans cette zone ce qui a causé vos précédentes fausses couches.

Je ne le lui ai jamais rien dit mais il l'a deviné. Il m'a à mainte fois incité à lui dire la vérité mais j'ai préféré couvrir mon mari.

– Comment est-ce qu'elle va docteur ? Demande Kendrick. Elle a saigné et s'est évanouie. Est-ce une autre fausse couche ?

– Non elle n'était pas enceinte.

Il soupire. Il lève un regard plein de tristesse sur moi.

– J'ai essayé à mainte fois de vous aider pour justement éviter que ce genre de chose arrive. Mais vous avez gardé le silence.

Il soupire à nouveau.

– Je n'ai pas de bonne nouvelle pour vous. Je ne voulais pas l'annoncer ainsi mais je le fais en espérant que ça puisse réveiller votre conscience.

– Qu'est-ce qu'elle a ? S'inquiète encore Kendrick.

Le docteur me regarde encore avec la douleur sur le visage.

– Comme je l'ai dit tantôt vous avez reçu assez de coups dans votre bas ventre occasionnant jusqu'à cinq fausses couches. Vos organes reproducteurs en ont été affaiblis mais plus précisément vos trompes. Elles ont été bousillées et nous avons dû les retirer.

Je ferme les yeux ayant compris où il voulait en venir.

– Qu'est-ce que cela veut dire docteur. Demande à nouveau Kendrick.

– Ça veut dire qu'elle ne peut pourra plus procréer.

En français simple ça veut dire que je suis devenue stérile. Je ne pourrai plus enfanter.

EPISODE 20

CINDY

Assise au salon j'écoute papa KALAMBAY hurler sur ses deux garçons. Kennedy est assis près de sa mère et Kendrick à l'écart, en face de moi. Ça fait cinq jours que j'ai appris la nouvelle concernant les jumeaux et aussi cinq jours qu'on m'a annoncé ma stérilité. Depuis lors, je ne suis plus moi-même. Ça fait cinq jours que je n'ai pas ouvert la bouche. Aucun mot n'est sorti de ma bouche ni à l'endroit de l'un encore moins de l'autre. Que puis-je bien leur dire ? Kendrick a essayé de me parler mais je n'ai pu lui répondre. Je me sens morte quoi que vivante. Je ne pourrai plus faire d'enfant. Pourtant je suis très gaga des enfants. Je voulais en avoir encore cinq en plus des jumeaux. Je voulais une maison remplie d'enfants. Les chouchouter, les dorloter, les gâter comme pas possible. Mais tout ça restera uniquement un rêve, et pourquoi ? Parce que j'ai choisi d'encaisser les coups plutôt que de les fuir.

– Vraiment vous me décevez, continue papa Luzolo. De Kennedy ça ne m'étonne pas mais de toi Kendrick, de toi. De vous deux c'est toi le plus sensé, ou du moins c'est ce qui devait être. Comment as-tu pu te laisser entrainer dans une telle bassesse ?

– Papa je...

– Tu me répondras quand je t'aurai donné la parole. C'est donc

218

pour cela que tu refusais de venir en Côte d'Ivoire ? C'est pour cela que ton frère et toi étiez en froid ? Comment avez-vous pu jouer de la sorte avec une innocente fille ? Je veux que vous me racontiez toute la vérité sans omettre ne serait-ce qu'une virgule.

Les jumeaux se regardent et c'est Kendrick qui prend en premier la parole.

– J'étais venu pour les vacances lorsque Kennedy m'a demandé de l'aide pour mettre une pute dans son lit. (Me regardant gêné) C'est ce qu'il m'a dit. Il m'a dit que c'était une pute et qu'elle faisait la dure avec lui. Bien entendu j'ai refusé mais j'ai fini par accepter sous son insistance. Le but, c'était juste que Kennedy passe une nuit avec elle mais avant qu'on en arrive à cette nuit, je suis tombé amoureux de Cindy.

Je lève les yeux sur lui. Il me regarde avec ce regard plein d'amour et de douceur qui m'a toujours fait chavirer. Je ne sais pas ce que je ressens là présentement pour lui.

– Plus je la fréquentais dans le but de la mettre dans le lit de Kennedy plus je tombais amoureux d'elle. Vous savez tous que jamais auparavant ça ne m'était arrivé. Quand Cindy et Kennedy ont passé leur première nuit, j'ai failli en mourir. J'ai voulu prendre mes distances puisque maintenant l'objectif était atteint mais l'amour que je ressens pour elle était trop fort pour que je m'éloigne d'elle. Je voulais revenir cette fois en tant que Kendrick mais Kennedy profitait pour continuer à l'approcher.

Il marque une pause. Le désespoir se lit sur son visage.

– Je jure que je voulais arrêter. Je voulais tout te dire Cindy mais j'avais peur que tu me rejettes. J'avais peur de te perdre. Tu ne le sais peut-être pas mais... tu as été ma première fois. Que ce soit sexuellement comme sentimentalement. Je t'avais dans la peau. J'étais prêt à tout pour te voir heureuse et c'est ce que j'ai cru faire quand je me suis éclipsé pour te laisser à Kennedy. (Il regarde son père) Cindy m'a annoncé sa grossesse et je l'ai à mon tour dit à Kennedy. Il m'a clairement fait savoir qu'elle n'était pas de lui parce qu'il ne voyait plus Cindy. Il voulait même qu'on la fasse avorter mais j'ai refusé. J'étais prêt à assumer, que la grossesse soit de moi ou pas parce que je voulais Cindy dans ma vie. Mais contre toute attente, Ken a changé d'avis et m'a dit de but en blanc que c'était lui l'auteur. Je n'ai pas compris son changement subit de décision. Il m'a parlé de faire un test ADN et c'est lui qui est allé avec Cindy en France pour le faire.

Je me rappelle de ce voyage. Kennedy m'avait dit que c'était un voyage en amoureux. C'était donc pour un test ADN.

– Il est revenu avec le test et avant de l'ouvrir maman m'a dit que si je n'étais pas l'auteur de la grossesse je devais disparaître et ne plus jamais remettre les pieds ici en Côte d'Ivoire. J'ai accepté en étant convaincu que j'étais le père. Ken se disputait constamment avec Cindy et elle le mettait même à la porte des fois. Je me suis dit qu'il y a plus de chance que ce soit moi. Mais je m'étais trompé. Le test était en faveur de Ken et je devais disparaître. Je ne voulais pas la laisser. J'ai essayé de convaincre maman de me laisser épouser Cindy parce que je savais qu'avec Ken elle ne serait jamais heureuse, je savais qu'il n'allait jamais être un bon mari ni même un bon père mais j'avais déjà accepté la condition liée au test. Je suis donc allé dire mes adieux à Cindy et je lui ai offert une chaine (montrant la sienne) que nous partageons tous les deux. C'était le seul souvenir que j'avais d'elle. Maintenant encore, cinq ans après, je l'aime toujours papa. Je ne l'ai pas oublié. J'étais même en contact avec elle sans lui avoir révélé qui j'étais. Cindy, c'est moi Drick, ton ami virtuel.

Je plisse les yeux. Je n'arrive toujours pas à faire sortir un mot de ma bouche.

– Cindy était en communication avec moi lorsque Ken a commencé à la battre. J'ai entendu ses cris et ses pleurs. Elle m'a aussi imploré de lui venir en aide. Je n'en ai pas dormi pendant des nuits et mes jours étaient troublés. C'est alors que j'ai décidé de revenir tout lui avouer pour la libérer de ce mariage avant qu'elle n'y laisse sa vie.

Et j'y ai laissées mes trompes.

– Je te demande pardon Cindy. Si je pouvais revenir en arrière et faire les choses autrement je le ferais. Je suis revenu pour réparer mon erreur peu importe les risques.

Je détourne mon regard du sien et regarde Kennedy. J'ai toujours su qu'il avait une double personnalité mais j'ai cru à son histoire de bipolarité.

– Vous me décevez vraiment, reprend papa Luzolo. Comment avez-vous pu jouer de la sorte avec la vie d'une innocente fille ? Et le pire c'est que toi Anna tu sois complice de toute cette supercherie. Par votre faute, cette fille a passé cinq années dans la souffrance à encaisser les coups de cet imbécile qu'elle prenait pour son mari. Et maintenant elle a perdu sa fécondité. Vous méritez tous la prison. Non la pendaison.

– Aaah Luzolo ce n'est pas arrivé là-bas, rétorque Anna la mère des jumeaux.

– Tu as encore la bouche pour parler ? Je crois même que je t'ai donné un peu trop de pouvoir dans cette famille. Maintenant j'en reprends les rênes. D'abord Kennedy tu vas entamer la procédure de divorce pour libérer Cindy.

– Quoi ? S'exclame Kennedy, choqué. Non elle est ma femme papa.

– Ensuite, continue Luzolo sans prendre en compte les propos de son fils, nous allons refaire les tests ADN entre vous deux et les enfants pour confirmer la paternité.

Kennedy bondit de sa place.

– Non papa ! Ce sont mes enfants et j'ai déjà fait les tests.

– Eh bien tu ne dois pas craindre de les refaire si tu es sûr de n'avoir pas triché. Je te connais tellement et je sais que tu es capable du pire pour atteindre tes objectifs. Dès demain nous referons les tests ensuite on verra. Mais j'insiste sur la procédure de divorce.

– Maman fait quelque chose.

– Luzolo tu ne crois pas que tu en fais un peu trop ? Intervient Anna. Tout ça c'est le passé. Essayons de régler les choses calmement sans traumatiser les pauvres enfants.

– Est-ce que vous avez pensé à eux quand vous maltraitiez leur mère ? Non ! Donc ne faites pas semblant de vous intéresser à eux. Bo pesa nga kutu kanda te (Ne m'énervez surtout pas).

Une dispute s'élève entre les deux parents et Kennedy. Kendrick lui ne fait que me regarder attendant peut-être que je dise quelque chose. J'ai mal, atrocement mal. La douleur que je ressens au cœur n'a rien à avoir avec les coups que j'ai reçu durant toutes ces années. J'ai mal que Kendrick, celui avec qui j'ai partagé tant de belles choses, tant d'amour, tant de complicité, ait renoncé à moi aussi facilement en ayant connaissance de la souffrance qui m'attendait. J'ai mal d'avoir été utilisée par ces jumeaux, sans remord. Ils ont couché avec moi à tour de rôle, ils ont joué avec mes sentiments. Non, Kendrick a joué avec mes sentiments parce que Kennedy lui ne s'en ai jamais préoccupé. J'ai tellement mal qu'au lieu des larmes c'est un éclat de rire qui me surprend. Tout le monde tourne la tête vers moi. Je me mets à rire d'un rire rempli de douleur. J'ai tellement pleuré ces dernières années que je n'en ai plus la force. Il n'y a que le rire qui puisse me soulager, me libérer de toute cette douleur que je ressens. Toujours en riant je me lève et marche vers la sortie. Je sens une main me retenir, c'est Kendrick.

– Mwana (princesse).

Je le regarde et la seule réponse que je lui donne c'est un sourire. Il me regarde, confus. Je me dégage doucement de son emprise et sors. Je monte dans le premier taxi pour me rendre en bordure de mer. J'ai besoin d'être seule, de réfléchir à la suite, à ma vie. J'ai besoin de sentir le vent frais sur ma peau.

Assise sur le sable je contemple les vagues s'abattre sur le rivage. Il y a tout un monde d'un côté de la plage qui s'adonne à cœur joie à la nage. Certains restent juste en bordure attendant que l'eau vienne à eux tandis que d'autres, les plus courageux s'y jettent. Il y a cinq ans, Kendrick et moi passions beaucoup de temps sur cette plage à jouer comme des gamins, à rigoler et à faire l'amour. Je ne me rappelle plus du nombre de fois que nous y avons fait l'amour. Et c'était magique chaque fois. J'adorais tellement sa façon si tendre de me posséder que j'en redemandais encore et encore. J'étais la femme la plus heureuse quand il m'a demandé en mariage, ou plutôt quand j'ai cru que c'était lui qui m'avait demandé en mariage. Je m'étais dit qu'avec tout l'amour que nous ressentions l'un pour l'autre notre mariage ne serait que des plus heureux. Jamais je ne m'étais imaginée que je me mariais à la mauvaise personne.

Une ombre me couvre. Sans tourner la tête je devine qui s'est. Kendrick s'arrête devant moi avant de poser un genou dans le sable.

– Naku lomba uruma mboni ya jicho (Je te demande pardon prunelle, en Swahili).

Je le regarde sans rien dire.

– S'il te plaît dis quelque chose.

– À Brazza, c'était toi ?

– Oui.

– Et l'autre femme c'était ta femme ?

– Oui. Mais nous sommes sur le point de divorcer. Je l'ai juste épousé pour faire plaisir à ma mère. Tu as toujours été celle que j'aime.

– Il n'y avait que ton frère et ta mère qui comptaient pour toi puisque tout ce que tu as fait c'était pour eux.

– Je regrette tout amèrement je te le jure.

J'ai tellement mal que je n'ai plus de force pour détester. C'est comme si mon cœur avait disparu. Je ne ressens plus absolument rien. Je récupère mes chaussures que j'avais retirées et me lève pour m'en aller.

– Je t'aime Cindy.

Je m'arrête en étant de dos. Il m'aime. Avant ça m'émoustillait de l'entendre me dire ça. Mais aujourd'hui... Je me retourne face à lui.

– Mais pas assez pour ne pas me jeter dans les bras de ton jumeau.

Il n'ose répondre. Je reprends mon chemin jusqu'à la sortie de la plage. J'emprunte à nouveau un taxi pour me rendre cette fois chez ma sœur. Elle a été à mon chevet pendant mon séjour à l'hôpital. Notre mère aussi et elle n'a pas daigné ouvrir la bouche. Tout ce qu'elle a dit c'est sois forte ma fille et béni Dieu d'avoir déjà deux enfants. Je ne lui ai rien répondu. Quand elle ouvre la porte et qu'elle me voit sans aucune expression sur le visage, elle me prend juste dans ses bras et me conduit à l'intérieur. C'est allongé sur ses jambes que je m'endors.

À mon réveil il est 19h. J'ai dormi toute la journée.

– Bien reposée ?

Je tourne la tête vers Estelle qui fait son entrée dans le salon.

– Oui. Je vais rentrer.
– Où ?
– Chez moi. Les enfants doivent me chercher.
– Tu vas retourner chez ce type ?
– Il est toujours mon mari et tant que le divorce ne sera pas prononcé je dois rester avec lui. En plus je n'ai pas d'argent pour m'occuper de moi et des enfants. Je m'étais tout dans un compte commun avec Ken. Je n'ai même plus de boulot.
– Vous pouvez venir vivre ici.
– Ta maison ne peut tous nous contenir.
– On fera avec.
– Je préfère retourner chez moi et après le divorce venir. J'ai be-

soin de mettre de l'ordre dans mes affaires avant de le quitter.

– Ok je n'insisterai pas. Retiens juste que ma maison t'est grande ouverte.

– Merci !

Je rentre enfin chez moi et la première personne que je croise au salon c'est Ken, enfin Kennedy. Nous passons une bonne minute à nous échanger les regards. J'y mets fin et prends les escaliers. La seule chose dont j'ai besoin en ce moment c'est la chaleur de mes enfants. Ils viennent à peine de prendre leur douche. Ils viennent se jeter dans mes bras quand ils me voient. Je les serre tellement fort qu'ils se mettent à gigoter.

– Maman je ne peux plus respirer, dit Lena.

– Je suis désolée ma puce. Vous avez diné ?

– Oui, répondent-t-ils en chœur.

– Ok. Aujourd'hui maman va dormir avec vous.

– Youpii !!!

Je souris et les embrasse à nouveau avant de rejoindre ma chambre. Ken m'y rejoint.

– On doit parler, entame-t-il en glissant les mains dans ses poches.

– Je suis épuisée. Physiquement, psychologiquement, émotionnellement. Tout.

– Dans ce cas écoute-moi. Je voulais juste te dire qu'il n'y aura pas de divorce. Je ne le demanderai jamais et si tu le fais je ne te l'accorderai jamais. Tu es ma femme et tu le resteras jusqu'à ce que la mort nous sépare.

– Dans ce cas tue-moi Ken. Tout compte fait, ma vie est déjà gâchée. Si les tests ADN montrent que c'est Kendrick le père des jumeaux, je les enverrai vivre avec lui parce que toi tu n'as jamais été un père pour eux. Mais si tu ne me tues pas Kennedy, c'est moi qui le ferai puisque c'est la seule condition pour me libérer de toi.

Je sortirai de ce mariage même s'il faille que j'y laisse ma vie. Mais il est hors de question que d'une façon ou d'une autre je sois liée à Kennedy KALAMBAY.

EPISODE 21

KENDRICK

Je ressors de chez les parents d'Aurélie où nous avons eu une discussion. Aurélie a fait le déplacement uniquement pour informer ses parents de notre divorce. Nous leur avons fait comprendre que c'était un choix commun et murement réfléchi. Leur fille leur a avoué qu'elle n'était pas amoureuse de moi mais d'un autre. Bon, ils ont demandé à parler à leur fille en privé donc j'ai pris congé d'eux. J'attends donc le retour d'Aurélie. Je prends le chemin directement pour la clinique où se feront les tests ADN. Mon père était vraiment sérieux quand il le disait. Je suis un peu anxieux concernant ces tests. C'est vrai que je n'ai jamais douté des tests que Kennedy avait fait mais le fait de les refaire me fait beaucoup cogiter. Et s'ils étaient en réalité mes enfants ? Ce serait vraiment un truc de dingue. Me retrouver du jour au lendemain avec deux gosses que j'ai toujours considéré comme mes neveux. Oublions. Je préfère ne pas y penser pour finir déçu. La première personne que je trouve quand j'arrive à la clinique c'est mon père. Je fais une petite prière avant de m'approcher de lui. Nous ne sommes pas encore restés en tête à tête depuis les révélations. Je sais néanmoins que je l'ai grandement déçu.

– Bonjour papa.

Il me lance un regard qui en dit long sur sa pensée.

– Ne m'appelle plus papa. Tu n'es pas digne d'être mon fils.

– Je suis désolé papa.

– C'est bien trop tard pour l'être. Vous avez déjà gâché la vie d'une innocente fille. Je n'aurai jamais cru que tu puisses tomber aussi bas en suivant ton frère dans ses frasques. Mais je vais bientôt la délivrer de vos mains. Ni toi ni ton frère ne devriez l'approcher.

Il finit sa phrase et s'éloigne. Au même moment Cindy entre suivie de Kennedy et des jumeaux. Quand je la vois je me lève sans la quitter des yeux. Quand nos regards se croisent, elle détourne le sien. Ken leur demande de rester dans un coin loin de moi. Je sais qu'il le fait exprès pour ne pas que je m'approche de Cindy. Mais ce n'est pas cette petite distance qui va m'empêcher d'aller vers elle. Luzolo fait appel à Kennedy. J'en profite pour rejoindre Cindy.

– Bonjour Cindy. Comment vas-tu ?

– Bien, répond-t-elle avec désinvolture.

– Maman, s'étonne la petite fille, papa est deux !?

Je souris devant sa mine surprise. Le garçon aussi a l'air sous le choc. Je pose un genou par terre devant eux.

– Bonjour, je m'appelle Kendrick. Je suis le jumeau de votre papa.

– Jumeau ? Appuie la fille. Comme moi et Nael ?

– Oui comme toi et Nael.

– Tu es donc aussi notre papa ? Demande cette fois Nael le

garçon.

Je lève les yeux vers Cindy qui me regarde discuter avec les enfants.

– Oui, répondé-je en ramenant mon regard sur les jumeaux. Oui je suis aussi votre papa.

Nous sommes interrompus par deux infirmières qui demandent à ce que les enfants les suivent pour prendre leurs échantillons. Cindy veut les suivre lorsque je la retiens.

– Est-ce qu'on peut parler deux minutes ?

– Qu'est-ce que tu veux Kendrick ?

– Je… c'est par rapport aux enfants. S'ils sont de moi, tu permettrais que je les connaisse ?

– Tu feras tout ce que tu veux avec eux.

– D'accord. Je…

– Excuse-moi je dois aller les assister.

Je la laisse partir en la regardant. Je dois absolument me faire pardonner. Je ne supporte pas qu'elle me déteste. Nous donnons tous nos échantillons et on nous fait savoir que les résultats seront prêts dans une semaine.

Je retourne à l'appartement que mon pote m'a prêté pour me reposer. Mais je l'y retrouve regardant un match. Dès qu'il me voit il décapsule une sucrerie qu'il me tend.

– Merci pote. Dis-je en m'asseyant.

– Alors ça a été ?

– Oui. Nous aurons les résultats sous peu.

– Que comptes-tu faire maintenant ?

– M'assurer que Cindy divorce de Kennedy. C'est ça ma mission première.

– T'a-t-elle dit qu'elle voulait divorcer ? Après toutes les révélations, n'est-elle pas retournée avec lui ?

– Ce doit être à cause des enfants. Mais peu importe, je la ferai sortir de ce mariage. C'est moi qui l'ai laissé entrer sachant les risques et aujourd'hui je vais me racheter.

– Je te soutiens frangin. Aucune femme ne doit être battue. Elles sont porteuses de vie.

– Ouais.

– Bon je te laisse. Je suis de garde à l'hôpital. On se dit à demain.

– À demain.

*Mona*LYS*

Ça fait trois heures de temps que je suis allongé sur mon lit à penser à Cindy. Une seule question me trottine dans l'esprit. Comment vais-je faire ? Comment vais –je faire pour me racheter ? Comment faire pour me faire pardonner ? Comment faire pour récupérer la femme que j'aime ? Comment... La sonnerie de mon portable me ramène sur terre. Je regarde négligemment l'écran de mon portable pour voir le numéro de l'appelant mais lorsque je vois le numéro de Cindy je saute de mon lit.

– Princesse.

– « Ken est dans tous ses états. Il risque de me tuer. Aide-moi. »

– Où es-tu ?

– « À la maison. S'il te plaît... »

J'entends la voix de Kennedy gronder puis des cris de Cindy. Je tire n'importe quel tee-shirt dans mon placard puis prends ma casquette sur le lit et sors à grande vitesse en m'habillant. Étant au volant, je jette un coup d'œil à mon portable pour vérifier si elle est toujours en ligne mais l'appel est déjà interrompu. Je conduis comme un fou en direction de la maison de Kennedy. Pourvu que j'arrive avant qu'il ne lui fasse du mal. Je suis tout tremblant de colère et lance même des jurons en Swahili. J'accélère quand j'arrive dans le quartier où vivent Cindy et Kennedy. Je suis à fond lorsque quelqu'un tombe sur mon capot. Je freine sur le coup. Je descends voir ce qui se passe lorsque je vois Cindy allongée, inconsciente, au sol le visage en sang. Sans perdre de temps je la fais coucher à l'arrière de ma voiture et fonce pour la clinique où exerce Stéphane. Je bouillonne de rage en voyant Cindy dans cet état. J'ai envie de retourner le cogner cet enfoiré. Oser frapper une femme de la sorte ! Dès que j'arrive, Cindy est prise en charge. C'est Stéphane qui s'occupe d'elle. Tout mon être entier brule d'envie d'aller régler son compte à Kennedy mais je ne veux pas laisser Cindy seule. Il faut que j'attende ce que les docteurs vont dire.

Après une heure de temps, Stéphane apparaît. Je n'arrive pas à définir l'expression sur son visage. Est-ce qu'elle va bien ? Est-ce qu'elle va mal ?

– Alors ? Demandé-je sans attendre qu'il arrive à moi.

– Elle va bien. Bon enfin elle est en vie. Nous l'avons plongé dans un coma partiel pour que son corps récupère un peu. Elle a assez d'hématomes internes et externes. Lorsqu'on la réveillera dans trois jours, elle va devoir rester allongée. Elle a besoin de beaucoup de repos, loin du stress et tout ce qui pourrait la remettre dans cet état. Si tu vois ce que je veux dire. Sinon, les prochains coups risquent de lui être fatals.

– C'est compris. Je peux te demander un dernier service ?

– Tout ce que tu veux.

– J'ai besoin des clés de ta petite maison en bordure de mer.

Il comprend où je veux en venir.

– Je te les apporterai demain.

– Merci !

Je suis entrée avec Cindy dans la maison près de la mer après que Stéphane l'ai ramené du coma. Mais elle n'est toujours pas réveillée. Stéphane a dit qu'elle le sera d'ici ce soir. Je l'ai donc ramené et allongé dans l'une des chambres. J'ai décidé de l'emmener loin de la ville pour l'y cacher. Elle a besoin de se reposer. Personne ne sait qu'elle est avec moi ni même où elle est. Kennedy n'a pas cessé de m'appeler mais je n'ai pris aucun de ses appels. Je risque d'aller lui refaire le portrait si j'entends sa voix. Concentré sur mon portable, j'entends des cris provenant de la chambre de Cindy. Je m'y précipite et quand j'ouvre je la vois se débattre dans son lit en hurlant le nom de Kennedy.

– Cindy ! Je suis là ! Réveille-toi !

Je la secoue et quand elle ouvre les yeux, elle panique.

– Ne me touche pas Ken. Ne me bat pas.

Elle se jette hors du lit en se protégeant le visage.

– Non c'est moi Kendrick. Je ne te ferai pas de mal.

– Va-t'en ! Ne me tape pas.

Je lui répète sans cesse que je ne lui ferai pas de mal mais elle semble être dans un état second. Je décide de la laisser seule se reprendre. Je me sens mal. Elle est maintenant traumatisée. Mais je compte la traiter comme la princesse qu'elle est durant son séjour ici. Arrêté à la fenêtre, je regarde la mer se mouvoir. Cindy et moi nous sommes aimés plus d'une fois sur cette plage. J'ai vécu des sensations extra dans ses sables en faisant l'amour à celle-là qui ne cesse de faire battre mon cœur. Mon cœur s'emballe de nouveau rien qu'en y pensant.

– Kendrick !

Je me retourne vivement vers la voix de Cindy. Elle est arrêtée derrière moi dans l'une des robes que je lui ai acheté.

– Comment tu vas ?

– Où suis-je ?

– Tu devrais t'asseoir d'abord.

Je m'approche vers elle et lui tends la main. Elle l'ignore et s'assoit. Je fais de même.

– Quand tu m'as appelé, je suis venu mais avant que je n'arrive à votre maison tu es sortie de nulle part et tu t'es effondrée sur ma voiture. Je t'ai conduit à l'hôpital où tu as fait trois jours de coma artificiel. Je t'ai ensuite conduit ici pour te mettre à l'abri de tout ce qui pourrait porter atteinte à ta santé. Personne ne sait que tu es ici.

– J'ai besoin de mes enfants près de moi.

– Je trouverai comment te les emmener.

Elle soupire.

– Tu dois divorcer Cindy. Tu ne peux plus continuer comme cela.

– Kennedy refuse d'entamer la procédure.

– Toi fais-le.

– Je n'ai pas les moyens. Toutes mes économies y resteront et après je n'aurai plus rien pour prendre soin des enfants.

– Je paierai tout ce qu'il faut et je prendrai soin de vous.

– Ne pense pas que si je quitte Kennedy c'est pour me mettre avec toi.

– Je ne l'ai pas pensé. Oui je veux te reconquérir parce que je t'aime comme au premier jour mais ton bonheur est ce qui compte pour moi en premier. Alors si tu penses ne pas le trouver près de moi, je ne t'obligerai pas.

– L'amour c'est le dernier de mes soucis. J'ai juste besoin de mes enfants.

– Ok. Tu devrais aller te reposer.

– J'ai faim.

– J'ai fait un peu de pâtes.

– Ça peut aller.

Je lui rapporte un plat plus de la boisson qu'elle engloutit avec appétit. Ça me fait sourire. Je la regarde terminer son repas et vider par la suite le verre d'eau toujours en souriant.

– Qu'est-ce qu'il y a ? Demande-t-elle en s'essuyant la bouche.

– Tu m'as manqué.

Elle baisse les yeux.

– J'accepte ton aide pour la procédure de divorce. Mais je te rembourserai.

– C'est comme tu voudras.

– Ok. Je vais me reposer maintenant.

Nous nous levons ensemble et elle, sans un regard, me tourne le dos.

– Cindy !

Elle se retourne.

– Je suis vraiment désolé pour tout.

– Je crois que c'est un peu tard pour les regrets.

– Mais pas pour tout réparer.

– Reste à voir Ken. Reste à voir.

Oui je vais te le faire voir. Je ne m'arrêterai pas tant que je ne serai pas arrivé à mes fins.

EPISODE 22

KENDRICK

Enfin, les résultats sont prêts. Ça fait deux jours que je suis anxieux. Je passe tous les scénarios dans ma tête. C'est vrai que je n'avais plus pensé à une éventuelle paternité mais ça me met dans un autre état. Avant d'aller à la clinique, je me rends dans la maison sur la plage pour voir Cindy. Elle y est seule. Je préfère la laisser seule pour ne pas l'embêter. Mais je passe la voir chaque jour. Elle a vite récupérer ce qui me réjouit. Comme prévu, Cindy a demandé le divorce mais Kennedy a fait savoir à l'avocat que nous avons pris qu'il n'avait pas l'intention de le lui accorder. Nous trouverons bien comment le faire céder. Je retrouve Cindy assise au salon l'air pensif. Elle ne remarque pas encore ma présence. Je profite pour la regarder. Malgré toutes épreuves par lesquelles elle est passée, elle a gardé sa superbe. C'est la femme la plus belle que j'ai rencontré jusqu'à ce jour. Elle a ce quelque chose-là qui m'empêche d'aimer une autre qu'elle.

– Oh tu es là !? Remarque-t-elle enfin.

– Oui, répondé-je en souriant. Je ne voulais pas t'interrompre dans ta réflexion.

Elle se lève devant moi un peu intimidée.

– Je réfléchissais à… enfin aux résultats. Peut-être qu'ils sont vraiment les tiens. Kennedy ne les a jamais traités comme ses enfants.

– Tu crois qu'ils pourraient être de moi ?

– J'en ai une conviction. Mais mieux vaut ne pas se faire des idées. Cependant… j'espère qu'ils soient de toi.

Cette phrase a pour don de me réchauffer le cœur. La voir arrêtée là devant moi à me regarder avec ses petits yeux marron me donne des envies pas du tout catholiques. J'ai envie de goûter à ses lèvres. Mais bon, mieux vaut ne pas la brusquer. Faisons les choses pas à pas.

– Je vais y aller. Je reviens te faire le compte rendu.

– D'accord.

Nous nous échangeons encore les regards pendant une bonne minute avant que je ne m'en aille. Pourvu qu'ils soient de moi ses gosses. Ça me donnerait plus de chance avec Cindy et aussi on pourrait se servir de ça pour obliger Kennedy à signer les papiers du divorce au risque de tenter un procès contre lui. J'arrive à l'hôtel de notre père où nous devons nous retrouver pour découvrir les résultats. Seuls les parents sont présents.

– Où est Kennedy ? Demandé-je après les salutations.

– Je m'apprêtais à te le demander, répond Luzolo. Aucun de ses numéros ne passe. J'espère que ce n'est pas parce qu'il a des choses à cacher, sous-entend-t-il en regardant ma mère.

– Luzolo ouvre les tests qu'on en finisse.

– Kendrick avant qu'on ouvre. Tu ne saurais toujours pas où se trouve Cindy ? Elle est aussi concernée par ces résultats.

– Je ne sais pas papa. Depuis les révélations elle refuse de me parler donc de là à ce que je sache où elle se cache.

– Ok. Tu peux ouvrir ton enveloppe. Je m'occupe de celui de ton frère.

C'est le cœur battant que j'ouvre petit à petit mon enveloppe. Mon père lui a carrément déchiré d'un seul coup celui de Kennedy.

– Kennedy n'est pas le père. Annonce-t-il en lisant.

Le choc de cette nouvelle me fait lever les yeux vivement vers mon père, puis vers ma mère qui ne proteste pas. Je me dépêche d'ouvrir mon enveloppe. Il est positif. Je suis le père des jumeaux.

– Ce sont mes enfants, déclare-je la voix tremblante. Je suis leur père.

Je ne sais pas comment je me sens. Je suis heureux et en même temps en colère. Heureux de partager ce lien si fort avec Cindy mais en colère que ma mère et mon frère se soient foutus de moi de la sorte. J'en tremble même. Je n'arrive pas à retenir mes larmes. Tant d'émotions me submergent. Je suis père. Père des jumeaux. Ils sont de moi et j'ai passé cinq années loin d'eux. J'ai raté cinq années de leur vie. Je me suis éloigné d'eux et de leur mère pensant les laisser à leur véritable père, pourtant c'était faux. Kennedy m'a menti pour me convaincre de m'en aller. Il savait que si je connaissais la vérité, jamais je ne serais parti loin. Mais pourquoi avoir fait ça alors qu'il n'aimait pas Cindy ? Je lève les yeux pleins de colère vers ma mère.

– C'était ton idée hein maman !? Ça ne pouvait être que ton idée parce que Kennedy est trop stupide pour comploter une telle chose. (Bondissant vers elle) MERDE COMMENT AS-TU PU ?

Mon père me retient et me tire en arrière.

– Héé ne me parle pas comme ça je suis ta mère.

– Une mère ? Tu appelles ça une mère ? Tu m'as séparé de mes enfants et de la femme que j'aime pendant cinq ans tout ça par vengeance ou je ne sais quoi d'autre et tu dis être ma mère ? Non ! Tu es uniquement la mère de Kennedy. Pas la mienne.

– Tu te plains que je t'ai éloigné des jumeaux pendant cinq ans alors que toi tu as éloigné Kennedy de son père pendant toute sa vie.

– Ce n'est pas de ma faute si Kennedy est un fils irresponsable et indigne exactement comme toi.

Elle tente de me gifler mais mon père retient sa main avant qu'elle n'atteigne ma joue.

– Tu devrais avoir honte au lieu d'essayer de le taper, tonne mon père. Comment as-tu pu faire ça à ton propre fils ? Anna qu'est-ce qui n'a pas marché lors de ta conception au point de séparer ton propre fils de ses enfants ?

– Luzolo tu oses me parler ainsi devant Kendrick !? C'est de ta faute si cet imbécile ne me respecte pas. Mais vous savez quoi ? Je ne regrette rien. Tu avais tout ce que Ken désirait alors en retour on t'a pris les deux seules choses que toi tu désirais. Ta femme et tes enfants. Aujourd'hui tu ne pourras plus être avec elle parce qu'elle est mariée à ton frère et même s'ils divorcent, chose qui n'arrivera jamais, tu ne pourras pas être avec elle parce qu'elle a déjà été à lui. Tu sors donc perdant malgré tout.

– Aucune loi ni morale n'interdit un homme d'épouser la

femme de son défunt frère.

– Défunt ? Répète-t-elle sans comprendre.

– Oui défunt parce que je vais de ce pas le tuer.

Le résultat toujours en main je sors en hâte de la chambre. Je vais tuer cet imbécile. Il m'a volé la femme que j'aime et il m'a aussi volé mes enfants. MES ENFANTS BON SANG ! Il va me le payer. Je gare devant sa maison et cogne le portail comme un fou. Son gardien vient ouvrir et me fait croire qu'il n'est pas là. Sans l'écouter je le pousse et fonce à l'intérieur. Sa voiture est là donc il est là.

– KENNEDY ! Hurlé-je en pénétrant dans le salon. KENNEDY !

Je commence à tout renverser dans le salon.

– SORS ICI ESPÈCE D'ENFOIRÉ. KENNEDY.

– Quoi ?

Je me retourne vivement vers la voix et le vois arrêté comme si de rien n'était. Je fonce sur lui et fous mon poing dans sa gueule. Il s'écroule. Je m'assois sur lui et commence à faire pleuvoir des coups sur son visage. Malgré ses bras qu'il a placés devant lui pour essayer de se couvrir il encaisse mes coups. Je le cogne jusqu'au sang et à en avoir mal aux poings mais je ne m'arrête pas.

– Espèce d'enculé. Je vais te tuer.

– Oui vas-y si ça peut te soulager. Mais tu ne pourras jamais retrouver ces cinq années perdues. Cindy est à moi et le restera.

Je pète une durite et le défonce encore plus. Je ne vois même plus son œil tant il est enflé mais je continue. Je vais le tuer. Je veux le tuer. Je sens des bras me saisir.

– Kendrick arrête. Tu vas tuer ton frère.

Mon père me relève et me tient loin. Kennedy est toujours au sol le visage ensanglanté. Il n'arrive pas à se lever.

– Ça ce n'est que le début Kennedy. Je reviendrai et cette fois sois sûr que tu y passeras.

Je les laisse tous les deux et pars. J'ai la rage. Quand j'arrive à la maison de la plage, je reste assis dans la voiture pendant cinq minutes pour me remettre de mes émotions avant de descendre. Faudrait pas que j'effraie Cindy avec cette colère qui est encore prête à exploser. À peine je rentre au salon que Cindy vient à ma rencontre.

– Qu'est-ce que les résultats… oh mon Dieu tu es tout taché de sang.

C'est à ce moment que je me rends compte que j'ai du sang plein mon tee-shirt en plus de mes mains.

– Ce sont mes enfants Cindy !

Elle déglutit.

– Kennedy m'a éloigné de toi et de mes enfants pendant cinq ans. MERDE !

Mon cri la fait trembler. Je me calme. Je lui tends le document et me mets à tourner sur moi-même.

– Cindy tu te rends compte qu'il m'a menti rien que pour m'éloigner de toi ? Il savait que j'étais fou d'amour pour toi et que j'étais prêt à t'épouser pour qu'on élève les enfants mais lui et ma mère m'ont menti. Ma mère m'a dit que je ne devais pas me mettre entre toi, les enfants et leur supposé père. L'enfoiré !

– Comment a-t-il pu faire ça ? Kennedy n'a donc pas de limite.

Les émotions me submergent à nouveau. J'ai mal putain ! Pourquoi m'a-t-il fait ça ? Me priver de mes enfants, mon sang, ma chair. Je me passe les mains sans cesse sur le visage pour me retenir de pleurer. Je ne dois pas être vulnérable devant Cindy. C'est elle qui a besoin d'aide et je dois être fort.

– Je suis désolée Ken.

– Non c'est moi qui le suis, dis-je en m'asseyant. C'est moi qui suis désolé d'être tombé la tête la première dans son jeu. C'est moi qui suis désolé d'avoir été faible face à ma mère. C'est moi, encore moi qui suis désolé d'avoir renoncé à toi en pensant que c'était le mieux à faire. C'est ça, ma plus grosse erreur.

Je soupire.

– Cindy, je te jure que si j'avais su pour les enfants jamais je ne serais parti. Je me serais battu pour vous.

– Tu te serais battu pour tes enfants, pas pour moi. La preuve tu as accepté de me partager avec ton frère et même de me le laisser.

– Je me serais battu pour toi.

– Mais tu ne l'as pas fait malgré tout ce que toi et moi avions partagé, lâche-t-elle en se levant, furieuse. Je t'aimais, je me suis confiée à toi. Je t'ai parlé de mes rêves, de mes craintes. Je

t'ai offert mon cœur et mon être entier. Mais ça ne t'a pas em-
pêché de foutre tout ça à la poubelle juste pour faire plaisir à
ton frère. Alors ne vient pas ici me faire ton discours d'amour.
Ça ne me prendra plus.

– J'étais aussi sincère avec toi, me défendé-je en me levant à
mon tour. Je t'aimais sincèrement.

– Mais pas assez pour ne pas me conduire à l'abattoir. C'est de
ta faute tout ça. Rien que toi seul. Pas Kennedy, pas ta mère,
mais toi. Tu es le seul responsable parce que quand on aime et
quand on a vécu ce que toi et moi avions vécu on n'abandonne
pas. On se bat même jusqu'au sang.

Je me rapproche d'elle.

– Cind...

– NE T'APPROCHE PAS DE MOI. Hurle-t-elle en reculant.

Je recule le cœur brisé. Elle se met à souffler pour se donner
une contenance. Elle a raison. Il n'y a qu'un seul fautif, moi.

– Memela nga bana na nga (Ramène-moi mes enfants). C'est
tout ce que je te demande.

– Je le ferai.

Elle s'en va en direction des chambres. J'attends qu'elle ferme
la porte de la sienne pour aller me nettoyer.

Assis dans ma voiture à une bonne distance de la maison
de Ken, je guette l'entrée. J'attends que Ken sorte pour aller
chercher mes enfants. Notre père a convoqué une réunion
d'urgence à l'entreprise donc il ne doit pas tarder à sortir. Voici
effectivement sa voiture qui sort de la maison. Quand je la
vois disparaître je fonce à mon tour. Le gardien n'étant pas tou-

jours habitué à voir le jumeau de son patron hésite à me laisser entrer. Je le pousse et pénètre à la hâte dans la maison. Les enfants sont assis sagement dans le salon en train de regarder la télé. Quand ils me voient ils froncent leurs sourcils.

– Papa ? Dit Lena.

– Oui ma puce. C'est moi, votre papa. Je suis venu vous chercher pour vous emmener à votre maman.

– Maman ? Elle est où ?

– Dans une jolie maison. Elle demande à vous voir.

Ils commencent à jubiler mais je les interromps. Nous n'avons pas le temps.

– Allons vite monter dans la voiture.

– On doit prendre nos doudous, dit Nael.

– Où sont-ils ?

– Dans la chambre.

– Ok allez vite les chercher pour qu'on s'en aille. Je compte jusqu'à cinq.

Ils courent pour aller chercher leurs doudous. Ils reviennent quelques minutes plus tard. Je les soulève jusqu'à la voiture et une fois installés, je prends la route. Je leur achèterai des vêtements plus tard. Je jette des coups d'œil de temps en temps en arrière pour m'assurer que nous ne sommes pas suivis. Lorsque nous arrivons les enfants courent à l'intérieur en appelant leur mère. Je retrouve mère et enfants enlacés avec beaucoup d'émotions. Je reste à l'écart pour les laisser se retrouver. Le visage de Cindy est inondé de larme. Je décide de m'en aller pour leur accorder un peu d'intimité.

Je conduis en direction de chez moi en réfléchissant à la prochaine étape. J'ai réuni Cindy et les enfants. Ça c'est de un. La prochaine étape serait de mettre mon nom sur les extraits des enfants, ensuite me concentrer sur le divorce. Je ne serai pas tranquille tant qu'ils seront toujours liés. Kennedy aura toujours un pouvoir sur elle. C'est à cause de moi qu'il a eu ce pouvoir-là alors c'est à moi de m'assurer qu'il ne l'ait plus. Je reviens à moi quand la sonnerie de mon portable retentit.

– Allô Cindy !

– « *Où es-tu ?* »

– Je rentre. J'ai préféré vous laisser vous retrouver. Je serai là demain.

– « *Ok. Merci !* »

– C'est moi. C'est mon devoir entant que père de m'assurer du bonheur de mes enfants. Reposez-vous bien.

– « *Toi aussi.* »

– C'est compris. Cindy ! Je t'aime. Et même si on ne se remet plus ensemble, n'oublie pas que je suis là pour toi.

Un silence se fait pendant un moment.

– « *À demain Kendrick.* »

Elle raccroche. Comment pourrai-je me faire pardonner et la reconquérir ? Je veux réunir ma famille près de moi pour un bonheur complet. Je veux la femme que j'aime et nos enfants à mes côtés. J'espère trouver les bonnes stratégies et les bonnes paroles pour y arriver. Ma vie sans eux n'a pas de sens.

EPISODE 23

KENDRICK

– « *Alors comment ça se passe là-bas ?* » Me demande Mama So.

– Toujours pareil mama. Cindy veut qu'on fasse les choses doucement. J'espère que Kennedy finira par la laisser partir.

– « *Elle vit toujours avec toi ?* »

– Oui. Avec les enfants. Ils se portent tous bien et ont retrouvé un peu de joie.

– « *C'est bien. Sois patient.* »

– « *Ken roule bien les reins sur elle comme un vrai Congolais ça va lui remettre les idées en places.* » Hurle Charlène.

J'entends mère et fille se chamailler. Ça m'arrache un sourire.

– « *Ken n'écoute pas ton idiote de sœur. Bon je vais te laisser. Tiens-moi au courant de tout.* »

– C'est compris mama. Bye.

Je raccroche et pousse un soupir. Cindy me donne du fil à retordre. Elle refuse qu'on attente un procès contre Ken parce qu'elle préfère éviter les scandales. Elle n'a pas conscience qu'il faut utiliser la manière forte avec Kennedy pour arriver à ses fins. Il ne renoncera pas de lui-même surtout que maintenant il a été pris la main dans le sac. Même les menaces de notre père ne l'ont pas intimidé. Il refuse d'accorder le divorce. Nous avons une réunion encore avec les parents. Je ne sais pas encore ce qui sera à l'ordre du jour. En tout cas c'est déjà une bonne chose que Ken et notre père se retrouvent dans la même pièce. Depuis la découverte des résultats entre les deux c'est la guerre. Papa lui a retiré les rênes de l'entreprise. Il l'a aussi retiré de son testament donc Kennedy se retrouve sans bien en dehors du peu d'argent qu'il avait mis de côté. Mais ce n'est vraiment rien du tout. Kennedy n'avait pas de compte d'épargne à proprement dit. Donc si on analyse, le peu qu'il a, c'est l'épargne de Cindy mais dommage que le compte leur est commun. Kennedy préférait profiter des revenus de l'entreprise que de créer ses propres réalisations. Il est irresponsable sur tous les bords.

J'envoie un message à Cindy pour la prévenir que je me rends à la réunion. Je descends de la voiture après sa réponse. Cette fois la réunion se fera chez notre mère. Je les trouve tous déjà installés. Tous les yeux se lèvent vers moi quand je fais mon entrée. Je prends place près de papa et tous deux nous faisons face aux autres.

– Ken tu as voulu qu'on soit tous réunis, entame Luzolo. Nous sommes là et nous t'écoutons.

Kennedy me fusille du regard avant de prendre la parole.

– Où est ma femme ? Me demande-t-il avec colère.

– Nous pouvons très bien faire la réunion sans elle, répondé-je calmement.

– Tu n'as pas le droit de la garder. Elle n'est pas ta femme, grogne-t-il.

– Kennedy va droit au but, tonne notre père.

Oui maintenant ils savent tous que je cache Cindy. J'ai expliqué les circonstances à mon père et il me soutient. Seulement il me dit de ne pas la toucher. Il veut dire coucher avec elle.

– Ok. Je voulais juste dire à Kendrick que je ne divorcerai jamais de Cindy mais je suis prêt à lui laisser ses enfants.

– Uko bazimu (Tu es fou en Swahili) ? Tu penses vraiment que je vais te laisser Cindy ? Pour que tu la battes encore comme un animal ? Jamais.

– Cindy est ma femme et je l'aime. Papa, je reconnais avoir été un véritable enfoiré avec elle. Je le regrette amèrement. Mais je l'aime et je suis prêt à me racheter auprès d'elle. Je ferai n'importe quoi pour la reconquérir et la rendre heureuse comme jamais je ne l'ai fait. Je n'ai rien dit quand tu m'as retiré l'entreprise, je n'ai pas protesté quand tu m'as déshérité. Mais là tout ce que je vous demande c'est de me laisser ma femme. Elle est la seule chose qui me reste.

– Tu oublies ta maîtresse et votre futur enfant.

– Je t'emmerde Kendrick. Je te demande de me rendre ma femme ou je porte plainte contre toi pour séquestration.

Je ris à gorge déployée.

– Vas-y donc que je t'y vois. Si tu es encore en liberté c'est grâce à Cindy sinon ç'aurait été moi que tu croupissais déjà au cachot pour falsification de test et violences conjugales, tortures, maltraitance, infidélités et toutes les autres merdes que tu as faites.

– Tu vois donc qu'elle est amoureuse de moi, fait-il avec un rictus.

– Je dirai plutôt qu'elle te tient en pitié.

Son rictus disparaît. Sale enculé.

– Bon ça suffit vous deux, intervient Luzolo. Kennedy c'est Cindy qui a demandé le divorce.

– Sous votre insistance sinon elle ne l'aurait jamais fait. Ça fait cinq que nous sommes mariés et il a fallu que vous apparais-siez pour lui pourrir la tête. C'est ce que je dirai au juge si ja-mais il y a un procès.

– Tu es vraiment con toi. Elle s'est mariée avec toi parce qu'elle croyait que tu étais moi. Et puis tu sais quoi ? Raconte ce que tu veux. Peu importe si je dois être mouillé dans le pro-cès, le plus grand perdant c'est et ce sera toi. Jamais je ne vais te laisser Cindy. Même si elle n'est plus à moi, elle ne sera plus à toi non plus.

– Tu n'as aucun droit sur elle parce qu'elle demeure ma femme aux yeux de la loi. Alors soit tu me la ramènes, soit je te la re-prends de force avec une convocation. Aucune plainte n'a été déposé contre moi donc la justice sera en ma faveur.

– Je n'ai pas peur de toi Kennedy, lancé-je en me levant.

– Moi non plus Kendrick, réplique-t-il en faisant de même.

– Vous allez m'arrêtez ça tous les deux, gronde encore Luzolo. Bo vanda (Asseyez-vous, en Lingala). Maintenant.

Nous obéissons en nous défiant du regard.

– Kennedy a raison sur un point. Lui et Cindy sont encore ma-riés donc il a tous les droits sur elle. Il peut donc la récupérer s'il le désire tant que leur divorce n'a pas été signé.

– Je refuse de la lui laisser.

– Aza mwasi na yo te Kendrick (Elle n'est pas ta femme Kendrick, en Lingala). Je suis aussi contre le fait que Cindy reste avec ton frère mais la décision lui revient à elle. Si elle dit qu'elle ne veut pas lui donner de dernière chance je prendrai moi-même les rênes de cette affaire et crois-moi que Kennedy signera ces fichus papiers de divorce de gré ou de force.

– Je serai un nouveau mari papa et cette fois tu lui diras qu'à la moindre erreur, elle me quitte. Au moindre coup, qu'elle porte même plainte, je lui en donne le feu vert.

– Mais si elle refuse de se remettre avec toi tu la libères. Tu ne peux pas obliger une femme à rester mariée avec toi.

– J'ai compris papa.

– Ne comptez pas sur moi pour vous l'emmener, lancé-je avant de me lever et de sortir de la pièce.

*Mona*LYS*

La maison me semble vide quand j'y rentre. Il n'y a personne. Mais je sais où ils sont. Je marche vers la plage et les vois jouant au bord de l'eau. Cindy, assise, regarde les enfants jouer. Ils passent tout leur temps ici à faire des châteaux de sable ou d'autres jeux.

– Les enfants il se fait tard, interpelle-t-elle les enfants qui commence aussitôt à ranger leurs jouets.

– Bonsoir.

Quand les enfants me voient, ils courent se jeter dans mes bras.

– Tu m'as apporté quoi papa ? Demande Lena la plus bavarde des deux.

– Des croissants, des pains au chocolat, des croque-monsieur et deux gros pots de glace.

Ils se mettent à jubiler.

– Les enfants ça suffit allons que je vous donne votre bain.

Ils courent tous les deux en direction de la maison. Cindy s'approche de moi en se frottant les bras.

– Alors quoi de neuf ?
– On en parlera plus calmement quand les enfants seront au lit.
– Ok.

Nous rejoignons les enfants à l'intérieur. J'aide Cindy à leur donner leur douche avant que nous ne nous mettions à table. Les enfants sont ceux qui animent la pièce en me racontant leur journée. J'aime tellement quand ils m'appellent papa. Ça me rend super fier. Je ne suis pas prêt à laisser passer cette chance que j'ai. Les moments que je passe avec mes enfants me sont précieux. Je ne me retiens pas de leur acheter des cadeaux. Ils ont chamboulé ma vie en un rien de temps. Ils me ressemblent tellement. Je ne parle pas seulement du physique, mais dans les petites manies.

Mon portable se met à sonner sur la table. Quand Cindy voit le nom d'Aurélie affiché elle tourne la tête. Elle le fait à chaque fois que je reçois un appel d'elle. Je me lève de table pour aller répondre. Aurélie m'annonce qu'elle a enfin pu lancer la procédure de divorce et que je devrais probablement recevoir les papiers dans peu de temps. Elle en profite pour me souhaiter bonne chance dans mon rôle de père et aussi dans la conquête de Cindy. Je lui souhaite aussi bonne chance avant de raccrocher. Elle m'avait dit vouloir rester au Congo parce que conquise par le pays. Je lui ai donc laissé l'appartement dans lequel nous étions et qui était en mon nom. Je reviens à table en même temps que les enfants se lèvent de table. Cindy me demande de les mettre au lit pendant qu'elle nettoie tout. Je passe près de quarante minute avec eux jusqu'à ce qu'ils se décident à dormir. Je ne trouve Cindy nulle part quand je ressors. Je cherche partout jusqu'à ce que je la voie arrêtée dehors près de la mer. Le vent qui souffle ses cheveux en arrière dévoile encore plus sa beauté. La voir là, arrêtée, si paisible me réconforte dans mon idée de ne point la laisser retourner près de Kennedy. Je m'arrête près d'elle en regardant aussi la nuit noire.

– Kennedy m'a proposé un marché. Il me laisse les enfants si je te laisse revenir avec lui.

– Et que lui as-tu dit ?

– Qu'il en était hors de question. Je te l'ai dit, je suis revenu pour réparer mes erreurs et te garder loin de ce malade en fait partie.

Elle ne répond rien.

– Cindy nous devons procéder autrement si tu veux vraiment divorcer de Kennedy. Il n'est pas prêt à signer les papiers du divorce.

– Je t'ai déjà dit ce que je pensais de ta manière forte. Je ne veux pas de scandale.

– Et moi je te dis que c'est la meilleure chose à faire. Je ne veux plus que tu sois liée à lui.

– Donc c'est ça !? Au fait tes véritables intentions ce n'est pas de m'aider mais plutôt de me garder pour toi seul.

– Non ce n'est pas ça !

– Eh bien c'est ce que tu laisses croire. Mais comprends bien une chose et je ne le répéterai plus, même si je quitte Kennedy jamais je ne me mettrai avec toi. Je n'appartiendrai plus à un KALAMBAY. Donc si tu pensais que j'allais me jeter dans tes bras après tout ça, tu te fous le doigt dans l'œil. Je crois que le mieux c'est de m'en aller avec mes enfants.

Elle me dévie pour s'en aller mais je la tire fortement vers moi. Elle bute contre mon torse.

– Tu n'iras nulle part. Je vous ai abandonné une fois toi et MES enfants mais ça ne se reproduira plus. Ne compte pas sur moi pour ça. Même si tu ne me donnes plus de chance, je ne te laisserai jamais retourner dans cet enfer où tu étais. J'espère que je me suis fait comprendre.

J'ai parlé avec tellement de rage que je l'ai collé fortement contre moi pour éviter qu'elle m'échappe. Voici maintenant que nos visages sont à un doigt de se toucher. Je plonge mon regard dans le sien. Ses yeux son brillants. Je connais cette expression dans ses yeux. Ça me ramène cinq ans en arrière quand nous partagions nos moments. Il y a toujours ce désir-là dans ses yeux. La nostalgie m'emportant, je fonds mes lèvres sur les siennes. La sensation agréable qui me parcoure l'échine me pousse à approfondir le baiser. Cindy y répond avec toute la passion. Nous nous perdons dans cet échange de baiser. Cette flamme qui nous embrasait avant renaît entre nous, mais surtout dans mes reins. Je ne veux qu'une chose là maintenant, me perdre en elle. Je veux l'aimer toute la nuit et lui faire oublier toutes ses peines. Mais je ne le peux pas. Elle n'est pas encore mienne. Malgré moi, je libère ses lèvres.

– Je suis désolé.

Elle me repousse et m'administre une gifle.

– Je veux que tu restes loin de moi. Je préfère encore retourner avec Kennedy qu'être à toi.

Elle part en courant. Je me masse le visage, las de toute cette situation. C'est l'appel de mon père qui me ramène à moi.

– Allô papa.

– « *Nous avons une grande réunion avec la famille de Cindy dans trois jours. Nous ne pouvons pas régler cette histoire sans eux.* »

– Bien noté papa. J'informerai Cindy.

Je pousse un soupir en raccrochant. Espérons que quelque chose de bon sorte de cette rencontre.

EPISODE 24

KENNEDY

Je me sens heureux ce matin. Je sens que cette journée me sourit. Mais bon avant de faire ce que j'ai à faire, je dois me rendre chez Jamila. La garce plutôt que de quitter le pays, est venue s'installer ici pour selon elle être sûr que je ne la doublerai pas. Cette fille m'agace avec sa grossesse. Elle n'a pas encore accouché que déjà elle est chiante. Un jour elle veut ci, un autre elle veut ça. Elle commence par me coûter chère. Très chère même. Mais c'est décidé, une fois le bébé né, je le récupère et elle, je m'en débarrasse. Dès qu'elle m'ouvre je lui tends directement ses courses.

– Tu n'entres pas ?

– J'ai d'autres trucs prévus.

– Tu me manques Ken.

– Je t'ai apporté tout ce que tu m'as demandé maintenant je pars.

Sans crier gare elle fait tomber sa robe à ses pieds. Elle est nue comme un vers. Je glousse devant son corps modifié par la grossesse.

– Une femme enceinte a aussi des envies tu sais. Me susurre-t-elle en glissant son doigt entre ses seins.

– Jamila…

– Chuut. Viens que je te montre combien je suis chaude.

Elle me tire à l'intérieur sans me laisser le temps d'en placer une. Bon beh, elle est enceinte, je ne peux donc rien lui refuser.

Après près d'une heure à me faire chevaucher par cette femme enceinte, je me rends maintenant chez ma belle-mère. C'est cet après-midi que doit avoir lieu la rencontre avec la famille de Cindy. Papa a tenue à les rencontrer puisque l'affaire devient complexe et comme il s'agit d'un divorce, ils doivent aussi avoir leur mot à dire. Pourquoi je ne veux pas laisser partir Cindy ? Parce que je l'aime. Oui j'aime Cindy, pas de façon déraisonnable, peut-être pas comme je le devrais mais je l'aime. Je me suis à habitué à sa présence. Elle est ma femme et je ne veux pas la laisser à un autre, encore moins à mon frère. Cindy est à moi et à personne d'autre et je sais comment la faire revenir. Dès que la mère de Cindy me voit elle se met à sourire en m'accueillant les bras grands ouverts. Je lui ai déjà fait part du but de ma visite par téléphone. Elle dispose devant moi tout ce qui est amuse-bouche. J'en prends juste un peu pour être poli.

– Quoi de neuf mon fils ?

– Rien de très grave maman. Comme je te l'avais dit, je viens par rapport à Cindy. Normalement on devrait en parler devant tous mais j'ai tenu à m'entretenir avec toi en privé.

Je marque une pause pour inspirer profondément.

– Maman, j'aime Cindy. C'est vrai que j'ai fait plein d'erreurs mais je l'aime pour de vrai. Je veux me racheter auprès d'elle.

La rendre heureuse comme jamais et être le meilleur mari pour elle.

– Mon fils tu n'as pas à trop parlé. J'ai été aussi mariée et je sais ce que ça implique. Le mariage n'est pas tout le temps rose et je le comprends. Ne t'inquiète pas, ta femme va te revenir. Tu peux compter sur moi.

– Merci beaucoup maman. Cindy a vraiment de la chance d'avoir une mère comme toi.

Elle se met à sourire. Son sourire s'agrandit lorsqu'elle me voit sortir une enveloppe de ma poche.

– Tiens ça maman. C'est juste pour ton petit déjeuner.

– Oh merci beaucoup mon fils. Que Dieu te le rende au centuple.

– Amen maman. Je dois aller discuter avec mon père de la réunion.

– D'accord. Surtout sois tranquille. Ta femme va revenir à la maison avec les enfants.

– C'est compris maman. À toute.

Je ressors soulagé et satisfait. Cindy écoute beaucoup sa mère donc si celle-ci lui demande de revenir, elle obéira. Je ne sais pas pourquoi mon père veut me voir mais il a demandé à me parler en tête à tête avant qu'on n'aille rencontrer ma belle-famille. Depuis les révélations, il est constamment en Côte d'Ivoire. Il est retourné au Congo juste après les tests ADN et est revenu avant les résultats. Il affirme qu'il s'en ira une fois toute cette histoire terminée. La mine triste qu'il affiche lorsqu'il m'ouvre me fait tiquer. Ça faisait longtemps que je ne l'avais pas vue. Je m'assois face à lui toujours en le fixant. J'espère qu'il ne va pas m'annoncer une mauvaise nouvelle.

– Tu es prêt à aller rencontrer la famille de ta femme ?

– Oui papa.

– Ok.

Il soupire.

– Papa qu'est-ce qu'il y a ?

– C'est juste que je me demandais… où ai-je échoué avec toi ?

– Pardon ?

– Kennedy, je t'ai donné la même éducation que Kendrick, je vous ai donné les mêmes privilèges. Mais vous êtes si différents. La seule réponse qui me vient en tête est que j'ai peut-être été trop dur avec toi. J'aurais peut-être dû utiliser d'autres moyens que les engueulades et les coups pour te faire changer.

– Kendrick a toujours été ton préféré.

– Ce n'était pas le cas. Je vous aimais tous les deux de la même manière.

– Ce n'est pas ce qui se voyait. Tu passais ton temps à chanter des éloges à Kendrick et moi, à m'engueuler, même pour des futilités. J'ai grandi avec l'idée que jamais je ne serai assez digne d'être ton fils chéri donc à quoi bon faire des efforts.

Il passe la main sur son visage avec un soupire. Je sais que je n'étais pas un enfant de chœur quand j'étais adolescent, mais le fait de tout le temps entendre mon père mettre Kendrick au-dessus de moi avec des comparaisons stupides, a fini par me faire accepter que j'étais un crâne brulé. Oui, j'ai jalousé mon frère jumeau et je le jalouse encore. Il a toujours eu l'affection de notre père si bien que même quand il faisait des erreurs, notre père lui trouvait soit des excuses, soit il le grondait de façade. J'ai toujours voulu avoir ne serait-ce qu'un mot d'encouragement de mon père mais ce n'est jamais arrivé.

– Je te demande pardon Kennedy ! Je me rends compte, bien que ce soit tard, que j'aurai pu user d'autres moyens pour te faire changer comme t'inscrire dans une école militaire ou autre mais pas te rabâcher à tout va que tu n'étais qu'un bon à rien. Je m'en excuse Kennedy !

– Ce qui est fait est fait papa.

– C'est pour ça que tu es violent ?

– Rien à avoir. Je ne supporte juste pas qu'une femme me manque de respect. C'est inadmissible surtout pour un Luba que je suis.

Il sourit.

– Tu as donc retenu les informations que je t'ai données sur notre ethnie. Mais tu sais, ce n'est pas parce que c'est une culture qu'elle est forcément bonne. Moi je n'ai jamais porté main à ta mère et Dieu seul sait le nombre de fois qu'elle m'a poussé à bout. Toutes les coutumes ne sont pas bonnes à pratiquer.

– Je sais papa. Mais peu importe, aucune femme ne me manque de respect.

– Tout ne se résout pas par la violence. Les femmes ne sont pas faite pour être battues. C'est vrai qu'elles sont chiantes des fois mais il y a d'autres moyens de les ramener à la raison sans la violence. Nous irons voir sa famille et si elle réussit à la convaincre de revenir avec toi tu vas devoir changer. Tu ne dois plus la battre Kennedy. Plus jamais.

– Je le sais papa. J'ai décidé d'être un autre homme avec elle.

– C'est compris. Maintenant revenons aux enfants.

Je roule les yeux. Je n'ai vraiment pas la tête à parler de ça.

– J'ai été vraiment déçu de ce que tu as fait. Mais maintenant tu dois redonner sa paternité à ton jumeau. Tu l'as déjà privé de cinq années.

– C'est d'accord.

Je préfère ainsi couper cours. Pour l'heure la seule chose qui m'intéresse c'est de ramener ma femme à la maison.

*Mona*LYS*

Nous sommes tous réuni dans le salon de la mère de Cindy. Il y a toute ma famille assise en face de ma belle-famille. Le père de Cindy n'étant plus, ce sont ses oncles qui le remplacent. Il y a donc là trois oncles plus sa mère. Estelle a effectué un voyage pour son boulot.

– Nous vous remercions de nous avoir reçu, entame mon père après que nous ayons bu les rafraichissements. Nous sommes là pour statuer sur le cas de nos deux enfants qui sont mariés depuis cinq ans. Comme on le dit, le mariage ce n'est pas uniquement l'union de deux personnes, mais aussi celle de deux familles. De ce fait, nous ne pouvons pas gérer cette histoire complexe sans vous.

Papa marque une pause pour permettre à l'autre camp de s'exprimer. C'est l'aîné des hommes qui prend la parole.

– Nous vous remercions aussi de votre présence et de nous avoir donné de la considération en venant vers nous. Nous écoutons donc.

– Merci cher frère. En effet, depuis un moment, notre fille à tous, Cindy, a quitté son nid conjugal et ce par la faute de son mari, mon fils Kennedy. Il m'a été rapporté une histoire que j'ignorais depuis cinq. Kennedy et Kendrick mes deux uniques garçons auraient emballé Cindy dans un jeu de double séduction qui aurait engendré une grossesse. Grossesse que mon fils Kennedy a détournée pour éloigner son frère de Cindy. Il y a donc eu mariage entre nos deux enfants. Mais là encore il y a un souci. J'ai encore découvert que Cindy serait victime de violences conjugales. D'abord, pour toutes ces choses ma famille, par ma voix, vous demande pardon, à vous et à Cindy.

– Nous avons pris acte, répond l'aîné des oncles.

– Merci ! Maintenant, une affaire de divorce a été évoquée par Cindy. Elle désire se séparer de mon fils. Mais ce dernier m'a supplié de convaincre sa femme de revenir parce qu'il l'aime et qu'il veut réparer ses erreurs. Il m'a juré qu'il changerait pour elle si elle lui accordait une dernière chance. J'ai mon point de vue la dessus, mais ce n'est pas à moi que revient le dernier mot et je n'ai aucune décision à prendre dans cette affaire. Le dernier mot revient à Cindy. Cependant, entant que ses parents vous avez certainement votre mot à dire. Je vous laisse donc la parole.

Les oncles s'échangent quelques mots dans leur langue puis l'aîné reprend la parole.

– Encore merci cher frère. Avant que vous ne veniez, mes frères et moi avions déjà débattu sur la question et nous sommes tous tombés d'accord sur le fait que Cindy doit retourner dans son foyer.

Kendrick et mon père sont choqués. Cindy soupire juste.

– C'est vrai, que vos deux fils ont joué avec le cœur de notre fille, c'est vrai qu'ils l'ont tous les deux fait souffrir et nous n'en sommes pas heureux. Pour ces choses-là nous allons mettre une condition au retour de notre fille chez son mari. Certes, nous ne pouvons pas retourner dans le passé pour réparer les choses, mais nous pouvons faire en sorte de ne pas reproduire les mêmes erreurs. Nous sommes les parents de Cindy et nous disons qu'elle doit rentrer chez elle. Sa place n'est pas dehors, mais près de son mari.

– Non mais c'est n'importe quoi ! Lâche subitement Kendrick.

– Kendrick kanga munoko (tais-toi !).

– Comment ils peuvent lui demander de retourner avec lui en sachant qu'elle est victime de violence.

– Kendrick !

Le regard noir de mon père le fait taire.

– Excusez mon fils pour son insolence, s'excuse Luzolo.

– Non ce n'est rien. Les enfants de maintenant ne connaissent pas la vie. Ils pensent que la vie c'est comme le bonbon qu'ils sucent. Sucré du début à la fin. Cindy ma fille tu vas retourner dans ta maison avec tes enfants. Tu es liée à lui pour la vie donc rien ne doit vous séparer si ce n'est la mort. Quels que soient ses défauts, il reste ton mari et ton rôle entant que femme, c'est de l'aider à devenir parfait. C'est le fer qui aiguise le fer donc c'est à toi de l'aider à faire disparaître ses défauts. Le mariage est difficile raison pour laquelle il faut être mature pour y entrer. Tu vas dire qu'il te bat, mais tu n'es pas la seule. Tu vois tes tantes avec qui tes autres oncles et moi sommes mariés, tu penses qu'on ne les a jamais battues ? Mais elles sont là et nous sommes tous mariés depuis plus de dix ans pour la plus part d'entre nous donc ça ce n'est pas une raison pour demander le divorce. Être femme c'est aussi savoir encaisser surtout quand il y a des enfants.

Cindy essuie ses larmes en silence. La voir pleurer en silence me fait de la peine.

– Tu dois penser à tes enfants. Tu penses que tu pourras les élever seule.

– Elle n'est pas seule, lance à nouveau Kendrick. Ce sont aussi mes enfants et je vais l'aider à les élever.

– Donc toi ton désir c'est de prendre la femme de ton frère ? L'interroge l'oncle. Ecoute, dans notre famille, aucun homme n'épouse l'ex-femme de son frère. Je ne sais pas comment ça se passe au Congo mais ici non. La femme sera vue comme une dévergondée donc le mieux que tu as à faire jeune garçon c'est de la laisser retourner avec son mari. Cindy, tu vas retourner avec ton mari parce qu'il n'y a plus de place chez nous pour toi. Les enfants ont un seul père et c'est ton mari. C'est lui qui les a élevé et qui prend soin d'eux donc c'est lui seul qu'on connait comme le père de tes enfants. Alors si tu t'entêtes à le quitter, tu te retrouveras seule avec tes enfants à la rue. Ne compte pas sur nous pour subir cette honte que tu veux traîner en te collant le statut de femme divorcée. Le dernier mot te revient mais réfléchis bien. Nous, nous sommes prêts à faire ce qu'il faut pour laver ton visage et l'obliger à t'honorer. Mais si tu refuses, ma fille, ta vie sera dans toi seule ta main. J'en ai terminé.

Un long silence se fait durant lequel nous braquons tous nos regards sur Cindy qui est assise dans un coin entre les deux familles. Je prie fortement qu'elle accepte de rentrer chez nous. À voir Kendrick je suis prêt à mettre ma main au feu qu'il prie pour qu'elle refuse. Je veux que Cindy rentre. Même s'il faille que je fasse des efforts surhumains pour ne plus la tromper et la taper je le ferai. Pourvu qu'elle rentre.

– Je retourne chez mon mari.

EPISODE 25

CINDY

– Quoi ? Que racontes-tu Cindy ?

Kendrick est à deux doigts d'exploser tant il n'en revient pas de ma décision. Je lui lance juste un regard désolé. Je n'avais pas prévu prendre cette décision mais certaines choses m'y ont poussé.

– Ne me dit pas que tu es sérieuse Cindy !?

– C'est le mieux à faire pour moi et les enfants.

– Les enfants ? Tu crois que c'est mieux pour vous de retourner auprès de ce sauvage qui passe son temps à les tyranniser ?

– Kanga banga na yo sikoyo Kendrick ! (Ferme ta gueule maintenant Kendrick !) Hurle papa Luzolo.

Il rumine en silence sur sa place. Kennedy se met à genoux devant moi.

– Merci bébé de nous redonner une chance. Je te promets que tu ne le regretteras pas.

Je hoche juste la tête. Il pose un baiser chaste sur mes lèvres avant de regagner sa place. En fuyant le regard de Kendrick je tombe sur celui de papa Luzolo. Je sais que lui non plus n'est pas d'accord de ma décision mais comme il l'a dit, il ne peut rien dire si ce n'est respecter ma décision. Je ne retourne pas avec Kennedy par amour, mais parce que c'est mon devoir entant que femme d'être avec mon mari. Comme mon oncle l'a dit, c'est mon rôle de rendre mon époux parfait et de l'aider à faire disparaître ses défauts. Peut-être qu'à la longue il en aura marre de me cogner et changera, sinon, je n'aurai qu'à être plus forte. En plus, où irai-je avec mes enfants ? Ma famille ne m'accueillera point et je n'ai pas envie de dépendre ni d'Estelle ma petite sœur ni de Loraine mon ex patronne bien que je suis convaincue qu'elles m'aideront avec joie. Quant à Kendrick, je ne veux pas non plus lui faire trop confiance. Il est vrai qu'il est carrément différent de Kennedy mais c'est la même famille et le même sang. Peut-être que lui aussi a un côté sombre enfoui en lui qui se révèlera une fois que j'aurai baissé la garde. Aussi si je devais me séparer de Kennedy ce serait pour ne plus avoir de lien avec lui alors qu'être proche de Kendrick et papa Luzolo signifierait être aussi proche de lui. Je suis donc condamnée à rester avec Kennedy. Nous sommes mariés légalement alors ma place c'est dans sa maison, pas ailleurs.

– Sage décision ma fille, se réjouit mon oncle. Ta place n'est nulle part ailleurs que chez ton mari.

J'inspire en essayant de me convaincre que je fais bien. Je sais que c'est la pire des décisions que je pouvais prendre mais quand je pense à mes deux bouts de chou de cinq ans que je dois protéger, je me dis qu'il n'y a rien de mieux à faire. Je ne veux pas qu'ils soient traumatisés par tout ça. Et tant que je serai en conflit avec Kennedy ça agira sur eux parce qu'ils le voient encore comme leur père. Kennedy pourrait même se servir d'eux pour me faire du mal.

– Maintenant mon fils, dit-il s'adressant à Kennedy, elle va rester ici chez sa mère jusqu'à ce que tu rapportes une dizaine de pagnes de qualité pour essuyer ses larmes. Nous avons appris qu'elle a perdu ses trompes à cause de toi, mon fils, tu vas payer un bœuf parce que ça là c'est grave. Façon tu as gâté ses trompes c'est comme ça tu vas rester collé, cimenté à elle pour supporter avec elle. Elle ne va pas porter ce bagage seule. Aussi pour boucler le tout, tu vas donner une enveloppe. Le montant que tu vas mettre dedans c'est ce que représente ta femme à tes yeux. Ce que tu penses que tu peux payer pour nous convaincre de te la redonner tu donnes. Si tu penses qu'elle ne vaut rien, ne donne rien. C'est le moment de nous prouver que tu aimes notre fille.

Kennedy demande doucement à son père s'il peut prendre la parole. Son père la lui donne.

– Aucune somme ne vaut Cindy, mais comme vous l'avez dit, j'enverrai un symbole de mon amour pour elle. Elle m'est chère et s'il faut que je me ruine pour elle, je le ferai.

– C'est bien mon fils. Nous allons laisser la parole à ton père parce que c'est lui ton responsable. Cher frère, tu as la parole.

– Merci encore à vous, merci pour vos paroles. Je voudrais avant tout demander à nouveau à Cindy si elle est sûre de sa décision. (Il se tourne vers moi) Ma fille ne te sent pas obliger. Tes oncles t'ont donné des conseils qu'ils pensent être bien pour leur fille qu'ils aiment et c'est ce que ferait tout parent mais c'est à toi de décider. Sache que quoi qu'il arrive toi et moi serons toujours liés à cause des enfants. Tu peux tout me demander et je te le donnerai. Mais je demande de ne rien faire à contre cœur.

– Ce n'est pas le cas papa. Je suis certaine de ma décision.

– D'accord j'en prends acte. (Se tournant vers ma famille) Ma famille et moi allons nous retirer et nous reviendrons pour chercher celle qui nous appartient.

– Nous vous attendons. Cindy tu peux aller récupérer tes affaires et tes enfants pour vous installer ici le temps que ta belle-famille ne vienne te chercher.

– C'est compris tonton.

Mon regard croise celui de Kennedy. Il me sourit mais j'ai du mal à lui rendre son sourire. Je ne l'aime pas. Peut-être que ça, ça pourrait m'aider à ne plus ressentir les douleurs physiques comme morales qu'il m'infligera. Sans répondre au regard intense que me lance Kendrick je sors de la maison. Je sais dans quoi je retourne en prenant cette décision mais c'est ça mon devoir de femme. Tout supporter. Se sacrifier pour la survie de son mariage. Voici mes devoirs. Je me sens subitement retourner. Quand je lève les yeux, je tombe sur un Kendrick en colère.

– Cindy tu ne peux pas faire ça.

– C'est le mieux à faire.

– Pour qui ? Toi ? Les enfants ? Ou pour Kennedy ?

– Kendrick s'il te plaît !

– Tu me dis s'il te plaît pour que je te laisse retourner dans cet enfer ? Tu ne dois pas te faire souffrir autant. Tu mérites mieux. Cindy fais-moi confiance et je te promets que tu seras séparé de Kennedy. Pense aux enfants.

Je le regarde sans pouvoir lui parler. Je n'ai aucun argument pour le convaincre et si nous continuons cette discussion c'est lui qui finira par me convaincre.

– Cindy ! Dit-il désespérément.

Mon regard glisse sur ses lèvres. J'ai envie de les embrasser. De les sentir frémir contre les miennes. J'ai envie de ressentir pour une dernière fois la chaleur de Kendrick. Mais diantre qu'est-ce que je raconte ?

– Kendrick laisse-la s'en aller, résonne la voix de papa Luzolo interrompant mon moment de fantasme. Toi tu viens avec moi à l'hôtel le temps qu'elle déménage avec les enfants.

– Mwana mokonzi ko sala boyé te (Princesse ne fais pas ça).

– Limbisa nga (Je suis désolée).

Je fais l'effort de m'éloigner de lui mais après trois pas je m'arrête. La douleur dans le cœur, je retire ma moitié de chaine. Il est temps que je m'en débarrasse. Quand je me retourne à nouveau vers Kendrick, son regard suppliant me déstabilise mais je prends sur moi et pose la chaine dans la paume de sa main.

– Cindy...

Sans attendre la suite de sa phrase je fonce dehors prendre un taxi pour aller chercher mes enfants. Je laisse libre cours à mes larmes une fois loin avec le taxi.

*Mona*LYS*

– Ne t'inquiète pas ma fille, tout va bien se passer. Ton mari a juré devant tes oncles et ses parents qu'il ne referait plus les mêmes erreurs.

Il m'avait déjà fait ses promesses devant tout un tas de gens, ma famille, la sienne et même un homme de Dieu donc en l'occurrence devant Dieu mais il ne les as pas tenues. Ce n'est donc pas aujourd'hui qu'il commencera. Je continue d'écouter les conseils de ma mère sans vraiment l'écouter. Je connais déjà la chanson. C'est aujourd'hui que je rentre avec Kennedy. Il a respecté toutes les conditions de mes oncles. Je dirais même qu'il s'est surpassé. Au lieu d'une dizaine de pagne il en a amené toute une valise. Pour l'argent je ne sais pas exactement mais j'en ai déduit du grand sourire de mes oncles que c'était un véritable pactole. J'ai même cru entendre une affaire de million. Quand ma mère fini enfin ses conseils, nous descendons toutes les deux rejoindre Kennedy en bas. Ce dernier ne se gêne pas de m'embrasser devant ma mère. Mes bagages ainsi que ceux des enfants rangés dans la malle arrière de la voiture de Ken, nous disons un dernier au revoir avant de nous en aller pour de bon.

– J'ai fait repeindre la maison et j'ai préparé plein de surprises pour les enfants.

Je mime un sourire en essayant de me détendre. Lorsque nous arrivons et que je mets les pieds à l'intérieur, tout un lot d'affreux souvenirs m'est jeté au visage en l'occurrence la dernière dispute qui a failli me coûter la vie. Ce jour-là, je savais que si je ne fuyais pas j'allais y rester. J'ai donné avec mes dernières forces un énorme coup dans les burnes de Kennedy et je suis sortie telle une fusée de la maison. Par chance la première voiture, sur laquelle j'étais tombée fut celle de Kendrick. Tout ça pour une histoire de jalousie stupide. Les enfants vont directement s'installer dans le salon pour suivre la télé. Quant à moi et Kennedy nous montons dans notre chambre. Cette chambre qui a été témoin de pas qu'une seule bastonnade. Kennedy ne perd pas de temps et commence à parsemer mon cou de baisers.

– Tu m'as tellement manqué mon amour. J'ai très envie de toi.

Il me retourne et commence à m'embrasser. Mes vêtements sont vite retirés et moi allongée sur le lit. Kennedy continue de parcourir mon corps avec ses baisers. Avant j'aurai ressenti des papillons dans le bas ventre et l'excitation monter en moi mais depuis que je sais qu'il n'est pas celui que j'aimais plus rien de ce qu'il fait ne réveille mes sens.

Mes journées sont monotones depuis mon retour il y a une semaine. Elles se limitent à faire les corvées et surveiller les enfants. Kennedy refuse toujours que je travaille alors que moi je suis habituée à travailler, à bouger. Je ne sors même pas de la maison puisque je n'ai nulle part où aller. Ce matin j'ai dit à Ken que je voulais emmener les enfants au parc d'attraction, il m'a dit qu'on irait ensemble à son retour de chez Jamila. Oui cette fille est comme une plaie. Elle appelle Ken à tout va et peu importe l'heure. Cette nuit aux environs de 3h, elle l'a appelé pour lui dire qu'elle avait envie de manger Dieu sais quoi. Ken les lui a apportés avant de revenir à la maison. Mais ce matin encore elle l'a rappelé pour cause de douleur au bas ventre. Ça fait donc plus cinq heures de temps qu'il est avec elle.

– Je suis de retour.

Quand on parle du loup. Les enfants qui l'ont vu n'ont même pas pris la peine de l'accueillir comme ils en avaient l'habitude. Ken s'assoit près de moi et pose un baiser sur mes tempes. Il put le parfum de cette fille.

– Ca va ici ?

– Oui ! Qu'avait Jamila ?

– Rien de très grave. Au fait, j'ai invité un couple d'ami à venir diner chez nous. L'homme est un vieil ami qui avait quitté le pays pour continuer ses études. Apparemment, il se serait marié et a choisi son pays d'origine pour passer sa lune de miel. J'ai donc profité pour l'inviter comme ça faisait un bail.

– Ok. Que veux-tu que je cuisine ?

– Ce que tu veux mon amour. Je te fais confiance.

– D'accord.

Il pose encore un baiser sur ma tempe et se tourne vers les enfants.

– Alors mes trésors où voulez-vous qu'on parte ?

Les jumeaux qui le matin hurlaient dans mes oreilles qu'ils voulaient aller au parc sont assis là, muets comme des carpes. Ils se contentent juste de passer leurs regards de Ken à moi.

– J'ai cru comprendre que vous vouliez aller à Abidjan Mall ? Continue Ken tout jovial.

– On veut y aller avec maman, lâche Lena.

L'air avec lequel elle a répondu me fait tiquer. Elle a parlé sèchement.

– Oui maman viendra, et papa aussi. Continue toujours Ken sans se choquer.

– Nous on veut l'autre papa avec la casquette. Il est gentil. Il ne tape pas maman.

Là, Ken serre la mâchoire en rougissant de colère. Moi je suis confuse. Je ne savais pas qu'un jour Lena sortirait un tel truc. C'est vrai que des deux c'est elle la plus extravertie mais je n'aurais jamais imaginé qu'elle affronterait son père.

– Bonjour !

Ken et moi nous tournons vivement vers la voix de Kendrick.

Les enfants comme s'ils n'attendaient que ça courent se jeter dans ses bras.

– Les enfants montez dans votre chambre, gronde Ken en se levant, moi à sa suite.

– On veut rester avec papa, répond cette fois Nael.

– J'AI DIT DE MONTER DANS VOTRE CHAMBRE.

– Je t'interdis de hurler sur mes enfants, le défie Kendrick alors que les enfants courent vers les escaliers.

Les deux hommes s'affrontent du regard.

– Que fous-tu chez moi ?

– Je suis venu vous apporter ça.

Il tend une enveloppe que Ken prend.

– J'ai déposé une demande au tribunal pour récupérer mes enfants.

Je lève les yeux, surprise, vers Kendrick.

– Lena et Nael sont mes enfants donc je veux les récupérer de gré ou de force. Je refuse qu'ils restent dans ce foyer de merde. J'ai déjà déposé tous les résultats des tests ADN qui prouvent que c'est moi leur géniteur ainsi qu'une déposition sans oublier l'ancien test ADN falsifié. Préparez-vous donc à passer devant le juge.

Il s'en va comme il est venu. Je me précipite à sa suite et le retiens avant qu'il ne sorte de la maison.

– Kendrick…

– Toi et moi n'avons plus rien à nous dire Cindy. Tu as fait ton choix et je le respect. J'ai fait maintenant le mien et tu vas le respecter. J'étais prêt à tout pour te sortir de là mais comme tu es un peu masochiste, tu préfères t'y enfermer. Mais il n'est pas question que tu obliges MES enfants à être témoins des actes de barbaries. Commencent à préparer leurs bagages parce que je les emmène au Congo.

Il se dégage de mon emprise et pars. Je n'en reviens pas du ton sur lequel il m'a parlé mais surtout de la haine qui déformait son visage. Le pire c'est qu'il est vraiment, mais vraiment déterminé. Je ne voulais pas qu'on aille au tribunal. Je souhaitais qu'on règle en famille le plus simplement possible. Mon Dieu je vais perdre mes enfants !

EPISODE 26

CINDY

Depuis deux jours, j'essaie de joindre Kendrick en vain. Il ne décroche pas mes appels. Il laisse expressément son portable sonner dans le vide. J'ai pourtant besoin de lui parler. Je dois le convaincre de régler cette affaire à l'amiable parce que je n'ai pas envie que mes enfants s'éloignent de moi. Si papa Luzolo était présent, je serais allée le voir. Il est retourné d'urgence au Congo près de sa femme souffrante. C'est de ce genre d'époux que je rêvais. Bref, pas de rêverie. Je dois descendre faire les tresses à Lena. Depuis que je suis au chômage, je m'occupe moi-même de sa touffe. Elle aime ça apparemment. De toutes les façons elle s'est toujours plainte que les coiffeuses lui serraient trop les cheveux. Kennedy s'est enfermé dans son bureau pour chercher des idées pour sa propre entreprise. Je ne sais pas si l'idée vient de son père ou de lui-même mais Kennedy a décidé de se lancer dans sa propre affaire. Il a toujours eu cette mentalité de fils qui se contente de la fortune de son père plutôt que de construire la sienne. J'espère qu'il aboutira à quelque chose.

J'entends du grabuge à l'entrée de la maison. Je laisse les enfants pour aller voir ce qui se passe. Avant même d'y arriver je vois Kennedy et sa maitresse Jamila. Je reste à l'écart pour écouter leur conversation. Ken a l'air en colère.

– Rentre chez toi Jamila, je viendrai te voir ce soir.

– Pas question Kennedy. Non mais tu ne comprends pas que la vie de ton enfant est en danger ? Je te dis qu'il y a eu un cambriolage dans mon immeuble hier et toi tu veux que j'y retourne ?

– Tu n'as pas été cambriolée que je sache.

– Rien ne te dit qu'ils ne remettront pas ça ce soir chez moi. Ecoute Ken je suis enceinte et dans mon état ce n'est pas conseillé que je vive seule. Je vais donc rester ici jusqu'à l'accouchement.

– Hors de question. Si tu ne veux pas rentrer chez toi, dors cette nuit à l'hôtel.

Elle sourit et s'approche de lui.

– J'ai aussi besoin de ta chaleur. Hier c'était super.

– Ma femme est là, dit-il en la repoussant.

– Laisse-moi, s'il te plaît, dormir ici cette nuit et demain je rentre. Je te promets de rester sage. Je peux même restée enfermée dans la chambre toute la journée.

Je m'éloigne ayant marre de cette conversation. Je termine les deux chignons de Lena et remonte dans ma chambre. Kennedy fait aussitôt son entrée.

– Bébé, euh, au fait il y a Jamila qui demande à passer la nuit ici parce qu'il y aurait eu...

– Tu fais comme tu veux Kennedy, répondé-je calmement. Demande-lui si elle veut quelque chose de précis pour le diner.

– Tu es sûre que ça ne te dérange pas ?

– Elle est enceinte Ken. Elle ne doit pas rester seule surtout quand elle ne se sent pas en sécurité.

– Merci mon amour. Tu es parfaite.

Il m'embrasse et repart. Je soupire. Je ne vais pas mettre la vie d'un bébé en danger pour punir ses parents. J'ai fait le choix de rester et ce choix impliquait supporter ses maitresses surtout celle qui est enceinte.

Le diner se passe dans le silence. Jamila n'a pas l'air du tout gênée d'être à table avec la famille de son amant. Les enfants ne font que la regarder. Je suis certaine qu'ils se posent mille et une questions.

– Ken on devrait commencer à préparer une chambre ici pour notre bébé.

– Pourquoi ici ?

– Bah parce que c'est ici que lui et moi vivrons après l'accouchement. Tu ne pensais tout de même pas que j'allais encore rester seule à cette étape.

– On en reparlera.

– Pourquoi pas maintenant ? Toute la famille est déjà réunie. Aussi tu devrais commencer à réfléchir à une date pour aller te présenter à mes parents et parler du mariage. Je ne vais pas vivre éternellement cachée de ma famille.

– Jamila on parlera de ce détail plus tard. Quant au premier, je te trouverai des servantes pour t'aider avec le bébé.

– Pourquoi rester avec des étrangères quand le père est juste à côté ?

– Jamila plus tard.

– Mais on doit pourtant...

– MERDE JAMILA J'AI DIT PLUS TARD, hurle-t-il nous faisant

tous sursauter.

Les enfants sont effrayés. Je leur demande de monter dans leur chambre. Moi je me contente de débarrasser tandis que Jamila suit Ken qui s'est levé de table. Etant dans la cuisine à faire la vaisselle et le nettoyage, j'entends les éclats de voix de Ken et Jamila. Le mieux que je puisse faire c'est d'aller dormir. Mais avant, je dois aller souhaiter bonne nuit à mes bébés. La porte de leur chambre est entrebâillée ce qui me permet d'entendre leur voix. Je crois même des reniflements.

– Moi je ne veux plus rester ici, pleure Nael. Je veux partir chez papa Kendrick.

– Moi aussi je veux partir. Je n'aime plus papa Kennedy. Il est méchant et il fait pleurer toujours maman.

– Il me fait peur.

J'ouvre la porte et Nael vient se jeter dans mes bras en pleurant de plus belle.

– Chut mon lapin. Tout va bien.

– Allons-y maman.

Après cette phrase de Nael, lui et sa sœur se mettent à pleurer en symbiose. Je m'assois sur le lit avec Nael pour pouvoir prendre Lena aussi dans mes bras.

– Je ne veux plus que tu pleures maman, dit Lena. Je ne veux plus que papa te blesse.

Sans pouvoir leur dire quoi que ce soit je les serre encore plus et me mets aussi à pleurer en silence. Je ne sais pas pourquoi ils parlent de tout ça ce soir. Peut-être qu'ils en avaient l'habitude et que c'est pour cette fois qui est parvenu à mes oreilles. Je savais qu'ils avaient été traumatisés toutes les fois où ils ont assisté aux scènes de bagarres mais je ne savais pas qu'ils en souffraient autant. Je croyais qu'ils oubliaient tout puisqu'ils sont enfants. Je ne savais pas qu'ils en souffraient autant. Mes pauvres bébés. Je leur fait porter mes poids à leur si jeune âge. Je le regrette, amèrement. Mon cœur de mère saigne à cet instant.

*Mona*LYS*

– Kennedy je dois aller faire des courses ce matin pour le diner avec tes amis.

– Pourquoi tu le fais maintenant alors que le diner c'est demain ?

– Je dois aussi prendre des articles pour aujourd'hui. Le goûter des enfants et d'autres choses les concernant.

– Tu y vas à quelle heure ?

– Maintenant.

Il regarde sa montre.

– Je voulais t'accompagner mais j'ai un rendez-vous important. Je vais juste te déposer et m'en aller. Mais pas de bêtise s'il te plaît. J'ai décidé de faire des efforts et c'est ce que je m'atèle à faire donc aide-moi.

– C'est compris.

Si seulement il savait que j'allais voir son jumeau. J'ai décidé de lui donner les enfants comme il le désir. Voir mes enfants pleurer hier m'a fait comprendre qu'il avait raison. Je n'ai pas à leur faire subir ça. Ils doivent vivre dans un environnement sain. C'est moi qui suis condamnée à vivre avec Kennedy, pas eux. En plus ils ont le droit de connaitre leur véritable père et vice-versa. Je sais que ça va faire sortir Kennedy de ses gongs mais que va-t-il faire de plus si ce n'est me donner des coups et gueuler. Il n'est pas leur père et si Kendrick réussit à changer leurs extraits pour y mettre son nom, Kennedy n'aura plus aucun droit sur eux.

– Je passe te chercher à quelle heure ? Me demande Kennedy en garant devant l'hyper marché.

– Je rentrerai en taxi.

– Bien.

Je me penche vers lui pour l'embrasser. Je pose juste un baiser chaste sur ses lèvres mais il me retient et l'approfondi. À peine si je ressens quelque chose de cet échange de baiser. Je regarde sa voiture après être descendue et dès qu'elle est complètement hors de ma vue, je m'engouffre dans un taxi. Chez Kendrick n'est pas à une longue distance de là. En moins de dix minutes j'arrive devant la porte de son appartement. Mon cœur commence à cogner fort contre ma poitrine. Après un grand bol d'air inspiré je sonne. Une fois, deux fois et à la troisième fois il vient ouvrir. Il n'est pas surpris de me voir. Bon en même temps il y a un judas sur la porte.

– Que veux-tu ?

– Est-ce que je peux entrer ?

– Ton mari sait que tu es là ?

– Kendrick s'il te plaît.

Il me regarde l'air de ne pas avoir l'intention de me laisser entrer.

– Je suis là pour les enfants.

– Je ne retirerai pas ma plainte

– Même si je te les donne moi-même ?

Il plisse les yeux puis après un moment à me regarder il me laisse le passage

– Qu'est-ce que ça veut dire ?

– Que tu as raison. Que je devrais penser aux biens des enfants avant le mien. Et ce qui serait bien pour eux c'est d'être avec leur père.

– Il est où le piège ?

– Il n'y en a pas je te le jure. Hier ils ont… pleuré dans mes bras en me disant qu'ils ne voulaient plus rester avec de Kennedy. Ça m'a littéralement brisé.

Ma gorge se noue mais je fais l'effort de ne pas pleurer.

– Ils méritent d'être heureux Kendrick. Pas de voir leur mère pleurer tout le temps.

– Alors pourquoi n'y mets-tu pas fin une bonne fois pour toute Cindy ? Demande-t-il en s'approchant de moi.

– Nous sommes mariés. Le mariage, c'est sacré.

– Kennedy a bafoué votre mariage bien avant même que vous ne soyez mariés. Bref je ne vais pas revenir sur ce sujet.

– Merci ! Je t'ai apporté tous leurs papiers. Actes de naissances, extraits et leurs relevés de notes. Tu en auras peut-être besoin pour les inscrire au Congo.

– Tu acceptes que je les emmène au Congo ? Fait-il surpris.

– Tant qu'ils resteront ici Kennedy ne leur foutra pas la paix. J'ai mis par écrit que je te laisse la garde exclusive. Je ne sais pas si ça sera reçu. Je ne veux pas que ton frère l'apprenne. En tout cas pas tant que vous ne serez pas loin.

– Je n'ai pas peur de lui tu sais ?

– Oui mais je préfère éviter aux enfants une autre scène dou-
loureuse. Ils t'adorent déjà donc ils ne poseront pas trop de
questions.

– Viens avec nous Cindy.

– Tu vas donc me promettre de retirer ta plainte et autre.

– Cindy ! Souffle-t-il en se rapprochant un peu plus de moi.

– Je t'en prie Ken.

Il rapproche son visage de moi et je peux sentir son souffle sur
mon front. Je suis troublée.

– Ken promets-moi que tu n'iras pas loin avec la justice. S'il te
plaît !

– Promis.

– Merci !

Je fais l'effort surhumain de le repousser et de prendre la direction de la porte.

– Je pars. Je te ferai signe pour te donner l'heure à laquelle tu
pourras passer les prendre. Tu attendras au carrefour et je te
les enverrai.

– Ok.

– Bien. Bonne journée.

– À toi aussi.

Je prends de nouveau la direction de la porte pour m'en aller
cette fois. Mais je m'arrête en luttant contre une pensée qui
m'assaille depuis un moment. Je me retourne précipitamment

et par surprise, embrasse Ken en me hissant sur la pointe des pieds. Il tique puis se détend. Il me colle contre lui en amplifiant le baiser. Il m'embrasse d'une façon tellement sexy qui m'embrouille l'esprit. J'ai toujours adoré sa manière de m'embrasser. Ses baisers sont doux et pleins de promesses. Je n'ai plus envie qu'il arrête de m'embrasser. Cependant, je suis obligée d'y mettre fin avant de faire une bêtise. D'abord je ne dois même pas l'embrasser mais ça a été plus fort que moi. Je lui lance un dernier regard avant de m'en aller pour de bon.

Je regarde d'un œil Kennedy qui se prépare à sortir. J'ai déjà rangé toutes les affaires des gosses. On n'attend plus que Kennedy sorte.

– Tu as besoin de quelque chose ? Me demande-t-il.

– Non ! Merci.

– À ce soir.

Il m'embrasse et se dirige vers la sortie de la maison. Je le suis du regard jusqu'à ce qu'il sorte et une fois dehors je tends l'oreille pour entendre sa voiture sortir. Dès que j'entends le bruit du portail qui se referme, je fonce dans la chambre des enfants.

– On s'en va les enfants.

Je sors leurs valises cachées sous leurs lits. Enfin, le moment est arrivé de faire sortir les enfants de cette maison. Kennedy est sorti passer l'après-midi avec son ami qui doit diner chez nous demain soir avec sa femme. J'ai donc fait savoir à Kendrick que je viendrai déposer les enfants chez lui aujourd'hui.

– Vous avez pris vos doudous ?

– Oui maman ! Répondent-ils en chœur.

– Ok dépêchons.

Je soulève les deux petites valises et nous descendons les escaliers. Je pose les valises pour les tirer parce qu'elles sont lourdes.

– Maman elle est où ta valise ?

– Je ne viens pas avec vous ma puce. Vous serez avec papa Kendrick et moi je vous rejoindrez plus tard.

– D'accord.

– Soyez sages hein ?!

– Promis !

J'ouvre la porte d'entrée lorsque je tombe sur Kennedy qui s'apprêtait aussi à l'ouvrir. Merde ! Que fout-il là ? Son regard reste bloqué sur les valises des enfants.

– Vous allez quelque part ?

– Chez papa Kendrick, lâche dans un excès de joie Lena.

Je suis sûre qu'elle l'a dit pour peut-être le narguer ou je ne sais quoi d'autre mais elle ne l'a pas dit en vain. Kennedy rougit sur le coup. Bon, nous sommes dans la merde. Comment je me sors de là ? Qu'est-ce que je lui dis comme justificatif pour éviter une bagarre devant les enfants ?

EPISODE 27

CINDY

– Donc tu comptais faire partir mes enfants sans m'en informer ? Me demande-t-il entre les enfants.

– C'est le seul moyen d'éviter qu'on aille en justice Kennedy.

Une claque explose sur ma joue. Les enfants se mettent aussitôt à pleurer.

– Kennedy pas devant les enfants. Laisse-les aller chez leur père. Ils y seront heureux.

– Tu veux dire que moi je les fais souffrir ?

– Kennedy je t'en prie. Je ne veux pas qu'ils soient au milieu de querelles incessantes.

– Il n'y aura pas de querelle si tu m'es soumise. Je ne te porterai pas main si tu fais ce que je te dis. Maintenant montons.

– Kennedy !

À bout, il m'empoigne la tignasse et m'oblige à monter dans notre chambre où il m'enferme à double tour. Quelques minutes plus tard, ce sont les voix des enfants que j'entends et la porte de leur chambre être aussi condamnée. Kennedy revient dans la nôtre au moment où je tente de joindre Kendrick.

– Remets-moi ton portable.

J'obéis sans broncher. Il l'éteint et le glisse dans sa poche.

– Vous allez rester enfermés jusqu'à demain. Ça vous remettra les idées en place.

Il ressort et condamne la porte. Je vais fouiller l'endroit où il y avait les doubles des clés mais elles n'y sont plus. Je vais donc devoir attendre qu'il se calme.

*Mona*LYS*

C'est ce soir le diner avec les amis de Kennedy. Après sa crise, il nous a laissé sortir mais lui n'a pas mis les pieds dehors depuis hier. Il ne m'a pas adressé la parole non plus. J'ai déjà fait diner les enfants et je les ai mis au lit. Je me suis mise sur mon 31 ce soir à la demande de mon mari. Tous deux arrêtés au seuil de la porte, nous accueillons nos invités au nom de M et Mme KO-NATÉ. La dame est plus jeune que moi et dégage une véritable beauté. Ça se voit à des kilomètres que son mari prend soin d'elle. Ce n'est pas comme nous qui sommes fanées à causes des coups et infidélités dont nous sommes constamment victimes.

– Votre maison est vraiment très belle, complimente la femme. J'adore la déco.
– Merci beaucoup. On passe à table.

Le diner se déroule plus entre les deux hommes qui se racontent des anecdotes. Je mime souvent des sourires lorsque tous les autres se mettent à rire. Moi, tout ce qui me préoccupe c'est comment faire partir mes enfants chez Kendrick avant qu'il ne vienne lui-même. Le diner terminé, nous nous installons dans le grand salon où la discussion bat son plein. Un moment les hommes s'éclipsent sur la terrasse pour nous laisser entre femme.

– J'aurai souhaité connaitre tes enfants, dit la femme. Moi je rêve d'en avoir cinq minimum.

– Tu dois beaucoup aimer les enfants, affirmé-je.

– Oh je les adore. Tu sais, les enfants c'est la meilleure des choses, après l'amour, que Dieu ait créé. Je vais te faire une confidence. J'ai grandi dans un foyer à problème. Mon père battait sans cesse ma mère si bien que ma sœur et moi avions fini traumatisées. Nous avions donc commencé à sortir le plus souvent pour ne plus assister à des bagarres. Les vices ont fini par avoir raison de nous. Les bars et les boîtes de nuit étaient devenus nos maisons. On passait même souvent la nuit chez des hommes que nous connaissions à peine. On préférait cela que de rentrer chez nous. Un matin, lorsque nous sommes rentrées après avoir découché, c'est le corps sans vie de notre mère qui nous a accueilli au seuil de la porte. Une voiture d'Ivosep était venue la chercher pour la conduire à la morgue. Nous savions qu'elle avait un palu mais nous ne pensions pas qu'elle allait en mourir surtout qu'elle avait l'air en forme. Les médecins nous ont alors dit que son corps et ses organes vitaux étaient déjà affaiblis donc même une grippe l'aurait tué. Elle avait trop encaissé de coups. Après ça, ma sœur et moi avions quitté la maison et avions décidé de changer de mode de vie. Avec nos maigres économies, nous avions lancé notre activité et tout allait à merveille. Le mariage ne faisait pas partie de nos projets à cause du traumatisme. Mais le jour où j'ai rencontré mon mari, je suis tout de suite tombée amoureuse. J'avais peur de m'engager alors je le repoussais. Il a fini par me mettre en confiance et aujourd'hui nous voilà mariés. J'ai donc fait la promesse de ne pas refaire les mêmes erreurs que mes parents. Je me suis jurée d'être une bonne mère pour mes futurs enfants. Jamais je ne permettrai dans ma maison tout ce qui pourrait les traumatiser ou les faire fuir de la maison. Et Dieu merci mon mari n'est pas un homme comme mon père. C'est la raison pour laquelle je veux avoir beaucoup d'enfants pour réussir là où mes parents ont échoué.

– Très émouvante ton histoire. Que ne ferait-on pas pour nos bambins !?

Nous nous échangeons un sourire. Je vide mon verre d'un seul coup.

– Tu m'excuses un moment ?
– Oui ma belle !

Je monte directement dans la chambre des enfants qui dorment à poings fermés. Je les secoue légèrement pour les réveiller. Ils ouvrent petit à petit leurs yeux.

– Maman ! Murmure Nael.
– Oui poussin. Levez-vous.
– Où on va ? Demande Lena.
– Dehors. Allez-vous rincer le visage.

Ils obéissent en tanguotant un peu. Pendant ce temps, je gribouille quelque chose sur un bout de papier. Quand ils reviennent mieux réveillés, je les tire par les mains jusqu'en bas des escaliers. Là, je regarde un peu partout pour m'assurer que Kennedy ne soit pas dans les parages. Je l'entends rire à gorge déployée toujours sur la terrasse derrière la maison. Je me précipite dehors avec mes enfants. J'ouvre délicatement le portail et une fois dehors, je cours presque avec les enfants jusqu'à une cabine chez qui j'ai l'habitude de faire les transferts d'argent. Le gérant est un jeune sympathique qui m'appelle affectueusement grande sœur.

– Bonsoir petit frère s'il te plaît je voudrais te demander un service.

– Tout que tu veux ma grando.

– Je te confie mes enfants. Garde-les s'il te plaît dans un endroit où personne ne les verra. Appelle rapidement ce numéro et dit à l'homme au bout du fil de venir les chercher le plus vite possible.

Je lui tends le numéro de Kendrick inscrit sur le bout de papier.

– Tout de suite ma grando.

Je me baisse vers mes enfants pour les enlacer.

– Vous allez attendre ici votre papa ok mes loulous ?

– Ok maman ! Répondent-ils.

– C'est bien. Je vous aime. Très fort.

– Nous aussi on t'aime maman.

Je les serre très fort contre moi avant de rebrousser chemin aussi rapidement que je suis venue. Dès que j'entre au salon, je tombe sur Kennedy.

– D'où viens-tu ?

– J'étais allée faire une course rapide.

– Quel genre ?

– On en parlera plus tard Ken. Tes invités sont là.

– Ils demandent à s'en aller.

– D'accord.

– Il y a Kendrick qui n'a pas cessé de t'appeler, lance-t-il en me regardant méchamment.

– Tu veux vraiment qu'on fasse la scène quotidienne de notre ménage devant tes amis ?

Il me tourne juste le dos et s'en va. Je le suis jusqu'à retrouver ses amis. Je m'excuse auprès de la femme et Ken et moi allons les raccompagner. Je les laisse avec Kennedy pour retourner ranger l'intérieur. Kennedy a toujours mon portable il m'est donc impossible de contacter son jumeau pour m'assurer qu'il a les enfants. Je monte dans ma chambre retirer cette robe qui m'étouffait toute la soirée. Ça faisait bien longtemps que je n'avais pas été aussi élégante. À peine je fais descendre l'éclaire de ma robe placé dans mon dos que la porte de la chambre claque fortement. Je sursaute et me tourne vers Kennedy qui m'a l'air furieux. Il se met à ouvrir sa ceinture.

– Cindy combien de fois t'ai-je dit que j'ai horreur de ta désobéissance ?

– Je ne t'ai pas désobéi. Je les ai juste envoyés chez leur père.

– C'EST MOI LEUR PÈRE.

– Tu ne l'as jamais été pour eux. Ils m'ont supplié en pleurant de les emmener chez Kendrick. C'est moi ta femme et c'est moi qui suis obligée de rester avec toi jusqu'à ce que la mort nous sépare.

– Obligée ? Tu te sens obligée d'être avec moi ?

– Parce que tu crois que je suis revenue par amour ?

Il se gonfle subitement de colère.

– Tu l'aimes donc toujours ?

– C'est toi mon mari.

Il fonce sur moi tout furieux et passe sa ceinture autour de mon cou.

– Je suis Kennedy KALAMBAY et aucune femme ne me rabaisse en aimant un autre alors que nous sommes ensemble.

– Ar...rête.

Je fais l'effort de ramener ma main en arrière et lui empoigne fortement son sexe. Il hurle et lâche la ceinture. Je me mets à tousser à en devenir toute rouge. Quand je me reprends je cours vers la porte mais il me rattrape et me jette par terre. Ce sont des coups de fouet qui suivent.

– Je l'ai toujours dit que c'était la chicote le seul moyen de vous remettre les idées en place.

Je hurle ma douleur sous les coups.

– Kennedy j'ai mal arrête.

– Non je dois te faire comprendre que le fait que je me sois agenouillé devant toi pour te demander pardon ne signifie pas que c'est toi qui commande dans cette maison. Je commence à sentir des déchirures sur mon dos. J'attrape la ceinture et commence à lutter avec lui. Il me donne des coups pour m'obliger à la laisser mais je résiste. Je réussi à me lever. Ayant marre de tout le temps encaisser les coups je décide de me battre avec lui. Il me donne des coups, je les lui rends.

– Tu veux te battre avec moi Cindy ?

Il jette la ceinture et forme les poings. Je sais que je n'ai pas sa force mais je ne vais pas le laisser me cogner. Nous nous bagarrons mais monsieur pour m'affaiblir me donne des coups dans le ventre. Cette fois je décide de fuir. Pour aller où ? Je ne sais pas, mais il faut que je sorte d'ici jusqu'à ce qu'il se calme. Je lui donne un coup dans les burnes et sors en flèche de la chambre. Je m'aventure sur les escaliers lorsque je le sens me pousser. Je roule jusqu'en bas. Je me relève les larmes dans les yeux.

– C'est tout ce que tu sais faire Kennedy. Battre ta femme. Tu n'es qu'un imbécile.

Je reçois une gifle.

– Un bâtard de première.

Je reçois une deuxième.

– Un enfant indigne qui fait la honte de ses parents.

Je reçois deux gifles successives.

– Tu n'es qu'un homme sans couilles.

Là c'est un coup de pied direct dans le ventre. Je hurle mais refuse de me taire. Il faut que je lui crache ma haine.

– Frappe-moi autant que tu veux mais plus jamais je ne t'aimerai. Je ne ressens que du dégoût pour ta personne.
– Ferme-là ! M'ordonne-t-il en empoignant ma tignasse.
– Plus jamais je ne me tairai. Puisque je ne peux pas te quitter je vais donc te rappeler que tu n'es qu'un échec dans la société. Tu es nul et toute ta vie ton frère sera meilleur que toi. Même

au lit il est meilleur.

J'ai touché son point sensible. Il pète un câble et les coups recommencent à pleuvoir.

– Au secours ! Il va me tuer.
– Qui appelles-tu au secours ? Ton Kendrick ? Il n'est pas là pour te sauver.
– Vas au diable Kennedy.

Je cours vers la porte de sortie mais je suis vite rattrapée et projetée dans un sens par un coup de pied. Ma tête cogne contre un meuble et le sang apparaît. Ken prend ma tête et la cogne encore contre le même meuble et cette fois c'est de mon nez que le sang coule. Je lui mords le mollet pour lui rendre son coup. Mon ventre reçoit trois coups de pieds.

– Kennedy tu veux me tuer c'est ça ? Vas-y ooohh.

Je pleure de toute mon âme. Pourquoi la vie m'a jeté dans les bras d'un tel homme ? Pourquoi est-ce à moi que ça arrive ? Je reçois un autre coup dans ma bouche. Le sang la remplit aussitôt. Je pense à mes enfants. Mais contrairement aux autre fois, je ne suis pas aussi triste parce que cette fois, ils ont un bon père qui prendra soin d'eux. Je suis juste triste du fait que je ne les reverrai plus. Je ne sens plus de coup me tomber dessus. Je vois juste Kennedy s'éloigner. Je le déteste de toute mon âme. Je me relève et à l'aide d'un vase l'assomme. Il s'évanouie sur le coup. Je prends rapidement mon portable dans sa poche et lance le numéro de Kendrick. Il décroche aussitôt sans même que le portable n'ai sonné.

« – Enfin Cindy ! Depuis hier j'essaie de te joindre. »

– Tu as les enfants ?

« – *Oui ils se sont endormis dans la voiture et là nous sommes dans la maison de la plage.* »

– Ok prends bien soin d'eux et...

Ma gorge se noue. Je ne peux me retenir de pleurer.

– « *Cindy qu'est-ce qui se passe ?* »

– Dis-leur que je les aime.

– « *Cindy...* »

Je raccroche. Je n'ai pas le temps de me remettre de mes émotions que je sens ma tignasse être tirée. Kennedy s'est réveillé.

– Tu veux donc me tuer pour aller rejoindre ton amant ?

– Non ! Arrête s'il te plaît !

– Je vais t'apprendre à rester fidèle à ton mari.

Il me jette par terre et déchire ma robe.

– Ken non pas ça.

– Je suis ton mari et j'ai tous les droits sur ton corps.

Il déchire mon dessous et alors qu'il ouvre son jeans je le pousse d'un coup de pied et prends la fuite vers la cuisine. C'est le seule endroit où je puisse trouver refuge. À peine je ferme la porte qu'elle s'éclate contre mon visage sous le coup de pied violent de Ken. Je prends tout ce qui me tombe sur la maison pour les lancer contre lui mais il esquive et une fois à mon niveau il me fait un tacle. Ma tête cogne le plan de travail en tombant. Je perds connaissance.

Quand j'émerge petit à petit, Kennedy est sur moi en train de grogner de plaisir. Il est en train de me violer. Tout ce que j'arrive à faire c'est de pleurer.

– Tu es ma femme Cindy et ta vie est entre mes mains. Maintenant laisse-moi te faire découvrir un autre plaisir.

Il me retourne sur le ventre et m'oblige à me mettre à quatre pattes. Je suis prise de froid lorsqu'il pose son pieu sur mon orifice.

– Qu'est-ce que tu veux faire Ken ? Non pas ça je t'en supplie.

Je suis tellement faible que je n'arrive pas à lutter assez contre lui. Il finit par pénétrer mon anus. Je hurle, je pleure, je le maudis mais il n'a que faire. Il continue sa sale besogne. Mes yeux remplis de larmes tombent sur un couteau juste devant moi. Je le prends et aussi rapidement que je le peux me retourne dans le but de faire du mal à Ken. Il a un mouvement de recul et le couteau le blesse au bras.

– Salope tu veux me tuer ? Tu veux me tuer pour aller retrouver ton amant ? Sale garce ! C'est moi qui vais te tuer.

Le regard ténébreux qu'il me lance me glace tellement que je me mets à reculer sur mes fesses. Il bondit sur moi et fait tomber le couteau. De ses deux mains il commence à m'étrangler.

– Comprends bien une chose Cindy, si tu n'es pas à moi tu ne seras à personne d'autre. Donc si je dois mourir, on mourra ensemble.
– Tu iras bruler en enfer Ken. Le diable ton père t'y attend.

Il resserre son emprise et là vraiment je commence à manquer d'air. Je crois bien que cette fois il va me tuer. Je le griffe pour le faire lâcher prise mais rien. Je tente désespérément de lui donner des coups avec mes pieds mais encore rien. Je n'y arrive pas. Mes yeux commencent à révulser et mon souffle me quitte peu à peu. Tout ce que j'entends dans mon esprit ce sont les voix de mes enfants me disant qu'ils m'aiment. Plus j'entends leur voix plus mes larmes coulent. Je ne dois pas mourir. Je veux encore les voir, je veux encore les entendre me dire qu'ils m'aiment. Je veux les voir grandir, se marier, faire des enfants. Je veux encore faire partir de la vie de mes enfants. Une petite force m'anime lorsqu'en baissant les yeux je vois le couteau tout près de moi. D'une main je continue de lutter avec Kennedy et de l'autre je récupère le couteau. Je dois faire vite parce que je suis à bout. Quand mes doigts touchent le couteau, sans hésiter, sans trembler, sans craindre, je l'enfonce dans la côte de Ken. Son cri retenti dans toute la maison tel le hurlement d'un loup dans la forêt. Le voyant affaibli, je le pousse au sol et prends le dessus. Sans attendre qu'il se reprenne pour me rendre mon coup je ressors le couteau de son côté et le plante cette fois dans son ventre.

– Cindy ! Geint-il.

– Vas au diable Kennedy KALAMBAY.

Toute ma peine ressurgit et j'enfonce encore une fois de plus le couteau dans son ventre sans le lâcher. J'ai les mains pleines de sang. Je le regarde mourir puis quand il pousse son dernier soupir je me laisse tomber au sol. C'est fini, plus de coup, plus d'abus, plus d'infidélité, plus d'humiliation. C'est fini ! Je prends son portable dans sa poche et lance un numéro. Ça sonne longtemps avant qu'elle ne décroche.

– « *Allô !?* » Dit la voix ensommeillée de Loraine.

– Loraine, c'est Cindy ! J'aurai besoin de ton frère, le colonel.

– « *Pourquoi ? Qu'est-ce qu'il y a ?* »

– Je viens de tuer mon mari.

– « *Oh mon Dieu ! J'arrive.* »

Une vingtaine de minute plus tard j'entends du bruit à l'extérieur étant toujours dans la même position, assise près du corps de Ken avec les mains pleines de sang. J'entends la voix de Loraine hurler mon nom en me cherchant. Je n'ai pas la force pour lui répondre. Elle finit par me retrouver. Elle apparait avec à sa suite son époux, sa belle-sœur et son frère. Elle saute le corps de Ken et vient me prendre dans ses bras.

– Ne t'inquiète pas ma chérie nous sommes là pour t'aider. Tout est fini maintenant.

Oui ! Tout est fini. Plus jamais un homme ne lèvera la main sur moi. Que je finisse mes jours en prison n'a pas d'importance. Ce qui importe c'est que je ne recevrai plus de coup. CEST FINI !

EPISODE 28

KENDRICK

Plusieurs mois plus tard

Sous l'ordre de l'officier, nous pénétrons tous à l'intérieur de la salle du tribunal pour assister au dernier jour du procès de Cindy. Après ce jour sombre où elle a tué son mari, elle a été mise en détention le temps de faire son procès et de déterminer si oui ou non son acte était de la légitime défense comme elle le prétend. Nous avions été tous sur le choc en apprenant ce qui s'était passé. Cindy était restée muette pendant près d'une semaine. Elle était encore sous le choc elle aussi. C'est quand elle s'est décidée à parler qu'elle a fait sa déposition. Bien avant que nous ne le fassions, sa patronne Loraine ANDERSON lui avait pris un avocat. C'est maman qui a porté plainte contre Cindy pour le meurtre de son fils. Papa voulait la faire libérer parce qu'il savait que tout ce qui était arrivé était de la faute de son défunt fils mais sa femme mama So l'en a dissuadé disant de laisser ma mère faire son deuil à sa manière. Voir le meurtrier de son fils passer devant la justice apaiserait un peu son cœur. Mon père a donc laissé faire mais il apporte son aide du mieux qu'il peut aux amis de Cindy qui lui sont d'un véritable soutient.

Tout le monde a témoigné. Moi, mes parents, la mère et l'ainé des oncles de Cindy, Loraine et sa belle-sœur, mais aussi Estelle. Tous, comme si nous nous étions entendus, avions dit les mêmes choses sur les réalités du couple KALAMBAY. Les parents de Cindy et ma mère ont essayé de retourner leurs témoignages en leur faveur en affirmant qu'ils ne savaient pas que c'était aussi grave que ça. Il y a eu aussi le témoignage du docteur de Cindy ce qui a joué pour beaucoup. Sauf cas de corruption, Cindy devrait être libérée aujourd'hui. J'ai tenté plusieurs fois de la voir mais elle n'a jamais voulu. Je n'ai plus insisté jusqu'à ce jour.

Mon père, sa femme, moi et ma mère nous asseyons dans la rangé de droite derrière l'avocat engagé par ma mère. Toutes les autres personnes se dirigent dans celle de gauche derrière Cindy qui ne va pas tarder à faire son entrée. J'ai hâte que tout ça finisse pour que les enfants puissent enfin voir leur mère. Elle n'a pas voulu qu'ils viennent la voir en prison mais eux ne cessent de la réclamer. Elle apparait enfin suivi des policiers. Je ne supporte pas de la voir dans cet état. Elle a pris un coup de vieux et a perdu de sa superbe mais n'empêche qu'à mes yeux elle reste la plus belle femme que j'ai connue. Le juge fait son entrée après elle et nous fait signe de nous asseoir.

– Nous sommes maintenant au terme de l'affaire Cindy YAPI épouse KALAMBAY qui est accusée d'avoir assassiné son époux le défunt Kennedy KALAMBAY. Madame Cindy s'est déclarée non coupable et a affirmé avoir agi en légitime défense. Alors, si nous nous référons aux articles 100 et 101 du code pénal Ivoirien et après avoir suivi l'affaire, écouté les témoignages et vu tous les tests médicaux effectués sur l'accusée, nous pouvons donc classer cette affaire dans le cadre de la légitime défense. Ceci étant, Madame Cindy YAPI épouse KALAMBAY est déclarée non coupable et doit être immédiatement remise en liberté.

Des cris de joies fusent du côté de Cindy. Mon père et moi

sommes aussi heureux mais pour respecter la tristesse de ma mère, nous nous contentons juste de les regarder se réjouirent. C'est le juge qui impose de nouveau le silence en tapant du marteau.

– Avant de clore définitivement ce procès, je voudrais donner quelques conseils à Madame Cindy mais aussi à vous, les femmes, qui êtes dans cette salle. N'acceptez jamais l'idée que le mariage est plus important que votre vie. Le mariage est une belle chose et encore mieux elle a été instituée par Dieu mais Dieu n'a pas institué le mariage pour qu'on en souffre ou qu'on en meure. Il faut savoir mettre fin à un mariage ou une relation avant qu'il ne soit trop tard. Le mariage n'emmène pas au paradis ça je vous le dit. J'ai toujours mal de voir des femmes qui supportent des coups ou des viols sous prétexte de l'amour. Un homme qui vous aime ne vous portera jamais mains. Il trouvera toujours le moyen de se calmer quand vous le pousserez à bout. Ma sœur est morte sous les coups de son mari. Elle m'a caché ce qu'elle vivait pendant des années pas peur que je le foute en prison. J'ai tout découvert le jour où il lui a porté le coup de grâce. Je m'en suis voulu pendant des années avant de véritablement accepter la chose. Vous, vous avez eu la chance d'être encore en vie même si vos trompes y sont restées. Mais vous auriez pu éviter de tuer votre époux si vous étiez partie plus tôt. Tous les hommes ne sont pas violents, comprenez-le. Maintenant à vous les parents, arrêtez de donner les conseils à vos enfants selon votre siècle. Le siècle où la femme était tout le temps écrasée par son mari et réduite à être une simple ménagère est révolu. Conseillez à vos filles la soumission sans leur demander de supporter des choses qui sont au-dessus de leur force. Ce n'est pas parce que vous êtes les parents que vous avez toujours raison. Apprenez à penser aux bonheurs de vos enfants que de vous soucier de ce que la société dira. Si Monsieur Kennedy KALAMBAY est mort c'est aussi de votre faute. Vouloir à tout prix les garder mariés pour je ne sais quel principe ou culture. J'espère que tout ça vous servira de leçon. Bonne chance à vous Cindy dans votre nouvelle vie parce que oui c'est maintenant que votre vie commencera. Prenez de bonnes décisions cette fois. La session est levée.

Maman sort sans plus attendre. Mon père et sa femme vont vers Cindy qui est déjà entourée de ses amis. Sa mère et son oncle sont en retrait le visage rempli de honte. Cindy non plus ne les regarde pas. Mes parents discutent un peu avec elle avant de prendre le chemin de la sortie. Je m'avance à mon tour. Je ne sais pas si elle voudra que je l'enlace alors je reste à l'écart.

– Félicitations !
– Merci ! J'ai hâte de voir mes enfants.
– Tu les verras quand tu veux. Ils sont aussi impatients de te voir.

Elle sourit timidement avant de prendre un air sérieux.

– Je suis désolée pour ton...
– Tu n'as pas à t'excuser. C'était lui ou toi. Le meilleur de vous deux est resté en vie.

Elle baisse les yeux tristement.

– Tu vas rentrer avec tes amis ou ? Demandé-je pour changer de sujet.
– Non avec toi. Je veux voir les enfants.
– Je t'attendrai donc jusqu'à ce que tu sortes.
– Ok.

– À toute.

– À toute.

Je la regarde sortir de la pièce après quoi je monte dans ma voiture direction la MACA d'où sera libérée Cindy. Même si entre Ken et moi ce n'était pas le grand amour je suis quand même triste qu'il ne soit plus là. Il était mon frère jumeau, mon autre moi. J'ai de la peine qu'il soit parti ainsi. Les choses auraient dû se passer autrement mais hélas. Nous l'avons enterré une semaine après la tragédie. Il n'y avait pas vraiment du monde. C'était juste un truc familial. Néanmoins Jamila était présente puisqu'elle porte en elle le seul souvenir de Kennedy. Maman la prise d'ailleurs avec elle pour mieux la suivre. C'est le bébé qui réconforte ma mère. Elle aura un souvenir de son fils adoré. J'ai voulu la réconforté pendant les obsèques mais j'ai préféré rester à distance de peur d'être rabroué. Ça a toujours été ainsi depuis mon adolescence. Elle me rejetait constamment sous prétexte que j'avais l'amour de mon père qui lui aussi rejetait Kennedy. C'était à chaque parent son enfant, à chaque enfant son parent. J'ai toujours eu besoin d'affection maternelle et il a fallu la venue de mama So pour que j'en aie un peu droit.

La porte de la prison s'ouvre sur Cindy. Mon cœur est remplit de joie en la voyant. Enfin elle est libre. Elle est magnifiquement habillée. Je crois que c'est son ex patronne qui lui a offert la ténue. Je vais la prendre dans mes bras par surprise. Elle répond à mon étreinte. Je la serre tellement que l'émotion me submerge. Seulement plutôt que ce soit moi qui pleure c'est elle qui éclate en sanglot. Je la serre encore plus dans mes bras.

– C'est fini princesse. Esili (C'est fini, en Lingala)

Elle pleure en me serrant encore très très fort. Je ne peux à mon tour retenir mes larmes. Je fais l'effort de me reprendre pour la calmer. Je prends sa tête en coupe et l'oblige à me regarder.

– C'est fini Cindy ! Plus personne ne te fera de mal et plus jamais tu ne retourneras dans cet endroit.

Elle secoue vivement la tête.

– Une nouvelle vie t'attend avec les enfants. Tu vas désormais être la meilleure maman du monde pour eux. Tu ne dois pas laisser cette histoire diriger ta vie. Tu dois tourner cette page et entamer une autre. Est-ce que c'est compris ?

– Oui !

– Maintenant fais-moi un sourire. Faudrait dérider ce beau visage avant de voir les enfants.

Un sourire étire ses lèvres illuminant son visage. Je lui nettoie le visage après quoi nous embarquons.

– Les enfants ont très hâte de te voir.

– Et moi donc. Mais s'il te plaît pourrait-on aller chez ta mère en premier ?

– Pourquoi ? Demandé-je en fronçant les sourcils.

– Je veux lui parler. Lui demander pardon. Tu comprends ?

– Oui !

Je prends donc la direction de chez ma mère. Cindy demeure silencieuse et pensive durant tout le trajet. Quand nous arrivons, elle met du temps avant de descendre. Une fois fait, nous rentrons tous les deux à l'intérieur où maman est assise, l'esprit ailleurs. Dès qu'elle nous voit, ou du moins Cindy, la colère déforme son visage.

– Qu'est-ce que tu fais chez moi meurtrière ?

Cindy se met aussitôt à genoux devant elle.

– Je te demande pardon maman.

– Pardon pour quoi ? Pour avoir tué mon fils ? Tout ça pour quoi ? Parce qu'il t'a tapé ? Es-tu la seule femme qu'on tape sur cette planète ? Mais les autres ne tuent pas leur mari, elles deviennent juste soumises. Mais toi comme tu as un cœur noir et rebelle pour ne pas te soumettre, tu as préféré tuer mon fils. Mais comme la justice ne t'a pas puni, Dieu va le faire. Il va te punir.

– Maman s'il te plaît, interviens-je.

– Toi fiche-moi la paix. Ce n'est pas pour ses beaux yeux à elle que tu as tourné le dos à ton frère jumeau ? Prends ta chose et sortez de ma maison. Mtchrrrr.

Elle quitte la pièce en continuant de lancer des injures en Baoulé. Je relève Cindy et ensemble nous quittons les lieux. J'engage un sujet de conversation plus gai pour lui arracher un sourire. À peine nous arrivons devant la maison de la plage que les enfants sortent en courant. Cindy se précipite dehors sans même attendre que je gare bien. Elle se met à genoux et réceptionne les jumeaux dans ses bras. L'émotion est à son comble. Cindy tout comme les enfants pleurent toujours entrelacés.

– Tu nous as manqué maman ! Pleure Lena. Ne nous quitte plus jamais.

– Je suis désolée mes bébés. Je suis là maintenant et plus jamais je ne m'en irai. Je vous aime tellement.

– On t'aime aussi maman ! Répondent-ils ensemble.

Cindy les embrasse un peu partout de façon désordonnée avant de les serrer encore dans ses bras. Le spectacle est beau à voir. Je reste donc à distance pour pas les interrompre. J'en suis même ému. J'ai toujours aimé la complicité entre mes enfants et leur mère.

Tout le reste de la journée s'est bien déroulé avec les enfants qui ne voulaient point lâcher leur mère de peur qu'elle disparaisse à nouveau. Je les ai juste regardé de loin profiter. Ils sont maintenant tellement épuisés qu'à peine 19h a sonné qu'ils se sont écroulés de sommeil. Je ressors de leur chambre suivi de Cindy.

– Je crois que je vais rentrer maintenant. Ça peut aller ?

– Oui ! Merci d'avoir bien pris soin d'eux pendant mon absence.

– Tu me remercies alors que je suis leur père ? Ça n'a pas de sens.

– Je sais, affirme-t-elle un léger sourire sur les lèvres. Mais bon tous les pères ne le font pas. Ça prouve que tu es meilleur.

– Merci !

J'ai envie de l'embrasser mais je me retiens. Elle vient de sortir de prison et je ne veux pas lui embrouiller l'esprit. Je lui laisserai le temps qu'il faut avant d'entamer la procédure de reconquête. Je lui souhaite bonne nuit et prends congé d'elle. Plutôt que de rentrer à mon appartement je retourne chez ma mère. J'y ai donné rendez-vous à mon père pour qu'on discute tous les trois. Je veux retrouver ma mère. J'ai envie qu'on se reparle comme mère et fils et non comme ennemis. J'en ai marre que notre famille soit divisée. Ce sont toutes ces querelles incessantes qui ont coupé tous nos liens si bien que chacun vivait sa vie comme il l'entendait. Je ne veux plus de ça. Je les rejoins au salon chacun assis dans son coin. Ils ne s'échangent même pas de mots.

– Bonsoir ! Salué-je

– Qu'est-ce que tu veux encore ? M'attaque d'emblée ma mère.

– Retrouver ma mère, répondé-je du tac au tac.

– Suis-je perdue ?

– Pour moi oui ! J'ai perdu ma mère depuis que j'étais gosse. Kennedy et moi avions été victimes de la non-entente entre toi et papa. Oui mon frère et moi étions très différents, sur tous les bords je peux même le dire, mais papa et toi auriez dû utiliser d'autres méthodes que de choisir vos favoris. Pendant longtemps je n'ai souhaité qu'une attention de ta part. Je voulais avoir ma mère, l'entendre me gronder et me féliciter. Me donner des conseils, me dire quoi faire devant telle ou telle situation. Je n'ai pas demandé à ce que papa soit hyper sévère avec Kennedy. Tout ce que moi je me contentais de faire c'était de rapporter de bonnes notes afin que vous soyez fiers de moi. Mais faut croire que c'est tout le contraire que ça a engendré. Mais maintenant maman il ne te reste que moi comme enfant et je voudrais qu'on ressoude nos liens. Je veux être un fils pour toi et toi une mère pour moi. Je veux qu'on soit une famille même si papa et toi ne vous remettez pas ensemble. C'est aussi de notre faute si Ken est mort. Je ne parle pas du fait qu'il était violent, mais plutôt du fait qu'on aurait pu essayer de le transformer en une bonne personne si nous n'étions pas trop occupés à nous faire la guerre. Moi et papa contre toi maman et Kennedy. On se faisait la guerre sur qui aurait le plus de responsabilités. On se faisait des rivalités sur tout au lieu de nous entraider à devenir meilleur. Maintenant Kennedy est mort et il ne reste que nous. Je souhaiterais donc que nous enterrions la hache de guerre. Je vous supplie d'oublier le passé et qu'ensemble nous construisons l'avenir. Il y a des enfants dans la famille. Moi j'en ai deux et bientôt Jamila nous donnera l'héritier de Kennedy. Je n'aimerais pas qu'ils grandissent tous dans cette même atmosphère dans laquelle mon frère et moi avions grandi et qui nous a détruit.

Je suis stoppé par l'émotion qui m'envahit en repensant à tout ce par quoi nous sommes passés.

– Il y a déjà eu assez de victimes comme ça. Déjà Cindy qui n'a jamais été heureuse, ensuite elle a perdu ses trompes, moi j'ai été séparé de mes gosses pendant cinq années, Kennedy est mort et son fils grandira sans son père. Je ne veux pas de ça pour mes enfants et pour mon neveu. Je veux qu'ils aient des grands-parents unis qui leurs prodigueront de bons conseils. J'ai besoin de mes deux parents.

Quand j'arrête mon discours je vois mon père pleurer en silence. C'est la première fois que je le vois pleurer. Même quand Kennedy est mort il s'isolait pour refouler sa peine. Mon père n'a jamais été du genre à se laisser aller en public alors si aujourd'hui il le fait, c'est qu'il est vraiment touché. Ma mère elle est plutôt en colère.

– Donc tu attendais la mort de ton frère pour nous dire ces choses ? Tu veux que nous soyons unis juste pour toi ? Mais ce sera sans moi et je te le dis en même temps je ne veux plus voir Cindy et ses enfants. Ce sont eux la cause de la mort de mon fils. Donc si tu veux l'épouser quitte le pays avec elle et vos progénitures sinon toutes les fois que je la verrai je l'humilierai. Maintenant laissez-moi aller dormir.

Elle nous plante là et disparaît vers sa chambre. Au moins j'aurais essayé.

– Tes mots m'ont profondément touché Kendrick. Tu as raison sur toute la ligne. Je me rends maintenant compte de mon irresponsabilité entant que père. J'ai fait beaucoup d'erreurs. D'énormes erreurs.

– Mon but n'est pas de te blâmer papa, mais de nous faire prendre conscience.

– Et tu as réussi. Je ferai de mon mieux pour que nous soyons tous unis même si ce sera un peu difficile avec ta mère. Je laisserai de côté mon orgueil. Mes petits enfants ne connaîtront pas les mêmes choses.

– Merci papa !

– Nous devrions rentrer maintenant avant que ta mère ne vienne nous chasser à coups de balais.

C'est en rigolant que nous nous en allons. J'espère que mes paroles auront aussi de l'effet sur ma mère et qu'elle reviendra à de meilleurs sentiments. Je ne veux plus de discorde dans ma famille. Si nous vivons toutes ces choses, c'est parce que nous n'avons pas été unis. La guerre entre mes parents a rejailli sur mon frère et moi faisant de nous des rivaux. Je ne veux pas de ça pour mes enfants et je me battrai pour avoir une famille unie. Que Cindy me donne une chance ou pas, nous serons tous unis. On peut divorcer sans pour autant instaurer la haine dans la famille. Qu'on le comprenne bien, les querelles entre les parents se répandent toujours sur les enfants et si chaque parent au lieu d'aimer chacun de ses enfants de la même manière lèse certains au détriment des autres, le résultat ne sera rien d'autre que la haine, la rivalité entre les enfants. Sachons donc faire la part des choses.

EPISODE 29

CINDY

Enfin un autre chapitre de ma vie commence. Ce n'est certes pas de cette manière que j'imaginais le déroulé de ma vie mais comme on le dit, il faut savoir tirer profit de chaque situation. Ces épreuves m'ont permis de comprendre certaines choses. Ce n'est pas tout qu'on accepte par amour. Oui certaines choses sont acceptables et avec un amour fort et du courage on peut changer des situations mais il y en a d'autres qu'on ne doit jamais commettre l'erreur d'accepter. Parmi ces choses ont peut citer les violences conjugales et les abus sexuels. Aucune femme ne devrait accepter cela. Jamais. En tout cas moi, plus jamais je ne l'accepterai. Le prochain homme qui osera lever la main sur moi je l'enverrai direct en prison. Plus jamais de coup sur mon corps. Mon séjour en prison m'a fait longuement réfléchir. Je me suis réjouie du fait que je sois en prison plutôt qu'enfermée dans une tombe. Mais aussi j'ai regretté d'avoir été dans cet endroit parce que je sais que j'aurai pu l'éviter si j'avais dit merde plutôt. Combien de fois avais-je voulu le faire changer au lieu de penser à ma propre vie ? Mais c'est fini tout ça. Je ne suis plus la même Cindy depuis mon séjour en prison. Je ne serai plus la même. Si je me relançais dans une relation amoureuse ? Je ne peux pas dire pour l'avenir mais pour l'instant non. Plus d'homme dans ma vie. Le seul homme sera Nael, mon garçon.

– Bonjour tout le monde.

Je relève vivement ma tête du magazine que je lisais pour la tourner vers ma mère. Avant que je ne me pose la question de savoir comment elle est arrivée là je vois Kendrick apparaître derrière elle. Elle l'a donc contacté. Depuis la mort de Kennedy je ne lui adresse plus la parole. Je lui en veux aussi. C'est aussi de sa faute tout ça. C'est elle qui m'a incité à demeurer dans ce mariage bien que sachant que j'y vivais un enfer. Elle ne m'a pas prodigué des conseils pour mon bonheur mais elle l'a fait pour ses intérêts parce que Ken la mettait au beurre. L'argent était plus important que ma vie. Alors ce n'est pas aujourd'hui qu'elle va venir s'excuser sous prétexte qu'elle n'avait pas idée de la gravité de la chose. Ni elle ni mes oncles ne méritent que je leur adresse la parole. Je la regarde attendant qu'elle parle.

– Cindy ma fille. Je te demande pardon. Je ne savais pas…

– Ce n'est pas la peine de te fatiguer à terminer ta phrase. Tu ne savais pas ? Vraiment !? Je t'ai montré mes bleus et tu étais là quand j'ai perdu mes trompes et tu me dis que tu ne savais pas ? Wahoo !

– Cindy !

– Merci de t'en aller.

– Cindy c'est ta mère, intervient Kendrick.

– C'est justement parce que je ne veux pas manquer de respect à ma mère que je lui demande de s'en aller. Peut-être qu'un jour, je lui pardonnerai mais pour l'heure qu'elle reste loin de moi et de mes enfants.

C'est avec les yeux larmoyants qu'elle part. Je n'ai aucun remord quant à la façon dont je lui ai parlé. J'aurai pu faire pire.

– Cindy tu dois laisser tout tomber et passer à autre chose.

– Je sais Kendrick, dis-je en me rasseyant. Mais pour l'heure je préfère prendre du recul. Je voudrais aussi te parler.

– De quoi ? S'enquiert-il en prenant place face à moi.

– Je vais bientôt quitter cette maison. Je vais aller vivre chez Estelle le temps pour moi de me reprendre en mains.

– Je peux t'aider Cindy.

– Je sais mais… je ne veux plus rien des KALAMBAY. Ce n'est pas que je vous déteste mais j'ai besoin de m'éloigner un tant soit peu de cette famille. Etre près de vous me rappellera toujours cette mauvaise expérience. En plus, j'ai tué l'un des vôtres…

– Parce que tu n'avais pas d'autres choix. Cindy ne m'éloigne pas des enfants.

– Non tu pourras les voir autant que tu veux. Au fait les concernant je voudrais te demander un service.

– Lequel ?

– Je voudrais s'il te plaît que tu les emmènes avec toi au Congo pour deux ans.

Il fronce les sourcils surpris.

– J'ai besoin de me retrouver seule pour tout recommencer. Je ne les abandonne pas, juste que j'ai besoin de plus de temps à moi pour me rebâtir afin de leur assurer un avenir meilleur. Je veux pouvoir les maintenir dans le mode de vie auquel ils sont déjà habitués et pour cela, il me faut travailler d'arrache-pied.

J'ai décidé d'être autonome. Je ne veux plus travailler pour qui que ce soit alors j'ai décidé de prendre un prêt à la banque afin de lancer ma propre activité. J'ai déjà tout un tas d'idée de ce que je veux faire et comme je l'ai dit à Kendrick il me faut plus de temps pour moi. Je sais qu'il me sera difficile de me séparer de mes enfants mais ce sera un mal pour un bien. Je ne veux plus dépendre d'un homme. Je dois être autonome. Oui, c'est vrai que je travaillais, mais après que Kennedy m'ait demandé de démissionner, je n'ai pas cherché à faire autre chose. Je suis juste resté cloitrée à la maison. Je veux donc bouger maintenant.

– Je ferai tout ce que tu veux Cindy. Pourvu que ça te rende heureuse.

*Mona*LYS*

Chose dite chose faite. J'ai aménagé hier chez Estelle avec les enfants. Je veux passer le temps qu'il leur reste ici avant qu'ils ne s'en aillent. L'année scolaire s'achève dans moins d'un mois. D'ici là ils auront tous leurs papiers pour aller au Congo avec leur père.

Je suis à table avec ma sœur et les enfants. Ça m'a tellement manqué ces moments avec ma sœur. Notre séparation m'a vraiment affecté mais maintenant il n'y a plus aucune raison pour que nous soyons éloignées.

– Alors quand comptes-tu te rendre à la banque pour demander le prêt ?

– Je ne sais pas encore. Le temps que je mette tous mes documents en ordre. Je dois retirer le nom de Kennedy sur tous mes papiers, c'est ce qui va prendre un peu de temps.

– Je peux le prendre pour toi.

– Non ça va trop peser sur toi. Tu fais déjà assez en nous hébergeant ici.

– Arrête de dire que je fais assez. Chez moi c'est aussi chez toi.

Comme le disent les autres, mi casa es tu casa.

Je la gratifie d'un sourire.

– Que ferais-je sans toi ?
– Absolument rien.
– C'est ça fait la grosse tête.

Nous partons dans un fou rire qui fait sursauter les enfants. À peine nous finissons de diner que la sonnerie retentit. Estelle va voir pendant que je nettoie tout avant de tout ranger dans la cuisine.

– Ce sont Kendrick et son père, m'informe Estelle arrêtée au seuil de la cuisine.
– Ok j'arrive.

Je me nettoie les mains et les rejoins au salon. Les enfants sont déjà très bien installés l'un sur les jambes de leur père et l'autre sur celles de leur grand-père en train de leur raconter je ne sais quoi. Je crois même les entendre parler Lingala. Je les salue et prends place avec Estelle à mes côtés.

– Je vous serre à boire ?
– Merci ta sœur nous l'a déjà proposé, répond papa Luzolo. Désolé de venir vous voir à cette heure de la nuit. C'est juste que je retourne à Kinshasa demain très tôt. J'ai alors décidé de venir vous dire au revoir.
– Pas de quoi papa. C'est gentil de ta part.
– C'est normal. Kendrick m'a aussi parlé de ta décision d'emmener les enfants au Congo le temps de te poser. C'est ça ?
– Oui papa.

– C'est bien. Je tenais aussi à te rassurer que nous prendrons bien soin d'eux et te les ramènerons en pleine forme. Tu pourras même venir les voir de temps en temps. Tu n'auras juste qu'à m'informer et je m'occuperai de tout.

– C'est compris papa. Je t'en remercie et je ne doute pas un instant que les enfants seront à leur aise chez vous.

– C'est bien. J'ai déjà tout réglé pour les papiers des enfants. Quand le moment viendra Ken n'aura qu'à juste prendre l'avion avec eux. Mais avant de partir je voudrais de te remettre ceci.

Il fouille dans la poche de sa veste et en sort un bout de papier.

– Je tenais à te donner cette somme pour t'aider dans ta démarche de reconstruction.

Je regarde le chèque, gênée.

– Non papa merci. Ne te sens surtout pas obligé de le faire. Je saurai me débrouiller.

– Je ne le fais pas par contrainte. Je t'ai toujours considéré comme la fille que je n'ai jamais eu alors c'est avec joie que je te donne ce chèque. S'il te plaît prend-le.

Je regarde Estelle qui me fait signe de prendre. Je le fais donc et quand je lis le montant j'ouvre grand les yeux.

– Merci beaucoup papa.

– Il n'y a pas de merci entre nous. Comme je te l'ai dit un jour, même si tu n'es plus mariée à l'un de mes fils, tu feras toujours partie de ma famille. Nous sommes liés par les enfants et par l'affection que je te porte.

Ces mots m'émeuvent tellement que je ne peux m'empêcher de pleurer. Je me lève pour me mettre à genou devant lui en signe de respect. Il me relève pour me prendre dans ses bras. Quand je pense qu'un étranger me donne plus d'affection que les membres de ma famille. Comme la vie est bizarre ! Je me sépare de lui pour me reprendre.

– Merci encore papa.

– De rien. Bon je ne vais pas vous prendre plus de temps. Je vais vous demander la moitié de la route.

– Nous te la donnons papa, répondé-je en souriant timidement. Fais un bon voyage et bien de choses à mama So.

– Je n'y manquerai pas. Kendrick, je t'attends en bas.

– D'accord papa.

Papa Luzolo prend congé de nous non sans avoir donné de gros billets à ses petits enfants. Kendrick demande à me parler en privé. Je le raccompagne donc jusque devant la porte où nous nous arrêtons.

– Tu es vraiment sûre de vouloir laisser partir les enfants avec moi ?

– Je le suis Kendrick.

– Ok.

Il se rapproche de moi qui suis adossée sur la porte. D'une main il me caresse la joue.

– Je ne sais pas si le moment est approprié mais je tenais à… à te rappeler que je t'aime Cindy. Je t'aime et je veux que tu nous redonnes une chance.

– Kendrick je… je n'ai pas la tête à ça en ce moment. Ma priorité c'est de reprendre ma vie en mains. Je ne veux pas de relation pour le moment et je ne sais jusqu'à quand j'en aurai de nouveau envie.

– Je sais que tu as perdu toute confiance aux hommes et que ton cœur est blessé mais je veux panser toutes tes blessures. Je veux t'aimer comme jamais on ne t'a aimé. Je veux te faire oublier toutes les peines que tu as endurées. Tu me connais et tu sais que je suis capable de te rendre heureuse.

– Je n'en doute pas un instant mais je veux être seule. Comprends-moi s'il te plaît. En plus… je ne crois pas pouvoir reprendre avec un autre KALAMBAY.

– Tu ne m'aimes donc plus ? Cindy ! Tu ne ressens plus rien pour moi ?

Je le regarde et comme par enchantement mon cœur se remet à battre d'amour pour lui. Mais je l'ai dit je ne peux pas me lancer dans une relation maintenant. Je veux lui répondre qu'il me fait ravaler ma phrase par un baiser. Son baiser est rassurant et pleine de promesse comme ça l'a toujours été. Kendrick a toujours su toucher mon cœur.

– Je n'ai pas besoin d'entendre ta réponse pour comprendre que tu m'aimes encore, souffle-t-il près de mes lèvres. Je suis prêt à t'attendre tout le temps qu'il faudra parce que mon cœur ne bat que pour toi. Bonne nuit.

Il pose un dernier baiser sur mes lèvres et disparaît dans les escaliers. Je retourne à l'intérieur passer un peu de temps avec ma sœur avant d'aller me mettre au lit.

– Où sont les enfants ?

– Au lit. Je leur ai demandé d'aller dormir sinon ces gamins étaient prêts à veiller jusqu'au matin.

Je ris et m'assois près d'elle. Elle passe son bras autour de mes épaules.

– J'ai vu la manière dont Kendrick te regardait. Il est fou amoureux de toi.

– Je n'en doute pas. Mais j'ai besoin de pause.

– J'espère que tu n'as pas l'intention de rester célibataire à vie ?

– Peut-être que oui, peut-être que non. Mais je dois d'abord guérir de mon traumatisme. À chaque fois que quelqu'un lève la main surtout quand c'est un homme je suis prise de peur pensant qu'il va me taper.

– Ça va te passer. Laisse le temps faire les choses.

– Je sais.

– Le moment viendra où ton cœur recommencera à battre d'amour pour un homme. Enfin si ce n'est pas déjà le cas.

Je lui lance un tchip et nous partons toutes les deux dans un éclat de rire. Les épreuves m'ont pris bien de chose mais je compte bien les retrouver à commencer par ma joie de vivre.

*Mona*LYS*

C'est aujourd'hui le départ des enfants ainsi que leur père pour le Congo. J'ai mal de devoir leur dire au revoir. Je regrette même déjà ma décision. Mais je sais que c'est la bonne. Ils ont aussi besoin de changer d'air. Ils ont vécu trop de choses douloureuses pour des enfants de leur âge. Je veux qu'ils aillent voir d'autres cieux avant de revenir. Ça leur fera du bien de connaitre leurs origines et tous les autres membres de leur famille comme mama So. Cette femme m'a beaucoup soutenu bien qu'on ne se connaisse pas. J'ai aimé sa simplicité. Quand la voix dans le haut-parleur résonne, mes larmes remplissent immédiatement mes yeux. C'est l'heure de leur dire au revoir. Je me baisse face à eux en me retenant de pleurer.

– Vous me promettez d'être sages hein ?

Ils font oui de la tête.

– Comme je vous l'ai dit je vous appellerez chaque jour.

– Tu viendras aussi nous voir ? Demande Nael.

– Oui mon poussin. Chaque fois que je le pourrai. Vous allez tellement me manquer.

– Ne pleure pas mama, me console Lena. Papa va bien prendre soin de nous.

– Oui tu as raison. Je ne suis pas inquiète. Allez, approchez !

Je les serre tellement fort dans mes bras qu'ils se mettent à se plaindre. Kendrick et moi éclatons de rire. Je les lâche et me tourne vers lui.

– Ils sont ma vie, prends bien soins d'eux s'il te plaît.

– Je te le promets.

Il se retient de me prendre dans ses bras. Oui je sais qu'il se retient. Je le connais comme ma main cet homme. Après un dernier au revoir je les regarde s'en aller vers la porte d'embarquement. Je souris sous mes larmes. Mes bébés s'en vont loin de moi mais c'est pour une bonne cause. Je vais redonner un meilleur cours à ma vie. Pour mes enfants, pour moi et pour prouver qu'une femme, qui a vécu tout ce que j'ai vécu, peut encore être heureuse.

EPISODE 30

CINDY

Deux ans plus tard

– Wahoo. Votre livre est plein d'émotions et de conseils.

La présentatrice, après avoir fermé mon livre, s'essuie les yeux remplis de larmes à l'aide d'un papier mouchoir qu'on lui a apporté en douce. Nous et tous les spectateurs qui ont répondu présents à l'émission, sommes émus à l'extrême après la lecture finale de mon bouquin. La majorité des spectateurs sont des femmes et des jeunes filles. Le premier jour de l'émission il n'y avait pas vraiment de monde. Juste une quinzaine mais le deuxième jour, la salle a commencé par être remplie et aujourd'hui, il a manqué des places. Tous sont là pour écouter mon histoire au travers de mon livre. Après le départ des enfants j'ai eu comme une motivation à écrire mon histoire. J'ai hésité au premier abord mais l'envie se faisait tellement grande que j'ai fini par céder. Ça m'a pris du temps pour le terminer surtout que j'étais aussi partagé entre l'ouverture de mon magasin d'articles féminins. Il me fallait réaliser quelque chose afin d'avoir de quoi faire sortir mon livre. Je ne voulais pas demander des aides pour le faire. J'ai tout raconté dans cette histoire. Tout dans les moindres détails. J'ai voulu non seulement partager mon histoire mais aussi interpeller toutes les personnes qui sont dans ce cas. Hommes comme femmes. Parce que oui, certains hommes sont aussi battus. Peu importe le genre, du moment où l'on est victime de violence physique ou sexuelle, il faut le dénoncer. Nous ne devons plus rester dans l'ombre à encaisser. Nous devons agir pour y mettre fin.

Ecrire ce livre m'a beaucoup aidé à faire moi-même mon deuil. Il me fallait faire le deuil de cette mauvaise épreuve pour pourvoir aller de l'avant. Je pleurais à chaque fois que j'y repensais. Mais ma plus grande tristesse se situait au niveau de mon incapacité maintenant à faire d'autres enfants. Je souhaitais avoir encore des enfants. Mais j'ai fini par accepter la situation en me répétant chaque jour que j'avais déjà les meilleurs enfants que je n'aurai jamais pu avoir. Eux, ils seront ma consolation. Ma plus grande fierté.

– Alors dites-nous, pourquoi le tire "L'autre lui" comme titre de votre œuvre ?

– "L'autre lui" pour parler de cette autre personnalité de ces hommes-là qu'ils ne nous montrent que lorsqu'ils nous ont pour acquises. Lorsqu'ils nous font la cour, ils sont les plus romantiques mais une fois que nous leur donnons notre amour leur côté obscure se dévoile. Dans mon cas, l'autre lui parle aussi du jeu double des jumeaux que je n'ai pas deviné. Voilà.

– Qu'est-ce qui vous a poussé à écrire votre histoire.

– Je veux aider d'autres femmes qui vivent encore ce cauchemar.

– Que voulez-vous dire à ces femmes qui subissent les violences de leurs hommes ?

– Partez tant qu'il est encore temps. Ça va peut-être choquer que j'exhorte des femmes à rompre et même à divorcer mais mieux vaut divorcer que perdre la vie. Rien ne sert de penser que vous pourrez changer vos hommes. Vous ne les avez pas créés encore moins mis au monde donc vous ne pourrez jamais les changer. La seule chose qui puisse changer une personne c'est l'amour mais si celui qui prétend vous aimer vous bat, c'est qu'il ne vous aime pas. Un homme amoureux cherchera toujours à protéger celle qui détient son cœur et même quand celle-ci le poussera à bout il trouvera le moyen de se calmer, mais jamais il ne lèvera la main sur elle. Ça commence toujours par une petite gifle de rien du tout. Il vous dira que ça l'a surpris et vous, vous dirai que tout le monde commet des erreurs. Mais comprenez une chose, s'il a pu vous donner une gifle il le reprendra une deuxième fois et comme un adage le dit il n'y a jamais deux sans trois et s'il en arrive à trois c'est qu'il y en aura encore et encore et encore. Chères sœurs, à la première gifle, fuyez !

– Est-ce qu'il est bien de conseiller à une personne de divorcer ? Je veux dire, on entend toujours dire qu'il ne faut jamais se mettre entre un couple.

– Il n'est pas bon de demander à une personne de divorcer. Lorsqu'une de vos connaissances vient vous expliquer ses problèmes de couple donnez des conseils sans parler de divorce. MAIS, je dis bien MAIS, vous avez tous les droits de dire à une personne de divorcer lorsque sa vie est en danger. Car, lorsqu'elle mourra, vous vivrez dans le regret. Mieux vaut dire à une personne de divorcer pour sauver sa vie que de lui demander de préserver son mariage pour qu'elle y passe à la fin.

– Nous l'avons bien noté. (Elle se met à sourire) Mais maintenant dites-nous où en êtes-vous avec Kendrick ? Ne pensez-vous pas qu'il mérite une chance ? Surtout que vous avez deux magnifiques enfants avec lui ?

J'éclate de rire. Je savais qu'elle allait finir sur ce sujet.

– Il n'y a rien de neuf de ce côté. Je prends encore mon temps.

Rien ne presse.

– C'est bien dommage. Nous aimerions que votre histoire finisse par un happy end. Nous souhaitons que vous rencontriez le véritable amour. Vous le méritez.

– Merci ! Je ne dirai pas non à l'amour s'il se présentait.

– Nous sommes ravis de l'entendre. (Se tournant vers les caméras) Voilà l'émission tire à sa fin. Nous avons reçu sur trois émissions Madame Cindy YAPI auteur de l'œuvre "L'autre lui". Nous espérons que vous avez pris plaisir à nous suivre et que vous avez pu tirer une ou des leçons. Notre auteur fera son dernier jour de dédicace de ses livres tout à l'heure. Voilà, l'heure et le lieu sont affichés au bas de vos écrans. Vous pouvez encore vous y rendre pour vous procurer le livre en intégralité. Notre souhait est de voir tous les couples heureux et des femmes heureuses aux bras de leurs hommes. Mais comme Cindy l'a dit, mesdames, au premier coup, FUYEZ ! Merci de nous avoir suivi. Passez une bonne fin de journée.

Les caméras arrêtent de tourner. Des gens du public viennent me saluer et faire des photos mais je m'éclipse très vite pour me rendre sur le lieu de la dédicace. J'ai fait des dédicaces dans les grandes surfaces durant ces deux dernières semaines et c'est aujourd'hui l'apothéose. C'est épuisant mais lorsque je vois tout le monde qui se déplace je suis revigorée. Je rejoins Estelle dans les coulisses et nous prenons la route.

– Tu as été magnifique.

– Merci ! J'avais vraiment le traque d'exposer ma vie mais finalement je ne le regrette pas.

– Ton témoignage aidera beaucoup de femmes j'en suis certaine.

– Ouais.

J'en suis maintenant à mon centième livre dédicacé. Les gens ont répondu massivement pour ce dernier jour. Je signe et prends des photos souvenirs. Je suis fière de moi je dois l'avouer. En deux ans j'ai pu reconstruire ma vie. J'ai une grande boutique de vêtements, lingeries, chaussures, sacs à mains. Enfin tout ce qui est en rapport avec la femme. J'en ai un très bon rendu. J'arrive à payer mon loyer, régler mes factures, épargner et apporter aussi de l'argent aux enfants pour qu'on leur achète des cadeaux de ma part. Je sais que Kendrick les pourrit à en mourir mais je veux aussi être active dans leur vie. Pas une seule fois les enfants ne se sont plains. Au contraire, ils ne veulent même plus revenir tant ils se plaisent au Congo avec leur père, grands-parents et leurs deux tantes folles à lier. Charlène et Parfaite sont dingues. À chaque fois que je discute avec elles au téléphone, elles me font pleurer de rire. J'avais oublié ce que ça faisait de rire aux larmes. Mais maintenant, j'ai retrouvé toutes ces choses dont j'avais perdu le goût.

Enfin je signe le dernier livre. Je pousse un ouf de soulagement et jette un coup d'œil sur ma montre. Il est 18h. J'ai passé quatre heures de temps à signer. Je n'ai rien senti en tout cas. Je range mes affaires lorsque j'entends des cliquetis de talons. Quand je relève la tête, je vois Loraine et Roxane accompagnées d'une magnifique femme dont la beauté fait envier.

– Coucou Cindy, entame Loraine. Roxane t'a dégoté un gros contrat.

– Ah bon ?

– Oui ! Répond Roxane. Je te présente une amie, Vicky HAMILTON BEYNAUD. Je lui ai parlé de ton livre, elle l'a lu, l'a aimé et a pris l'avion depuis Washington pour venir te rencontrer.

– Waho ! J'en suis flattée. Bonsoir madame.

– Bonsoir Cindy.

Elle me tend la main avec de longs doigts magnifiquement manucurés. Je la serre avec joie. Le sourire qui étire ses lèvres donne encore de l'éclat à sa beauté. Elle est vraiment belle cette femme. Vicky HAMILTON BEYNAUD. Elle doit être mariée à un Ivoirien, à moins qu'il y ait des BEYNAUD dans d'autres pays.

– J'ai tenu à venir vous rencontrer en personne. Je souhaiterai vous aider à toucher plus de monde. Je veux faire produire une grande quantité de votre œuvre pour la vendre aux Etats-Unis. Vous et moi avions approximativement le même combat et je serai enchantée de vous aider.

– Oh mon Dieu ! Fais-je émue. J'en suis honorée. Je n'en reviens pas.

Je suis submergée d'émotions. Je les remercie toutes à tour de rôle. Elles finissent par rire tant je ne cesse de les remercier.

– Je crois qu'il y a deux autres personnes qui désirent avoir une dédicace, me siffle Loraine avec un sourire tandis que leur amie part répondre à un appel.

– Oh mon Dieu je suis épuisée. (Regardant Estelle) Pourrais-tu leur dire d'attendre à la prochaine qui aura lieu d'ici la fin de l'année s'il te plaît.

– Tu pourrais leur faire se plaisir s'il te plait, répond-t-elle en souriant bizarrement.

– Pourquoi tu souris comme ça ? Je jurerais que tu trames quelque chose.

– Arrête tes choses-là et vas faire les dédicaces.

Je les regarde toutes qui sourient à pleine dents. Elles ont quel problème ? Je décide de regarder le point derrière moi qu'elles regardent et que vois-je.

– Oooohhhh ! Mes bébés !!!

Je regarde les filles, n'en revenant pas.

– Surprise !! Fait Estelle.

Je cours vers mes enfants qui courent aussi se jeter dans mes bras. Je suis tellement heureuse de les voir que j'en pleure. Mes enfants sont là. Je leur fais plein, plein, plein de bisous.

– Maman c'est bon, se plaint Nael. Nous sommes grands maintenant.

Je me sépare d'eux pour regarder mon fils.

– Euheu, regardez-moi les choses des Congolais. On t'a dit à Kin que quand on grandit on ne fait plus de câlin à sa maman ?

– Iyo, kasi na misu ya batu té (Si, mais pas en public).

– Ehiii. Nan-i nde azui mwana na nga ya mobali oyo alobaka te pona ko pesa nga oyo ? (Qui a échangé mon garçon si timide pour me donner celui-ci ?)

– C'est papa ! Rigole ma petite Lena en pointant du doigt un poing derrière elle.

Je suis la direction de son doigt et c'est à ce moment que je vois Kendrick, arrêté en retrait, les bras croisés sur sa poitrine. Lui aussi, tout comme les enfants, a changé. Ils sont devenus tous encore plus beaux qu'avant. C'est maintenant que je vois la ressemble des enfants à leur père. Ils ont les mêmes yeux, le même nez mais surtout le même sourire. Je fais un sourire à Kendrick auquel il répond et je me reconcentre sur mes enfants.

– Comme vous avez grandi mes loulous. Je suis tellement heureuse de vous voir.
– Nous aussi maman, répond Lena.
– Bon nous allons rentrer pour que vous me racontiez tout ce qui s'est passé au Congo. Allez saluer vos tatas.

Je me relève pour rejoindre Kendrick tandis que les enfants vont vers les femmes.

– Que faites-vous là ? Je croyais que les vacances c'étaient dans encore un mois.
– Oui mais bon ils avaient vite fini donc j'ai voulu qu'on vienne maintenant. Charlène se chargera de me faire venir leurs relevés de notes. Ils passent tous deux en classe supérieure.
– Ça ce sont mes enfants, dis-je toute fière.

Nous tournons vers eux pour les regarder fièrement. Je suis hyper heureuse de les voir. Je m'étais entendu avec Kendrick pour me les ramener définitivement pendant les grandes vacances. Mais ils sont venus avant et ce n'est pas pour me déplaire. Nous prenons tous le chemin de la maison sauf Loraine, Roxane et leur amie qui vont dans une autre direction. Estelle aussi nous a faussé compagnie pour aller se préparer pour son rencard. Oui, elle a enfin commencé à fréquenter quelqu'un et c'est vraiment sérieux de ce que j'ai pu constater. Il veut même déjà aller faire le kôkôkô. Je suis super heureuse pour elle mais surtout pour moi. Je me sens maintenant accomplie. Je peux maintenant subvenir aux besoins de mes enfants et des miens. Déjà que je gagne un bon revenu avec ma boutique j'aurai encore des droits d'auteur grâce à mon livre et ceux pour toute la vie et même après ma mort. Je suis fière du chemin que j'ai fait.

Pendant le trajet Kendrick décide que nous nous arrêtions à une pizzéria pour diner. Tant mieux parce que je n'avais pas cuisiné non plus. Nos pizzas prêtes nous les dévorons pendant que les enfants me racontent tout ce qui s'est passé durant ces deux ans au Congo. Je suis morte de rire par moment. Je surprends de temps en temps le regard de Kendrick sur moi. J'en suis un peu intimidée mais fais genre.

Nous arrivons enfin dans l'appartement de trois pièces que je loue à la Riviéra Palmeraie. Les enfants sont subjugués par la maison. Il n'y a pas encore si longtemps que je me le suis procuré. Quand j'ai quitté la maison d'Estelle je me suis pris un petit studio le temps d'économiser. Je laisse les enfants sautiller partout et pars prendre une douche rapide avant de les rejoindre à nouveau au salon devant la télé. Mon cœur se gonfle de joie indescriptible d'être de nouveau avec mes enfants. Ce sont les seuls que j'aurais donc tout mon amour de mère, je le déverse sur eux. Alors que je suis perdue à les regarder, on sonne à la porte. M'attendant surement à Estelle j'ouvre sans prendre la peine de regarder. Je beugue quand je vois la personne devant la porte.

– Bonsoir maman !

– Bonsoir ma fille. Je suis désolée de venir te voir à cette heure. C'est juste que j'aie tellement repoussé ce moment et quand j'ai appris que mes petits enfants étaient rentrés j'ai décidé de venir pour faire d'une pierre deux coups. Est-ce que je peux rentrer ?

– Oh désolée maman. Oui vas-y. C'est juste que je suis un peu chamboulée.

Elle rentre avec le petit garçon qui doit être le fils de Kennedy.

Quand Kendrick voit sa mère il se lève, surpris. Il la regarde attendant surement ce qu'elle va dire.

– Tu ne viens pas embrasser ta mère mon chéri ?

Il tique. C'est la première fois qu'elle l'appelle ainsi. Il ne se fait pas prier et embrasse sa mère fortement. Celle-ci se met à pleurer.

– Je te demande pardon mon fils. Pardon pour ne pas avoir été une mère pour toi.

– Je t'en prie ne me demande pas pardon. Un enfant n'a rien à pardonner à sa mère.

Il la serre encore plus fort avant de la lâcher. Il demande aux enfants de l'enlacer. Ils obéissent et leur présente le petit qui s'appelle Kennedy Junior comme son défunt père. J'ai un pincement au cœur en voyant l'enfant. C'est moi qui l'ai privé de son père. Il grandira donc sans. Je me sens un peu coupable pour le petit. Kendrick demandent aux enfants de nous laisser discuter avec leur grand-mère. Je leur montre la chambre de Lena dans laquelle ils vont en tirant avec eux le petit Kennedy. Il m'a l'air bien timide.

– Deux années sont passées, commence maman Anne et j'ai pris le temps de bien réfléchir. Tu avais raison Ken quand tu as dit que notre famille devrait être unie. Jamila, après la naissance du petit, l'a abandonné entre mes mains pour retourner dans son pays et jusqu'à aujourd'hui je n'ai plus de nouvelles d'elle. Etant seule avec l'enfant, je me suis rendue compte qu'on ne peut pas vivre sans sa famille. Entre la solitude et la peur de ne pas être à la hauteur avec le petit comme je l'ai été avec son père, j'ai pris la décision d'être une meilleure grand-mère en intégrant ma famille dans sa vie. Il a le droit de connaitre ses cousins, son oncle et tous les autres membres de sa famille dont tu fais partie Cindy.

Elle marque une pause, boit l'eau que je lui avais apportée et reprends.

– Il n'est pas obligé de savoir ce qui s'est passé. En tout cas pas tant qu'il ne sera pas mature sinon ça aura un mauvais impact sur lui. C'est vrai j'ai mal pour la mort de mon fils, mais Cindy ma fille, en écoutant les trois émissions qui étaient consacrées à la lecture de ton livre, j'ai eu mal entant que femme. Je me suis rendue compte de combien tu as souffert. J'ai acheté le livre et j'en ai pleuré. Oui je savais que mon fils te battait mais le lire avec tous les détails m'a fendu le cœur.

Elle se nettoie le visage avec le bout de son boubou. Sans que je le vois venir, elle se met à genou.

– Cindy je te demande pardon.
– Oh maman pardon ne fait pas ça, dis-je en la relevant. Ne mets pas la malédiction sur moi en t'agenouillant devant moi.

Elle se rassoit en pleurant.

– Tu es forte ma fille. Tu es courageuse. Moi je n'aurai pas sup-porté cela. Kennedy t'a enlevé tes trompes et tu es restée avec lui malgré tout. Il n'a pas su profiter de ta patience et ce qui devait arriver est arrivé. Ne parlons plus de ça. Pensons main-tenant à l'avenir des enfants. Je ne veux pas qu'il y ait la haine entre eux comme cela a été avec leurs pères. Je les veux unis. Et pour ça j'ai besoin de vous. J'ai déjà parlé avec Luzolo et sa femme. Nous nous sommes entendus. Plus jamais de rivalité dans notre famille. Cindy, tu fais partie de la famille même si tu te maries à un autre dans le futur. Merci de m'avoir écouté.

Kendrick et moi nous regardons. Je peux lire de la joie sur son visage. Il serre sa mère contre lui en posant un baiser sur sa tempe.

– Je n'ai rien contre toi maman et ce depuis belle lurette. J'ai commencé à fréquenter une église et là-bas on m'a appris le pardon. C'est grâce à Dieu si j'en suis là. Le petit Kennedy est aussi mon fils. Ma maison lui sera toujours ouverte. Il n'a pas à payer pour les erreurs de son père. Je suis heureuse que vous m'ayez aussi pardonné la mort de votre fils.

– C'était de la légitime défense ma chérie. Je ne peux t'en en vouloir.

– Merci maman.

Elle ouvre ses bras pour que je vienne lui faire un câlin. Je ne m'y gêne pas. Elle demande la route et quand je vais chercher le petit je le retrouve endormi avec ses frères sur le lit. Je referme doucement la porte et le sourire aux lèvres, retourne au salon.

– Je crois que je vais te l'envoyer demain. Ils dorment tous.

– Humm l'enfant-là, rigole maman Anna. Partout où il voit un lit, il dort en même temps. Bon je m'en vais oh. Ken, je t'attends demain. Ça fait longtemps qu'on n'a pas causé.

– C'est compris maman.

Elle nous embrasse et s'en va. Je sens un poids me quitter. Après avoir fait la paix avec ma mère l'année passée, c'est maintenant au tour de la grand-mère de mes enfants. Avec l'aide de Kendrick, je ramène les garçons dans la chambre de Nael et Lena dans la mienne. Je vais ensuite m'arrêter au balcon pour profiter un peu de la vue et de l'air frais. Kendrick m'y rejoint.

– Tu as fait du beau boulot avec les enfants. J'en suis vraiment heureuse.

– Je n'ai fait que mon devoir. J'ai décidé de vivre ici en Côte d'Ivoire près de vous. Je ne supporterai pas d'être loin des enfants après avoir passé deux ans avec eux.

– Ça leur fera plaisir.

– Je veux aussi rester pour toi.

Je baisse les yeux. Mon cœur se met à battre la chamade. Ça fait deux ans que je n'ai pas pensé à l'amour ni même accepté de parler à un homme qui a des vues sur moi et voilà que Kendrick le fait aujourd'hui.

– Est-ce que tu crois que maintenant j'ai une chance ? Me demande-t-il en glissant ses mains dans les poches de son jeans.

Je ne dis rien tant les idées s'entremêlent dans mon esprit.

– Je t'aime toujours princesse. Je me suis juré de ne point fréquenter d'autres femmes que toi. Je ne veux aucune autre. Tu détiens toujours mon cœur. (Il me tourne face à lui) Cindy, je veux passer le reste de ma vie avec la mère de mes deux enfants. Peu importe que nous n'en ayons plus. Deux ça me suffit. Bébé je t'aime. Redonne-nous cette chance qui nous rendra tous heureux.

– L'amour, c'est le dernier de mes soucis en ce moment.

Il affaisse ses épaules de découragement. Il remet ses mains dans ses poches après m'avoir lâché.

– Ok. Je ne vais plus insister. Je resterai donc en Côte d'Ivoire pour les enfants. Passe une bonne nuit.

Il me pose un baiser sur le front et tourne le dos.

– Attends Kendrick. (Il s'arrête sans se retourner) Je ne suis pas encore prête pour le mariage. Mais… je crois que j'ai aussi besoin du père de mes enfants à mes côtés.

Il se retourne cette fois avec un mélange de surprise et de joie sur son visage.

– Je crois que ça ferait aussi plaisir aux enfants d'avoir leur deux parents unis.

– Tu veux qu'on soit ensemble pour les enfants ?

– Si, enfin non, enfin pas seulement pour eux, mais aussi pour moi. Enfin tu…

Il m'interrompt par un baiser. Comme ça faisait longtemps. Je ne le repousse pas. C'est agréable de ressentir de nouveau cette sensation. Je me sens rassurer dans ses bras. Je crois même que tout à l'intérieur de moi est entrain de reprendre vie.

– Nazui mokano yako zipa yo na bolingo ébelé ébelé tii eko zangisa yo ndenge yako pema (Je te promets de te couvrir de beaucoup, beaucoup, beaucoup d'amour à t'étouffer), souffle-t-il près de mes lèvres.

– Woh tout de suite les gros mots, fais-je en le repoussant légèrement. Nous ne serons pas vraiment, vraiment ensemble. Il n'y aura pas de sexe et pas de mariage maintenant. Je veux profiter de ma vie avant de me remettre dans un mariage.

– Je serai patient bébé.

– On verra bien.

– Je t'aime Cindy.

Je souris juste. Il me serre très fort dans ses bras ce qui me réchauffe face à cet air frais. Je ne suis certes pas encore prête à me marier mais je finirai par y arriver. J'aime toujours Kendrick et ça ne me ferait pas de mal de retenter le coup avec lui. Cette mauvaise expérience ne doit pas conditionner ma vie. Ce n'est pas parce que j'ai été victime de violence une fois que je ne croirai plus au vrai amour. Toute femme qui a été victime de grosse déception peut encore retrouver l'amour. Tous les hommes ne sont pas pareils, donc tous les hommes ne sont pas violents. Je devrais peut-être donner une chance à Kendrick. Comme Loraine me l'a dit une fois, pourquoi aller condamner un autre homme à supporter une femme stérile alors que je peux rester avec le père de mes deux seuls enfants qui m'aime et que j'aime ? Elle a peut-être raison. Ce qui est sûr le vrai amour, j'y goûterai. Et ce qui est encore sûr et CERTAIN c'est que plus JAMAIS un homme ne lèvera la main sur moi. PEUT-ÊTRE que le premier coup je ne pourrai l'empêcher MAIS je ne permettrai pas que LES AUTRES COUPS SUIVENT.

Chères sœur, ne risquez pas vos vies pour des hommes qui n'en valent pas la peine. Oui on peut faire des sacrifices par amour et supporter des choses par amours. Mais maman, on ne condamne pas sa vie à souffrir pour un homme qui ne nous donne pas de la valeur. Vous ne devrez pas vous obliger à rester avec un homme qui vous humilie sans cesse, un homme qui vous fait plus souffrir que vous rendre heureuse. Les épreuves difficiles (les disputes y comprise) dans un couple ne doivent pas être plus fréquentes que les moments de joie, de partage et d'amour. Sinon vous n'êtes pas dans une relation, mais dans un calvaire. Pendant que vous vous tuez pour un homme, il y a un autre qui vous attend pour vous rendre heureuse. On peut donner des chances à un homme sur certaines choses. Mais jamais on ne donne de nouvelles chances à un homme capable de cogner une femme. Ça commence toujours par un coup et ça fini par des hospitalisations, pire, la morgue. Arrêtons d'être naïves. L'amour ne donne pas des coups de poing.

MESDAMES, AU PREMIER COUP, PRENEZ VOS CLIQUES ET VOS CLAQUES ET DÉGAGEZ. BOKO KENDE LIFELO PNA YANGO TE (VOUS N'IREZ PAS EN ENFER). MERCI !

~~~FIN~~~

AUTRES LIVRES DU MÊME AUTEUR :

1-Juste un peu d'amour
2-Ami-Amour
3-Lizzie, une exception
4-La vengeance est une femme
5-Mon cœur contre ma raison
6-Leela, la défigurée
7-Du contrat à l'amour
8-Un amour dangereux tome 1
9-Un amour dangereux tome 2
10-Un sacrifice très coûteux
11-Floriane, les épreuves d'une orpheline
12-TY : ce cœur à conquérir

Tous mes livres sont disponibles sur amazon ici :
https://www.amazon.com/l/B07SHJZ2N9
https://www.amazon.fr/l/B07SHJZ2N9

-Facebook : https://www.facebook.com/choniquedemonalys/

-Instagram : https://www.instagram.com/chro.mona_lys/

-Twitter : https://twitter.com/mona_lys

Made in the USA
Las Vegas, NV
28 January 2025